名家散文自选集

散文就是闲来人人谈心

痛饮流年

陈善壎 / 著

民主与建设出版社

序 一

爱情从诞生到死亡

郑 玲

爱情从诞生到死亡

不过两次钟声之间

那样短暂

我们相互给予的

是半个世纪短暂的相守

没有烂漫的浓丽

只有思盼的清芬

带着欢乐

也带着悲剧性

我们挣扎在巨大的阴影下

通过一连串的失败感到胜利

感到的胜利如海市烟云

云消雾散后呈现清晰的
不过是失败

失败是搏击的宁静
在残阳血色的光照中
我倚靠你
平时我喜欢这样的状态

你是一个散淡的人
看起来总在休息
其实你始终在工作
一个散淡
而永不疲倦的人
风风火火很难完成一件事
在什么也没完成的开头
你已经消耗殆尽

有时我会为你工作太久
与你激烈争吵
两个互为生命的敌手
在争吵中获得力量
我把最后的力量使出来

激发你的散淡
散淡的回忆甘美

往事是伴人走向坟头的瑰宝
我需要你永不疲倦的散淡
我生怕老了
没有人陪我检点蓝宝石

今天再读郑玲的《爱情从诞生到死亡》，她写我的状态真写得好。"风风火火很难完成一件事/在什么也没完成的开头/你已经消耗殆尽"。

两个生命的全面融合才可体会这样恰切。

陈善壎

注：诗人郑玲系陈善壎夫人。

序 二

"文学作品中有我们完全陌生的人"

刘荒田

一

首先要澄清，这个序，不是善壎大哥要我做的，要我做这件事的是一位和陈善壎、郑玲夫妇有多年纯文学情谊的好朋友。

2013年某日，数友人在善壎大哥家聊天，某话题展开以后，善壎兄当众宣布："我要是出书，不敢让荒田作序。"他的"不敢"，是因为我在人前人后，都说他的好。向老天爷发誓，不是拍马。他和我的年龄，加起来是两个"人生七十古来稀"，俱已退休，都和富贵无缘，没有利用价值。而我，有一个难以界定为优为劣的爱好——"到处为人说项斯"。对真心佩服的师友，情不自禁地这样做。知道善壎兄为人极为谦虚，不会面对面地说，免得他浑身不自在，低头猛抽烟。那次，是在座的一位诗友提起，我作附和而已。我这回作序，算是掌握话语权，岂能不尽情使用。

所谓知人论世，谈陈善壎的作品前，不能不说他的生平。我和他结交多年，推心置腹地谈话无数，但他不喜欢说自己，话题依次是：他的爱妻——著名诗人郑玲的健康和创作，友人的近况，各地人情，读书心得。他的历史，一部分是郑玲大姐说的，一部分是从他的作品知道的。

他生于1939年，祖籍湖南长沙市。"我读过两年半初小。1949年之前小学分高小和初小。小学的三年二期是初小毕业。我只读到三年一期，因此我的学历是初小肄业。在学校时怎么也读不进；老师缺德，在我胸前挂一块'成绩低劣'的小牌子。这是我认识'劣'字的因缘。我好得意地指给病中的父亲看，'爹爹，这是劣字'，把他老人家气得不再望子成龙。"

临近解放，他10岁，进印刷厂当工人，解放初期是全国总工会最年轻的会员。从那时起开始自学。后来成为职校的教师，教的是高等数学。要问他从哪里学的？"工作时间抱本书蹲进厕所没有50分钟不出来，人家说我'上茅厕跟得生崽一样'"。微积分之类仅是"蹲"到的学问之一。"又是数理化又是文史哲，把本来正宗的工人阶级身份糟蹋得狼藉；捞了一顶'走白专道路'的帽子戴上不说，还硬说我已蜕变为知识分子。"60年代下农村，吃尽苦头。"70年代基本在外承包工程，每月最少赚六千，多的时候有两万，都要上交生产队。那时人均工资才三四十元，买一栋房不过几千。要在十年后还干这等营生，我早豪宅名车了。"拨乱反正，落实知识分子政策以后，他当了公务员。90年代初，他南下广州工作直到退休。他对我说过："说到我的头衔，别的难算数，高级工人可是货真价实：八级钳工。证书至今犹在。"

二

2008年，我读到陈善壎的散文《你这人兽神杂处的地方》。我迫不及待地和师友分享这一作品。我至为景仰的一代散文大家王鼎钧先生，从纽约发来电子邮件，谈读后感："陈先生这篇文章非常好……他写一个几乎不可思议的环境，却如此亲切可信。'人兽共处'的生活那样落后可怕，我虽然在现代大都市里，连一点优越感也没发生，读时神游于武侠小说神怪小说才有的天地，读后的念头是他们现在怎样了，谁能帮助他们。

我佩服他的语言，他用写实的语言来完成，没有梦呓，没有意识流，照样有现代主义的艺术效果。

我一向说，文学作品中有我们完全陌生的人，背反的生活经验，我们读这些作品，扩大同情心，化解偏见，消除隔阂。

可是我们习见的作品多是强化一个小圈子，如果有人写到分歧的一面，也多半不曾感动异己。"

旅居纽约的另一位散文名家张宗子则说："陈先生这一篇真是好，令人想起高尔泰先生的《寻找家园》。写那个时代的文章多如牛毛，我是看腻了：都在那里自我表白，甚至自我夸耀，连受迫害也成了某种'资本'。高先生和陈先生的好，就在于平实，有节制，写实不写虚，反而动人。虽然决不刻意要'露一手'，文字功夫很棒，因为背后有诗在撑腰。一句两句，整个格调就不一样。"

然后，我把《人兽神》推荐给《光明日报》副刊的韩小蕙主编。那是岁暮，她正在主持编选全国散文年编，纵览各家各篇之后，在题为《七八颗星天外——2008年散文创作扫描》的序言中写道：

"也许是审美定势的疲劳所致，今年文坛之内，作家、散文家的作品平平，倒是文坛外人士和几位边远地区少数民族作家的笔下，激荡着猎猎风云，形成击打心灵的重力，把散文的尊严进行到底。

"读陈善壎《你这人兽神杂处的地方》，刚进入时还保持着平静，及至读到'从地下猛地伸出的利爪'，身板已经坐直，浑身的神经像上了发条；再读到哑婆婆写下神秘女书时，一颗心'怦怦'直跳，全身血流加快，手心里沁出汗水。这篇18000字的长文，奇丽，奇绝，奇怪，它和我们以往的阅读经验陌路，更和文学理论意义上的体裁、结构等等都不同……你说不上它是散文呢，还是小说？是纪实文学呢，还是虚构文学？反正以往的文学都不这么写。可是你又不得不承认这是好的文学，是极高处的文学。此时，你脑子里只有一句问话反复盘旋：'文学的边界究竟有多远呢？'

"陈善壎小学尚未念完即当工人，在这样的背景下，到了晚年写起平生经历和感慨，一出手即手笔宏阔，卓然成一家，被许多文坛人士所激赏。当然，他不是按照文坛套路来写的，他也不接受什么文法之类的指挥。正因保留了个人的独特叶片，特别是完全有别于他人的"奇形怪状"的纹路，他的文章才如黄山的石笋峰一样拔地而起，即使刺破青天也从容不迫地笑傲江湖。"

这三位名重一时的作家，和陈善壎并无渊源。他们的说法可印证，我对这位至交的作品的推崇，有充足的理由。

三

本集所收入的作品，综合而言，有以下一些特色，应予以强调：

有一定的生活广阔度。

作者笔下的历史，是立体的，血肉淋漓的，基本上是亲历的。

"在墓前，脑子里浮上一个人。一个军人。坐着。不知坐在什么地方。好像是路边，又好像是在一家店铺的柜台前。或许，他是坐在史册的扉页上。他的左腿被打穿。他把白毛巾塞进腿肚子里，右手的食指使劲把毛巾从当面骨旁边顶出来。然后扯出毛巾，带出红肉里的碎弹片。他给伤口敷上白砂糖，用草绿色绑腿缠紧伤口。满头大汗，一声不吭。抽完一支烟拖着步枪走了。起身时他轻轻说，'杀日本鬼子去'，长沙东边乡里口音。这人一定就葬在这个公墓里。他从我记忆里站起来，一直屹立着。我承认他是我的祖先，是我远祖的化现。"（《他是我远祖的化现》）

——他童年记忆中所铭刻的，是抗战时期长沙会战中的中国军人形象。

"用绳索套牙齿锋利的动物，只有懂得封口咒的人才做得到。我要土质给我看封口咒，他说'没书字'。师傅口授亲传。我要求他念给我听，我对那咒的威力好奇得很。为了让他放心，我向他保证绝不会跟别人说这事。他经不住我磨，终于在一场大雨后带我上山了。他说那咒在尘世中念会破掉。"

"雨后土松，容易辨认兽迹，也容易挖洞。每挖出十个洞做好机关念一次封口咒。这是一组莽荡的声音。风摇撼山峦，雨洗刷林石。我听到狼嚎虎吼。有麂子穿透力极强的喊，也有穿山甲和蛇的没有声音的声音。只有猎人才能听到的声音，咒语巧夺天工地放大模拟了。咒语用人声综合了山。对山诚实的崇拜，由他敞开的胸怀大张的双臂，由他傲野的姿态粗豪的嗓音表达出来。咒语没有任何猥琐情感。它是呼唤，是歌颂。是骄逸的生命情调与山的交错纠缠。它的结尾我记得清楚：'关关冬'。这是每天夜深时响彻山林的没人见过的鸟的叫。"（《你这人兽神杂处的地方》）

——这是20世纪60年代湖南山乡鲜活无比的风情录。

"这是一间很大的空房，面积是楼下一间堂屋两间卧室一间厨房一间杂屋的总和。没有天花板，瓦缝里不时漏出闪电的白光。一个整齐的阵容摆在我面前，那是一群制作精良的人类骨骼标本。它们按照舞台上乐团那样布置。每具标本的颈椎骨上用绸带系了领结。这些标本有站的，有坐的。旧钢琴前也坐着一具标本，摆出弹奏的姿势。他摸着它的指骨要我看。'不够修长，对么？做粗活的。'"

——"文革"期间，作者的音乐老师走投无路，改以制作人的骨骼标本为活儿，从荒坟中挖出尸体，再加处理。这位孤独而倔强的音乐家，这般发泄对音乐的痴爱。

在这里，"历史的广阔度"，如单指笔触所及，无奇不有，无怪不录，那就失诸皮相；更教人绝倒的，乃是形而上层面的极致。且看《幻肢》，就我的阅读范围，以"文革"创伤为题材的作品，本篇所标示的精神维度，迄今没有哪位写手达到。它以爱情为主线，以一位当上摘帽右派的作家在派斗中惨绝人寰的遭遇为核心：

"几个人熟练地像捕捉一条鳄鱼那样把我按在墙边的钳桌上。'右手，右手'，我听到这样的叫嚣。我被紧压在钳桌上，过程并没有多久。按住我的几个人突然同时跑开，我自己也像卸去压力的弹簧一样弹起来，笔挺地站着。

"站在我右边的大汉手提一把沉重的砍刀，是他们从博物馆抄来的据传是杨秀清用过的刀。那刀有噬血的天性，今天如愿以偿了。砍刀布满黄褐的锈，锋口平钝，还有几处缺口。所以我的右臂与其说是砍断的还不如说是被压断的，全凭那大汉毫无恻隐的绝群膂力。

"我不痛，没什么感觉。当我看到有一只人的手臂在地上抽搐时，并没有意识到那是自己的肢体；如果我看到地上滚着一颗人头，反倒会马上认为是自己的了。

"我失去了右臂，还暂时性地失去了听觉。

"接下来是悄无声息的喧嚣。"

往下，"我在看不见摸不着的地方痛，哭笑不得地痛在我的肉体之外。不过我想，虽痛在肉体之外，还是在生命之内吧？我指着右边的袖筒告诉她，'这里痛，这里痛'。彭素兰问怎么个痛法。我说就像右手的手指卷入粉碎机的轧辊里正一寸一寸地碾进去；有时又像是插入通红的铁水里"。

"因有幻肢的存在，我深信人有灵魂。我的已经死去的右臂的灵魂，能通过这种方式看到它。医学仅关注幻肢带来的痛的真切，忽略了幻肢还能带来激荡、狂醉和想象。有些人失去肢体后没有这些症状，想必是那些肢体死得没有我的手臂有声色。"

作家舍命救出的女友彭素兰，因"恶攻罪"被追捕，在满城张贴通缉令的时候离奇失踪。从此，在他心中，失去的右臂和消失的情人合为一体。"幻肢一如既往地抓住我的肉体和肉体作为一个精神载体的无限扩延的诡变。它喜欢清风明月，更喜欢风雨如磐。它多是在夜半怀抱巨大野心疯狂闯入。利用它的出没，我常常在一筹莫展的时候峰回路转。柴可夫斯基能从干燥的木屋的爆裂声捕捉到旋律，我的幻肢鬼魅莫测的机锋比那木头房子的一点点动静要强烈得多。"

结尾处，失踪的女友在美国，"她曾邀他赴美定居，还说她找到了幻肢痛的前沿医学家。她满怀旧情地写道：'来吧，到美国来你就不痛了。'他回信说，'我放不下我母语的重负，我也不可以连痛都不剩。我只能等你回来！'"

"幻肢"是对民族浩劫至为沉痛的反思吗？是沦肌浃髓的"余悸"之象征吗？是另类暴力美学吗？都是，都不是。复合的，多维的，交响乐式，史诗式的结构。谁能以数千字的篇幅容纳如此密集、多层次的思想和诗意？本篇获得《上海文学》2010年11月第九届"上海文学奖散文奖"，评委会的评语是这样的："《幻肢》介于散文和小说之间的叙事风格，犹如笼中翔舞，浪漫而惨烈，饱蕴智慧激情和独特体验。"

再是刻画世象与人物的深刻度。

老实说，不必摆学院派的架子，作为平平常常的读者，读这个集子，单冲它的趣味，就不能不惊叹连连。而它，并非来自"幽默"（那是洋派作家刻意营造，以博取笑声的），这里呈现的，不是表皮，而是特殊历史时期中国人的本相、本质。

"'自然灾害'也凑在一连串的'史无前例'之后来了。我们吃不饱，我们嘴馋。容易买到的只有自来水加糖精做的棒冰。水肿病使我们都胖了，一街的胖子猴起手吃棒冰。冬天里长沙市街头，上下飞舞的不是落叶，比棒冰更冰的风，卷起满城棒冰纸团团转。"还有，是在身处乱世的感悟："美文佐酒。三个醉人，檐下颠倒，直至天昏。柏原那天说，人活一世，真像做文章一样，想要实现自己的审美理想，必得处处留神。笔墨须脉离不得自家丘壑。超逸、散淡、庄严、方正，都需大面上照管。人生毕竟又不同于做文章，最无奈是谋篇布局有由不得自己时；遇势所不堪，亦不能胡乱下笔，俯仰随人。"——《痛饮流年》

这是作者笔下的曾祖母："老娘娘从上虞来长沙的路上，有一次躲雨歇在破庙里。闯进来三个山贼，说这是他们的地盘。意欲索取钱物。四个轿夫躲到菩萨后面去了。她手上正拿着一件衣服。她对那三个人说：'你们等等，我把这件衣服找个地方放好再说。'她右手反手抱住一根撑庙顶的木柱，把木柱提起，左手把衣服塞进木柱与石墩之间。庙顶嘎嘎作响，狸鼪奔窜。她徐徐放下木柱，压住衣服。说道：'哪个上来拿钱？'四个轿夫见状，出来助威。山贼遂打拱退去。"——《老娘娘和她的后人》。

2006年，我的阅读经验中有这样一个高潮——陈善堹发表新作《疯子》，我欣喜若狂，将之称为"本年度最精彩作品"。这一篇的主角——"疯子"，是作者坐牢时的狱友，叫关三元。疯子入狱，是因为以疯癫的"笑"对抗革命潮流。"被他笑了几个回合，谭石蛟决定给他挂上'现行反革命'牌子推到台上斗。站在台上见这么多人看着他，很觉不好意思，颇谦虚地笑。批斗完了，赖着不肯走，'让我站下嘛'，他恳求。接着游墟场，依地富反坏右的次序排第三位，这就受宠若惊。后头还好长一串哪，'嘿嘿，前三名'。游了不到一半，越想越高兴，终于忍不住兴致勃勃撩别人头上的高帽子，求人把铜锣给他敲。他见胸挂破鞋的女人，上前关切地问道：'这鞋是你汉子的吧？'"

疯子的病，和土地有直接的关系，这位在土改时得到过但很快没有了土地的中年农民，"他时不时把土地证拿出来看，这里有更多时间欣赏。双手捧着，犹如捧起一抔泥土"。"我们都没注意关三元跪在撬开的地板旁笑了一阵了。直到有泥土打到我们头上，这才见到关三元去地板洞里挖出大把黑色的泥土。关三元手舞足蹈，泥土撒到地板上，铺盖上。他力大无穷，谁都阻不住。他狂笑着撒出泥土。向栅栏外铁窗外撒去。泥土打在美人蕉上，落到檀树上，他是真正地快活了，一点不是疯人。他的笑声、欢呼声惊动了整个看守所。犯人们有笑的也有目瞪口呆的。他挖得满头大汗，裸露黧黑的身躯。他是健美的，充满力量。这是矢志不渝者爆发出来的肉体的生机和精神的闪光。他的手比锄头锋利，血和泥土一同抛出。他要用泥土覆盖天井的水泥地，不容长不出谷物的地方。"

在监狱里，犯人们唯一的集体闹事，也是为了疯子丢失了土地证。"朱九斤说：'没用了，要它做什么？'关三元说：'昨天发的，哪么没用？'朱九斤说：'十多年了，不是昨天。'关三元说：'县长胡天善盖了印的。'朱九斤说：'胡天善？你看那就是县长胡天善，对面号子那个。'"这是一个天机式的隐喻——没有了土地的农民把"土地证"当成土地。而为了农民获得土地而革命的县长，和迷恋土地的疯子一起服刑。"革命，革革命，革革革命"，鲁迅的警句在这里管用。

我重读《疯子》，更加确信，关三元是当代中国文学史上一个不朽的典型，他有资格排列在"大时代农民肖像画廊"。

三是有文坛并不习见的特色。

许多朋友问及，陈善壎笔下的人和事，尤其是迹近神幻、荒诞的那些，是虚构还是真实？一位读了《人兽神》的城里人，开头打死不信文中的香花精、女书和哑婆婆的神秘图画。去了江永一趟，回来说，那地方确实可能有。我以为，细部、小处的虚构在所难免，但主干、大事，是原汁原味的真实。其实，读文学作品，何必斤斤于真假？读本集，处处荡气回肠，比真实还要真实，得力于作者非凡的记忆力和表现力。

　　笼统而论，与其纠缠于题材的真假，不如去体会作品的神韵。他的作品许多是容纳诗歌、散文和小说多种因素的复合文本。且看这一段："余三打人不现形。有回北门的叫脑壳跟一群不明来历的人在河边头打群架。他闻讯赶来喝止。那群人不听讲，一窝蜂喊打。他对那个为头的说，你有娘没有？对方说有。他说'那好，我不断你手脚，只让你脱臼。'那人于是扑通倒地，双臂脱臼。人人都说余三没有动过手。只看见他这样扭了一下，那样闪了一下。他打架就是这样形意迷离的。"（《好贼余三》）你如何将之归类？

　　他凭借极为独特的经验积累和悟性，将这种写作提到一个鲜有人可企及的高度——从荒诞、残忍的原生态产生的、悲喜剧的极致，生命个体的丰富、尊贵和庄严的至高处。陈善壎评论画家杨福音的作品："福音的新之为新，实乃恃古以生；新是他所从事，实乃由旧以成。所以他的作品有亲切的陌生，有习见中生出的变异。现代意识，沛然笔墨之中。"引这一段来评价陈善壎自己，也十分贴切。

　　这种在喧嚣浮躁的文坛难得一见的特色，遍布各篇，浸漫于字里行间，举《天无绝人之路》为例。"文革"期间，陈善壎被追铺，负责抓捕他的"省里来的人"陈岭梅，"认为被他发现了一个能力非凡的阶级敌人。他指挥了一连几天夜以继日的大搜捕。全县民兵被调动起来，带着梭镖，扛着大刀，举着火把，向荒山野岭发动突然袭击。一个忘了名姓的下放井边公社的女青年对我说过，'连我们蚊帐顶上都过过细细搜'。民兵干部向知识青年宣布，上级的通知里说，这个家伙有电台，有无线电收发报机，专做三元一张的假票子"。

　　作者逃出江永，却又自动投案，志愿在城里坐牢。"天遂人愿，正值气候宜人的晚秋。站起来不方便，我们从早到晚坐靠着墙壁。要睡了往被子里一缩，醒了扭出来坐靠，下半截身子在被窝里。刚进来闻到闻所未闻的气色，没过多久什么气色也没有了。整天等着密实的铁门打开送饭菜来。饭菜好，有时有红烧肉。戒元和尚肠胃不适应，吃下去拉肚子，一有红烧肉他布施给我。这是在外头莫想的好饭菜。不几天，我发福了。就像药品，不常用药的人容易见效，所以医生不赞成滥用抗生素类药。我因为并不常用饭，饭吃下去，尽管剂量不大，对我是很见效果的。看看就红润了。叫煤扒子的扒手首先发现了我的惊人变化。"

往下，被遣送江永，"周所长把我向号子里一推，宽敞的牢房使我激动得喊出一声'豁然开朗'。后来证实，县里的财政收入不如省里的好，饭菜是差些，但号子里的新鲜空气和干净明亮，足以补偿"。

老天爷所赐予的"出路"，原来是坐牢！"文革"年间小地方的监狱，可是"地狱"的别称。作者在监狱以外的悲惨和绝望，难道不可想见？而行文如此冷静，带着"如愿以偿"的淡淡"惊喜"，平实的记录，不动声色的嘲笑，对命运调皮的捉弄。是至痛，更是痛定之后的反思与超越。从"娘打儿，儿不记仇"的撒娇，到止于浅层控诉的"伤痕"，再到巴金老人对"真话"的呼唤，终于到了陈善壎的鸟瞰苦难，"文革"之后的中国文学越过了许多山峦。

王鼎钧先生和我议论陈善壎的作品时，下了意味深长的结论："深厚透纸,唯我中华本土能产生此等风格。"这位在2014年，以89岁高龄连获海峡两岸文学大奖的大师级作家，出此语是经过多方比较的——他先后在中国大陆、台湾和美国纽约生活过，从事中文写作超过一个甲子。像陈善壎这样的作家，港台没有，海外没有，只有神州大陆有，也只有从当童工的20世纪50年代初以还，历经所有政治运动所带来的劫难，尝遍世间艰辛，洞悉人性至深处的光明与黑暗；尤其重要的，拥有出类拔萃的观察力与天赋。单是他的语言风格——融汇市井俗语与古典,简朴，绵密，讽刺入骨的谐趣与现代诗一般的张力，就当"大家"之名无愧；誉为"不世出"，肯定招善壎大哥骂，可是我一直这般认为，我的同调还有好几位。

2014年夏天于旧金山

前　言

　　假如抄袭鲁迅先生的意思，把这集子叫作"坟"是可以的。鲁迅当时造"小小的新坟"的时候，有被"踏成平地"的假设。那是他把"坟"筑在人烟稠密的地方了。我这坟，在深山野岭，人迹罕至。它将被藤萝花草覆盖，在鸟语花香中渐渐隐匿。若有人偶然得到消息来此探幽，那是了无痕迹的了。

痛饮流年

目录

闲

门超越常制的宽敞，总是大开着。从外面可以清楚地看见屋里的摆设。家具不多，整个布置整洁、舒适、明朗。并不在正中挂有何绍基的字，写着"临流水犹听古乐；仰崇山如见故人"。看这联语，主人性情已见一斑。大书桌上横斜有些书籍，有笔有纸；还能闻到酒香。那瓶酒不是很显眼的置于一叠书后。书桌正对着明亮的窗。如果天气晴朗，坐在书桌边可望到河对面的景色。堤岸边垂杨轻拂，数间农舍炊烟，这屋子要在都市近郊，不知值金几何。所以他十分惬意，每日在书、烟、酒、茶中消磨退休后的光阴。但他的惬意只是外人来看，其实安闲中一直怀有对自己的不满。他常常在心里批判自己一事无成，面对眼前良辰美景，倍加感到平庸、低能。他每天都在下决心要做点什么事，但每天都向自己的平庸、低能投降了；结果依然是看书，抽烟，喝酒，饮茶。后来，在长期的因循中，他认定自己可以做点文字。其他事干不成，写点闲散文章或许可以的。学蒲松龄，说鬼谈狐，积少成多，不也是一件乐事吗？可是真动笔并不容易。天天想着要写，总是一个字写不出，只好在书、烟、酒、茶中消磨。

书、烟、酒、茶四件中，书和酒是领衔的了。他通常醉醺醺地读书，在阅读中有耐性地等待；只不过是相信有机会写出点东西而已。他是一个有些苦恼却又不着急的人，从早到晚悠闲得使人垂涎三尺。他漫不经心翻出藏书，似有心又无心地阅读，心中的渴望火一样燃烧起来，又同火一样熄灭。灰烬中火星闪烁如繁星，很快变成随风飘散的死灰。

他早就不能勉励自己为某种目标努力了。每天早上能睡到什么时候就睡到什么时候，尽管睡不着也不起床。直到再睡就不是睡而是病了，这才起身穿衣着袜，然后对镜良久。他看到镜中的自己神采奕奕，天庭饱满，地阁方圆，自忖不像气数已尽的样子，于是信心百倍地开始新的一天。比如说今天吧，就是快10点了才走出卧房的。他先去书桌边，纸笔跟往日一样准备在那里。他有些愧怍地摸摸不错的自来水笔。

老伴端来早点，她是早吃过的了。

他就信手摸起书，边看边吃边喝酒。一夜好睡养足的精神看看变得朦胧，很快入醉了。这醉不是烂醉，是恰到好处稍微偏离清醒的醉。这样的醉，他自己以为正是张旭狂草时的醉。也就是保持了创造能力甚至是可以更好发挥创造力的醉。这种状态要维持一整天。他在这种状态下回忆、思考、憧憬。

他从来衣装鲜明整洁。刚才走出卧房时,是一个仪神俊秀的老头子。三杯酒下去,便成了一个仪神俊秀的醉老头子。他永远不会烂醉如泥。偶尔大醉,也不会如泥。他只让自己玉山倾倒。这样的时候,他会坐在书桌边围椅上睡着。

今天,在一瓶"酒鬼"酒所剩无几的时候,在残阳带点血色的光影中,他异乎寻常地冲动起来。或许是受到从手上溜到地上去的那本书的启发,他感到灵气与力量俱来了。库图佐夫、歌德,甚至姜子牙这些晚年不终止努力的人物鼓励着他。姜子牙走近来对他说,"我80岁还在渭水边钓鱼呢"。

他决心不再踯躅不前,立刻拿起笔,像在滑铁卢及时举起帽子的惠灵顿。他听到了苏格拉底经常听到的召唤声,心潮澎湃地发现自己也是可以有用的了。他立志让自己有用起来。"一个人应该使自己有用",他这样想。伏案疾书。

他终于从一种近于沉沦的状态中突破出来。今天体验到多大的快慰啊!他反复斟酌,精思细改,直到自认文字做得周到了,才郑重其事地把稿纸收入抽屉里去。

他是怀着对自己的敬意慢慢推进抽屉的。

这时候端起酒杯,闻到的醇香不同于平日。酒杯凉凉地刚碰到嘴唇,老伴轻轻推了他一下。

"醒醒吧,坐着睡对老年人不好。"

他急忙打开抽屉,找不到刚写的文稿,立刻明白今天是大醉了。他若有所失地宽解自己："臣之壮也不如人，今何及。"便宽闲望向远方。

月亮从河那边升起来，又圆又大。这夜没有喝酒，他去田野上散步，他在月光照射的树影间徘徊。

隆中午睡

20多年前，我跟株洲市科委的几位同志出差，途经襄樊，当然就看了一些与诸葛亮有关的遗迹。明知绝非正宗原装，还是一本正经地看。我想找到诸葛武侯睡午觉的地方。

我们都晓得，诸葛亮在刘备第三次来"顾"他的那天正在睡午觉。这事还不见有人质疑。我一直认为他是佯装睡午觉，且佯装睡得酣。这么重要的几个人来过两次了，一统天下的大目标很明确。雄心壮志的诸葛亮，我就不信他睡得着。

那地方几个人骑着高头大马，老远就看得见；诸葛亮真的睡着了，书童也会叫醒他，"那几个人又来了"。这是他早就吩咐好了的。哪可能睡得不省人事。

他是存心害那个想得天下的人站在草庐外面礼贤下士。这也是知识分子待价而沽的招数。不然，所投非人，害自己一辈子。

直到他觉得刘皇叔已经"猥自枉屈"得够了，才"由是感激"地先翻身，后伸懒腰；同时口里说出"大梦谁先觉，平生我自知"的话。

刚刚睡醒，朦胧含糊两句，站在草庐外面的刘皇叔居然听得清楚，这事想起来也是滑稽。

所以我说他是"佯睡"；如果不是佯睡，下床就高声朗诵，那不也怪吗？

诸葛亮是在申明自己有个梦，并且没有觉。他说"平生我自知"，就是自知没有觉；也不会有人先觉。为这梦他已做了多少年的准备了。要是刘备彼时不来，他应该正在宁静中攻读，推敲天下形势；只在读书读困了的时候，才去陇亩躬耕几锄头松松筋骨。要不这样，怎么刘备一问"君谓计将安出"，他就可以随口答出一个很有水平的《隆中对》来呢？

肯定他长期怀有一个梦，这是他的乌托邦。这梦不会醒，否则便没有诸葛亮。否则，他就真的会在隆中那地方淡泊一辈子。

他在那谁也不能先觉的梦的召唤下跟随刘备走了，来了一个辉煌的自我实现，成为一个被司马宣王赞叹的天下奇才。受六尺之孤后，他行君事而国人不疑；至死做到了"不使内有余帛，外有盈财"。这是一个有大理想的人的梦。

梦是不可或缺的。一位政治家要提不出一个乌托邦，会一点号召力也没有。人要没有梦，会活得懒洋洋。好多奇迹是梦的创造物。

这样我们就晓得：梦的幻灭很可怕。

渔　父

文艺中的渔人形象，在情调上，中国的渔父不同于欧美的渔夫。欧美的渔夫是小说，我们的渔父是绝句；欧美的渔夫快乐豪强，我们的渔父空灵深邃。这都不是说的心灵贫瘠的人。

屈原《离骚》中的渔父可能是最早出现的渔父形象。遇到这位渔父后有了做渔父的想法。那渔父热情开导在政治斗争中失意的三闾大夫，见他不听，遂莞尔而笑，鼓枻而去；掉头撑船，投入山水之间，兀自唱着很好听的自己谱写的歌。何等超迈飘逸。渔父的节操太有感染力，害得我想了几十年。往后读《吴越春秋》又见一渔父，他知伍子胥有难，赶紧救他过河。姓伍的流亡者知恩图报，解下价值百金的佩剑送他。他说："楚国之法，得伍胥者赐粟五万石，爵执珪（楚国最高爵位），岂徒百金剑邪！"不受。这渔父不只超迈飘逸，还是剑胆琴心的人。这就害得我不只是想，竟演变成追求了。后来碰见自称烟波钓徒的张志和，一首《渔歌子》就跟李太白有品；他浮家泛宅，每垂钓不设饵，志不在鱼，这就知道渔父还可是大诗人。他们就是真有鱼要卖，也是随便卖几个钱，不去可卖得好价钱的红尘深处；独钓寒江雪的渔父，没有半点尘思。

渔父这般形象实在令人向往，他们既是超凡脱俗又是仗义敢为的热烈的人。或许还是一些达则兼善天下穷则独善其身的大抱负者。以致渔父演变为中国艺术独特的题材。无论是画、是诗、是文还是瓷器，只要主题是渔父，都耐看。这形象成了我们精神上纯洁的号召干净的寄托。

杏花园的白蝴蝶

杏花园在南门外，出城往南走，横过一条铁路再向前，弯进左边逶迤的山道就是杏花园。这里山不高，路还是在半山腰；右边是山，左边山谷里尽是田。进杏花园只有这条路。在这条路上我见过一条大鲇鱼挣扎于田泥里，我向下面望去，惋惜没能力捉它到手。

我头回看见解放军就是在杏花园。解放军进长沙之前，先解放了益阳、株洲、春华山一带。那天杏花园出现的解放军说不定是从春华山或南面的株洲来的。在我们住的大屋后的池塘边，我从山上摘了一些红色的草莓似的果子下山就看见他。那人很高很标致。他在向同屋的吴家二爹问些什么事。他腼腆，手不好意思地摆弄驳壳枪。我不知道是出于什么心情居然没走开，仰面望着两个大人说话。他的军用包外边插了一本翻毛了的薄薄的书，一只白蝴蝶落在书沿像是要窥视。他没理我，语气平和甚至有点不知所措。这个人，就是我跟新中国最初的接触，就是我的时代来临的暗示。我看着他，不知道命运的深谋远虑。一条不得不跳下去永远游不到对岸的河流已横亘在我面前。此之前我是儿童,此之后我是工人了。此之前除了听妈妈讲故事习毛笔字,整天都在跟蜻蜓螳螂蜗牛玩。当然,群鹭轻翔苍鹰直下也能愉悦我的童蒙心智。但最亲近的是杏花园的白蝴蝶。杏花园满山白蝴蝶,小又飞不高,悠然左右,全无顾忌地飞,伸手便可握它于掌心又任它飞去。它们不同于其他地方的白蝴蝶,一点儿瑕疵都没有。月夜荆棘中看得见如霜的它们。

我站在他和吴家二爹旁边,同时看见几只白蝴蝶徜徉于他们前后。他无心地随手抓了一只白蝴蝶,正好是刚才在书的边沿停了一会的那一只。我的视线就转移到他的右手,看什么时候放它飞去。我没见他松手。吴二爹进屋后,他双手捧起来看过那只白蝴蝶,匆匆走了。白蝴蝶在他掌中轻轻握住。他也喜欢杏花园的白蝴蝶。

吴二爹对我舅舅说,"我见到共产党了。"舅舅说,"共产党?是不是从前说的过激主义?还是马日事变那时候,我听第一师范的先生讲过的。过激主义是个好主义呢。"两个人都有不知就里的神气。

表姐和吴二爹的女儿天天练唱准备迎接解放的歌。"山那边哟好地方""谁养活谁呀"这些。那时宋扬的歌流行,"一根那个扁担,容易那个弯啰呵"也是常唱的。穷人们就要捆紧把子过好日子了。我家也穷，妈妈没想跟谁捆紧把子的事。她在为我学门手艺操心。为此决定搬家，搬到荷花池去。住到城里，方便找人帮我谋事。

荷花池没有荷花。隔壁冯九爹说辛弃疾驻军营盘街那时期这里是真有个荷花池的。

荷花池是小地名，小地名里面还有军械局巷、荷池新村这些更小的地名。原先这里是国民党七十三军十五师的武器库，管武器弹药的机关也在这里，叫军械局。这就是军械局巷的来由。怪不得国民党守不住，一个师部的军械局就是几间破板壁屋。

荷池新村是荷花池的中心，我家佃的荷池新村七号。荷池新村正中是大空坪，四周有些房屋；靠南靠东有几栋好房子，也并不昂扬。北边零丁一排板壁屋，它们都用米汤把皮纸蔽住一条条板壁缝。荷池新村七号在北边。

跟杏花园比，荷花池热闹。早晨出门，两边都是卖肉卖菜的。炸糖油粑粑葱油粑粑的摊子我最留神，焦黄的香气直往鼻子里拱。

向西几步路出荷花池是蔡锷北路，转左有玉春酱园有德寿堂药店。想起父亲在世时，为拣一副药妈妈要从杏花园走到南门口的四怡堂，来去大半天才打得回转。

小小荷花池，竟敢有堂堂两所学校，这是它卓尔不群的地方。女子师范徐特立当过校长，在湖南是赫赫有名的学校。女学生们进进出出，蓬勃的笑闹刺中我的孤凄。我检个铁环滚，跟着铁环跑圈圈有时我会滴眼泪。

荷花池尽管比杏花园热闹，我却时感荒寒。光天化日之下的荷花池，少了山横水浅蛙鸣雁唳。

妈妈似乎总在灯下纳鞋底。我的脚费鞋。新鞋上脚要不得好久就穿个洞。她不时把针去头发里插一下，用生命分泌的头油润滑针尖；还教我写字，先横后直先上后下先左后右都是妈妈教的。她说字要写得正。字正则心正。她捉住我的右手，鼻息呼到右边脸上，至今慈温犹存。

虽说还没解放，但陈明仁的部队早已心存异志。旧政权只是一个弥留的病人，没有气力再关注尘寰。城里很乱。原是地下的共产党不怎么地下了，这中间有我姑爹。

有那么一天夜里姑爹来了。共产党人关心穷人，我家是穷人，姑爹当然不会忘记我妈妈的拜托。没地方坐，姑爹站着。妈妈放下鞋底起身让座他也没坐，只好都站着。姑爹说他在王东原手下当差时有一个同志，后来去了北方，现在南下了。他们的部队驻扎在城外，等和平谈判的结果。有些人便衣进了城，已深入工厂街道摸情况做工作。他的这个同志在湘翰印刷厂，答应介绍我去做学徒。

妈妈说"听人讲学机械赚钱，这学印刷怎样？"姑爹说，

"才10岁，榔头都拿不起；就是学印刷，也要讲是12岁人家才肯收。你千万嘱咐他莫说露嘴。"妈妈懂到这个道理了，说了些感谢的话。姑爹补充了一句："还幸亏他长得高。"

姑爹出门的时候妈妈叮咛道，"你也要小心啊，不有学生被暗杀了吗？"姑爹没回答。走了。

我把脸紧贴妈妈的背睡了整夜，眼泪横流。枕上冰凉一片。不是为要离家自己赚饭吃伤心，而是知道妈妈做这抉择的凄楚。她要有一点点办法，不会让我在这时候离开她。

第二天早上，妈妈买菜回来，篮子里有两个糖油粑粑。一连几天都这样。歉疚躲在妈妈眼睛里不动声色地痛。

没隔几天妈妈告诉我："明天是爹爹的生日，做完你爹爹的生日你就要去做事了。"

父亲生日那天，妈妈在灵位前供了一碗熟蚕豆，要我磕头求父亲保佑。我跪在包包鼓鼓的黑泥地上久久没起来。飘来女学生的歌，她们唱的歌跟表姐唱的歌一样。我想起舅舅、表姐还住在杏花园。我想再去看看杏花园。纸钱余烬像白蝴蝶飞起来了。我去拈飘落床上的纸灰有如对待一只白蝴蝶。

门口有父亲生前的熟人过，他说，"三太太，你就用蚕豆贡三老爷呀？"妈妈说，"我活人吃得，他死人吃不得？"

受我姑爹的嘱托，姑爹的那个同志找到家里来接我了。妈妈早为我收拾好包袱，里面是几件衣裤、一支毛笔、一方铜砚。

童年诀别了，杏花园的螳螂蜗牛诀别了。我一生忘不了的杏花园的白蝴蝶，翩跹于一个瘦削的童话中。

我跟着那人走，一路上几乎没说话。说"几乎没说话"是说还是说了几句话。他详细问了我的姓名，要我别忘了自己是12岁，也不要说初小没毕业，印刷学徒字认得太少，人家怕你学不出师。

我心想，我出去做工就跟得做贼一样要瞒这瞒那。

这个人叫文遥城，就是我在杏花园遇见的解放军。我认识他，他不认识我。我闷在肚子里喊怪，世上也有这巧的事。

街上冷清，行人疏落。"特务伤天害理，残杀青年"的标语隔不好远就有一张。在柑子园街口两个工人迎上来，大声说"文先生，我们到处找你"，后面低声说的什么没听见。

文先生把我交给老板胡雪才。胡老板圆圆的矮，还和气。他说："莫碰机器，怕危险。学装订吧。"胡老板见到我包袱里露出的铜笔套，又说了一句："你想写字？可惜，没地方。"

没有办什么手续，也没问我的学历、年龄。我看出来文先生在这里讲得起话。

我被安顿在装订车间。

学装订是新派说法，原先叫学纸铺。师兄王冠生出身纸铺世家，车间里的师傅都尊敬他的父亲王云山先生。所以王冠生虽只比我大两岁，却跟大人一样的优越。他不用跟师傅们打洗脚水，不用跟师傅们添饭买包子。我就没退路，打洗脚水、添饭这些都是我的事。

所谓"师傅们"就不是一个人。师徒间并没有一脉传灯亲承衣钵的关系。师傅们中间有几个老资格的纸舖闻人。柳绉荣乃其中之一。他们不是产业工人，是一些经营不善的小手工业者；要不失意，不会不做小老板做工人。

晚上大家都上街玩去，我也上街。我不能玩得无牵挂，我要赶在师傅们前头回车间给他们打洗脚水。车间东头的角落放着各式脚盆。数柳绉容的最气派，一只铜盆还是同治年间器物。王大光只有木脚盆，死沉。王民俊锈迹斑斑的白铁皮桶，乃五百元金圆券买的旧货。我从厨房提热水上楼，分给柳绉容这几个人。我要提几次热水还要提几次冷水。冷热按师傅吩咐兑。好在不是都要我打洗脚水。王民俊王大光就从不要我打洗脚水。不过如果所有师傅都要我伺候，那他们也莫想睡觉。

王冠生跟我玩。我们两个时不时偷懒躲进纸筋房里喝冬酒。只有我一个人的时候，我就窝在纸筋堆里背字典。妈妈说的，一天认一个字，一年就认得365个字。

王冠生他晓得好多事，好多事他不讲我就不晓得。王民俊柳绉容是积极分子也是他告诉我的。我问什么叫积极分子，他说就是跟文先生走得近的人。"还有几个，"他说，"做彩印的戴大年师傅也是。"王冠生还说，这些人跟文先生学了一些时髦腔，"工人阶级""共产主义"这些，不懂什么意思。

戴师傅喜欢唱歌，晚上经常组织工人学唱歌和打腰鼓。教唱歌打腰鼓的女老师姓朱，是从演剧六队请来的。她能唱能跳，一口漂亮普通话。我们在操坪里排成行。文先生远远地看。有次朱老师教唱"解放区的天是明朗的天"，文先生跑过来对我们说，唱这个歌暂时小声点。我们就小声唱。朱老师教我们轮唱。此起彼伏，蛮过瘾的。

装订车间是手工操作，不像机印车间乒隆乓啷。除了数纸，其他操作都可以聊天。柳绾容每天说他去小瀛洲玩姑娘的细节，说话的派头让人觉得他见过大世面。小瀛洲是妓女麇集处，没有大妓院，整条街全是清秀小平房。每家都有一母一女，仿佛一家一室。柳绾容天天说着他的姑娘对他的情深。有些下流话。一见文先生来就不作声。

我和王冠生爱听王大光讲故事。不再是妈妈的岳飞文天祥了。说的是金镖黄天霸或者鼓上蚤时迁。他还有好多鬼故事。

王大光说过这么一件事。民国三十六年，他好久没事做。一家老小大年三十没米下锅。他独自躲在房里愁，咕噜了一声"还不如死了的好"。话音刚落，一个全身衣白的女人出现在灯影里。尖阴的嗓子使他发抖："要死啊？来，跟我来。"

那女的拿出一个绳圈在他眼前晃动。他恍然悟到这是吊颈鬼，吼了一声，"呸！谁说要死了！"那鬼道，"晦气！耽误我的事，我本是去宝南街二号找那家的大少爷的。"

一阵冷风。

王大光压低了声音。我觉得冷飕飕的。师兄王冠生每感到怕就气喘。他不失面子地移身到我和王大光之间，扑哧扑哧出气。

王大光说他急忙跑到宝南街找到二号。是一间米铺。大门紧闭。街灯映照下楼上窗口处有白烟浮游。他死劲捶门，大喊"快找你家大少爷呀"。米铺一家惊醒了，一个伙计开的门。一班人边喊边找。他们在楼上找到了大少爷。幸亏来得是时候，把大少爷从绳圈里抬下来还没咽气。米铺老板重谢他，这就过了一个好年。

类似这样的故事还有血糊鬼。这种鬼是难产去世的女人变的，背着血糊袋。王大光讲起来更吓人。在街上遇到愁惨的女人背负红色布袋，我就疑是血糊鬼。我会跟那女的走一段路。我有些怕又不怎么怕，只想世上真有鬼。有鬼就有变数，有鬼就有许多不确定。发生一点人间不能发生的事情，我妈妈就不至于总是这般难。我还认为有鬼就存在一个看不见的近在身边的另一个世界。如果碰到鬼，那必须是真鬼，作兴它将为我启开另一张门，让我步出这突不破的罗网。所以我从小不怕鬼，一直期望碰到鬼。碰到鬼在别人是倒霉事，在我却是风云际遇。我刚进厂的时候没宿舍，许多人挤住一间民房，楼上楼下密密地躺在地板上，连插脚的地方都没有。大家只在非睡不可了才在车间里洗好脚去那地方。我睡在楼上墙角两口棺材上。这是哪个都不敢睡的。紧贴的两块弧形的棺材盖，中间是个稳当的睡处。我觉得我比师傅们睡得好。不久，胡老板在东门捷径租到一栋青砖大屋，我才不再睡棺材盖上了。

当时长沙演艺界红星叫何冬保，他唱的刘海砍樵泥巴味足，土实粗豪。长沙市民的何冬保瘾，今天没有哪位天王巨星赶得上。每天吃饭的时候高音喇叭里只唱刘海砍樵。

一个周末晚上人都去了看何冬保演的刘海砍樵，只剩下门房和我在工厂里。空气稠稠的闷人。我坐在操坪里望星星。在我眼里，星光闪烁是翅膀的扇动，闪烁的星星是飞上天去的白蝴蝶。我怀念杏花园。杏花园的夜不寂寞。尤其是夏夜，生机勃勃的静谧迷漫整个山谷。一如阳光下的白蝴蝶，星夜满山萤火虫。有些爬虫也会闪光，蚯蚓蜘蛛都闪光。夏天夜里的杏花园是蛙鸣虫鸣鸟鸣的生动放浪和光的冷绿晶莹。而这里，夜里听到的只有百粒丸刮凉粉叫卖的哑闷。偶尔一辆烂单车过，铃声曳一地铁锈。老猫怪异地叫了，弓身跳伏墙上。它眼里射出的绿光不似萤火虫，妖气氤氲使我觉得会有什么怪事。我朝猫望的地方望去，从门口铺面进来起一直延伸到车间的走道上出现了一个女人朦朦的影子，好像背着红布袋。我浑身一颤，既紧张又兴奋。说不定呢，她就是为我来的。我想了一下，这要是真鬼就有真变，是福是祸由他。都苦到这步田地，要变只能向亮处变。我偷偷跟着她。弯弯曲曲绕过两个车间，走过食堂澡堂，直走到工厂最后面。一路都黑，看不清楚。走到这空处连影子也不见了。我在犹疑中发现澡堂的墙和后面仁术医院的墙之间有一条尺多宽的缝，那头有路灯的光。10岁孩子的好奇心唆使我穿过这条缝隙。这条通道有二十几步那么长，那边是医院的太平间。我从仁术医院的大门出来，到了都正街。都正街西头是登隆街。医院不像我们工厂那么黑，有一身白的医生护士和步履蹒跚的病人。我想刚才所见的女人是一个知道这条通道的护士小姐抄近路。我想以后工厂组织员工去登隆街看戏，我可以比哪个都快些。

我在都正街闲荡，在考虑是包远路回柑子园呢还是抄近路重穿那条狭缝。我觉得应该再走一次，仿佛要确认似的。我就又从那条狭窄的墙缝钻回工厂。从街上刺眼的汽灯下陡然回到工厂，显得比刚才还黑，要不是星光灿烂会连路都看不清。我吓了一跳，那间闲置的纸筋仓库的门开了，门内透出光。黑暗中没有什么东西比光更引人注目。我先头从这里过怎么一点也没注意这仓库？我跟踪的女人出来张望了一下，又随手把门带紧。就是她把烛光漏出来。我立刻想起王大光讲的鬼屋。有一个人醉后进了鬼屋，恍恍惚惚上了楼。他见一个漂亮女人把头摆在梳妆台上，斯斯文文梳头发。他惊慌失措往回跑，下楼见到四个人打麻将。他说，快跑，楼上有人把头取下来梳头发。这四人说，那有什么巧，我们都能。四个人一齐把头放到桌上，麻将牌洗得"哗哗"响。

我轻手轻脚靠近纸筋仓库，去门缝觑。那红布袋打开在台上，里面满满的三角形矩形的小红旗。原来工厂里的人并不是都去了看何冬保的花鼓戏，还有人躲在僻静处议事。我认出了那女的。她是做丝印的，就住东庆街。文先生带我去过她那里。那回文先生要我背着一匹红布。在路上文先生要我跟他相距远一点，莫跟得太近。

屋里有争论，我听得清。这回我晓得了一些秘密，比如说胡雪才要发不出工资了。柳绾容主张把圆盘机四开机搬出去卖掉，"我们要为工人做主"。文先生不然，说卖机器是杀鸡取卵。柳绾容坚持把工人发动起来跟资本家斗，"我们总不能不吃饭吧"，有几个人是附和他的。戴大年暧昧，好在王民俊站在文先生这边。不过文先生很艰难。他劝大家耐心些，现在时局动荡，生意不好，要体谅胡雪才的难处。文先生说："光明就在眼前，希望大家不要做过头。"

柳绾容的"光明就在眼前？只怕还没影呢"这句话激怒了

文先生。文先生拿起一面红旗往台中间一顿，激动地对着柳绾容说："红旗必将插遍全中国！"

还是柳绾容占了上风，第二天跟他跑的人多。也难怪，不发饷多数人急。他们把胡雪才困在办公室。胡雪才说尽了好话也不管用，背后还被人打了冷拳。他只盼文先生来，可文先生去车间劝阻撤机器的人了。文先生说，胡雪才是民族资本家，也爱国，不要把他逼死。因有文先生出面，骚动的人冷静些了。这是我见到的唯一一次小规模的工人运动。

有些事是师兄王冠生告诉我的。他说这回王民俊帮了文先生的忙。王民俊把几个"跟文先生走得近的人"拉到一起，说了好多好话。王民俊说，文先生把我们组织起来是为了保护工厂防止特务破坏。你们倒好，自己卖机器，这个月有得吃，下个月吃什么？特务无能破坏工厂，倒被我们自己破坏了。

王冠生说，柳绾容不齿王民俊那一套。

机器总算没有卖掉，但胡雪才被软禁起来了。工厂已经停工，没事就拉出胡雪才在操坪里转。还喊口号"打倒无良老板胡雪才""不发饷我们死不开工"。

我见文先生维护胡雪才，偷偷送包子给这个被软禁的老板吃。有天他对我说，他想跑。这样有一顿没一顿的，还打人。不打死也会饿死，"今天才喝了一碗稀饭"。

我说："那你何事不跑？"

他说："跑？门口日夜有人看住。"

这夜，我领他挤过那条通道让他跑了。他太胖，要没有我推他他怕跑不脱。穿过那条通道后，他背后胸前全是黑乎乎的墙垢。把他送出去后我本要回工厂的，但他要我跟他走。他想要我把以后工厂的情形告诉他。我跟他去了坡子街他堂姐家，在火宫殿背后。那地方，只怕警察也找不到。

第二天有人给老板送稀饭找不到人，这就慌了手脚。柳绾容找来值夜班的人问。柳绾容认为只有值夜班中的某人打开大门放跑胡雪才一种可能，他不知道是哪一个。也不好发火，吐出些难听的痞话。后来柳绾容带人去了胡雪才可能去的地方。他跟胡雪才跟得久，老板有什么亲戚朋友他都晓得。偏偏他不晓得火宫殿后面那地方。

过了两天，有人透信说我跟胡雪才有接触，不妨问问。柳绾容就把我叫去问。问我的有三四个人。刚开始他们很机智地诱导，见我反应迟钝才义愤填膺地骂我是工人阶级的小叛徒。柳绾容威胁说如果知情不报，要把我除名。他说，现在是他们说了算。

我怕被除名，怕妈妈伤心，我怕激怒他们。但我不知道是出卖胡雪才好，还是对他们说谎好。"出卖""说谎"都不好听，我要拣一头。我从来没有碰到过这样困难的选择，我在呵斥声中静不下来，半天没搞清楚到底拣哪一头。

　　他们问话是在铺面里。铺面平日归张建乐师傅管。是对外零售也接业务的地方，所以临街。罢工这几天，没开板子。那时没有卷闸门，用的是木板。阳光从板子缝里劈进来成了竖直的一片片。我心里想，太阳光也有办法撕碎的啊。

　　我的注意力不集中，一片片薄薄的阳光里活泼的悬浮物引开了我关于"拣哪一头"的斟酌。看着阳光里飞舞的尘埃，我想起杏花园的白蝴蝶了。

　　柳绾容不耐烦，其实他也不以为我真晓得什么事。我沉默这么久，他显然既烦躁又无奈。但他还是干吼，逼我退出遐思。银宫电影院正隆重上映《国魂》，是说文天祥的。文天祥我知道。我选择了说谎。我说是听过胡老板要躲到小瀛洲去。柳绾容一听就发火："我还不晓得，胡雪才是个守财奴，他从不去小瀛洲。"

　　找不到胡雪才柳绾容说话不灵了，原本围着他的人变成一盘散沙。柳绾容急，带着一群人到操坪里唱"谁养活谁呀大家来想一想"，唱得跟骂一样。

　　几天不见的文先生出现了，他不知道胡雪才失踪的事。柳绾容冲着他不客气："这下好，工钱找哪个讨去？还是把机器搬出去卖了吧！"

　　文先生听到"胡雪才跑了"比谁都急。他说他找到了一些钱，要老板签字办手续。他把我扯到一边问："你真的晓得老板在哪里吗？"

这事最后怎么办的不清楚，只记得带文先生找了胡雪才。很快恢复了生产。我只记得这之后文先生跟我说话多些。这之前没说过几句话。他要我晚上去他的办公室看书写字。还回答了我问的"什么是共产主义"。他说的"各尽所能各取所需"我只理解"各尽所能"，那就是有什么本事都贡献出来不求回报；"各取所需"始终不懂，想要什么东西随便拿，难得那等好事。

很快到了1949年8月5日，那天我和王冠生拿着小红旗跟工厂的队伍上街迎接解放军进城。这是王民俊出头组织的。黄兴路蔡锷路隔不远就有一个松枝扎的牌坊，红旗招展。两边挤满了人。我们工厂出了一个腰鼓队，一个歌咏队。文先生在街中间瞭望。大部队一出现他立即向我们这边做手势，歌声、鼓声、鞭炮声沸腾起来。

胡雪才指着走在大军最前头的一个并不魁伟的人说："这是一员共产党的大将。"我看那人，觉得一点不像关老爷、赵子龙。

大军从我们眼前走过，文先生频频跟队列里的战士打招呼。

解放没几天，文先生说他要走了。有说他回部队南下的，也有说是有人向上头告他思想感情有问题调开了。

文先生临走送了我一本很旧的北新书局出版的鲁迅的《野草》。他说"你可能看不懂，留个纪念吧。"

我翻开那本书，书中有一只被压得扁扁的白蝴蝶。是杏花园的白蝴蝶。

文先生走后个多月，我们迎来了共和国的诞生。我们从高音喇叭里听到"中华人民共和国今天成立了"。洪亮的声音把"共"字读成平声我有很深的印象。

我于1950年1月6日加入了中华全国总工会，成了后来市工会主席马隆安说的"全中国最小的工会会员"。

我的音乐老师

　　我没有进过学校，所讲的是工人合唱团的音乐老师。他姓曾，我不忍提他名字。小时候崇敬很多人，曾老师是一个。他是音乐家。不过等到我结识他的时候，他是制作人类骨骼标本的人了。

　　50年代初期，我在一家工厂做工，很喜欢唱歌演戏的。参加过省工人合唱团这类组织。曾老师作为音乐家，常常来辅导我们。他有名，人也精致；又正好有几支歌被我们很崇拜地唱着。所以，他就是大人物。后来晓得他是一个进步音乐工作者，地下党的时候写过骂反动派的歌，组织过迎接解放的群众活动；土改中有支歌鼓舞过千千万万闹翻身的农民。这就更坚定了我对他的敬意。

　　每当他来，我尽量突出我的音乐天才以求他另眼相看，求他引我为知音。谁知他根本不理我。这使他更显高大，更值得攀附。有一次他走出工人合唱团的活动室，潇洒多姿的呢子大衣从我脸上拂过去，那感受就跟我成年后女朋友的头发从脸上拂过去一样。他皮肤白皙，戴一副金丝眼镜，话不多。走起路来看得出急躁，总是一脚碰在凳脚上一头砸在门框上。只在他指挥我们的时候才见到他微笑，只在他跟我们一起唱的时候，才觉得他是可亲的。他要求我们唱出力量，唱出希望，把新中国的朝气唱出来。

有一次他终于注意到我了。我在大合唱时唱得出人头地。演出完后他把我拉到一边说，合唱不是独唱，要服从整体；不能突出个人，要通过群体来表现。说完他就走了。临走时他把大衣往身上一披，那风度，那派头，令我几十年梦寐求之一件相同的大衣而不得。后来，我离开了工人合唱团。我想是在那每天晚上开两个会的岁月，是在那不开会就加班的岁月，当然把他忘了。这时的工人业余文艺活动也不像早先的诚挚。文化活动带上一层暧昧色彩。就是不加班、不开会，我也会知趣不再参加。

1956年夏天，记得是一个胖乎乎圆滚滚的妹子，送我一张音乐会的入场券。我这才知道他原来可以指挥庞大的乐团。曲目单上介绍他喝过海水，在巴黎先学舞蹈后学音乐。这使我觉得原先对他的崇拜稚气十足。他一出场，我向旁边的女朋友炫耀我早就认识他，还跟他说过话。我虚构了我和他促膝交谈的场面。我的女朋友马上把脸蛋兴奋得更加圆滚了些。透明的天

幕深远而魅惑，音乐使我忘记了身边可爱的人。我终场沉浸在
有些惆怅又有些亢奋的情绪里。我觉得他给我的启发是不止于
美感的。以后好几年没有见过他。有人用矿石收音机收听《美
国之音》，听到他的作品在维也纳演奏。我们只敢悄悄地传。
其实，我们已经没有热忱关心这些事了。

等我再见到他的时候，我站在城外的一座荒丘上举着一把
半损的锄头。锄头不知怎么卡进棺材的缝隙里了。我撬了几
撬，立刻冲出令人作呕的恶臭。近旁的土夫子们掩鼻跑开。最
大惊小怪的是女夫子们。她们把锄头扁担一撂边跑边叫。土方
队长（也是包工头）贺驼子走过来，近前棺材看了看，说道：
"把酒癫子喊来。"

不等人去喊，叫酒癫子的人闻风来了。他饶有兴致地绕棺
三匝，同时请几个夫子（包括我）帮忙把棺材挖出来。我一眼
认出此人就是曾老师。一点没有惊诧。他落到这步田地我马上
有一个解释。

那件使我羡慕不已的大衣如今残败失色。金丝眼镜有一边
是用麻绳挂在耳后的。胡须很长，一副邋遢相。还有用袖口拭
口水这样算不得文雅的动作。这回应该有机会真正跟他促膝谈
心了。我没有急功近利仓促攀交情，只是替他卖命挖；当然纳
闷他对死人的兴趣。

我们下力的时候他席地而坐，从大衣口袋里拿出二两装的扁酒瓶。他身边有一只麻袋和一把小钉耙。这回他用真正欣赏的眼光看我了。其他人坐锄头把上休息，只有我一个人还在撬棺材盖。

一副强壮的骨骼，下半身没腐烂完。臭气就是腐肉散发出来的。他跑到棺材边仔细察看指骨，这又使我纳闷。我没有冒昧问他。他露出苦笑，懒洋洋地收拾骨头，不很满意地把骨头扔进麻布袋。

每当工地上头天挖出了棺材或者当天要挖掘古墓，曾老师就会悄然来到工地上。他远远独坐树荫下喝酒，手中的树枝古里古怪挥舞着。在不是贺驼子的工地上要是出土了骨头，因为人不熟，他会耐心等到收工。他会在暮色苍茫中甚至深夜行动。

不久我知道了，曾老师这样准确来到工地，是贺驼子通风报信。

贺驼子是侏儒，却是卓绝的土方队长。如何笼络施工员，如何软硬兼施自不在话下。他的拿手戏是做一手绝妙假垛子。土垛子是土夫子们劳动的计量标尺。贺驼子做的假垛子天衣无缝。（土垛子相当于 Z 轴，与 X 轴、Y 轴定义的平面结合起来算出土方量。平面很大，土垛子加高一点儿可多拿好多钱）。

　　我刚来的时候不喜欢驼子，都说土方队长是喝血的。慢慢觉得他还好，不见得怎样地心狠手辣。他高不过冬瓜，说起话来偏是盛气凌人的。"我不吓了你，老子楼上住的都是音乐家。"我这就知道，原来曾老师是他的房客。

　　一日，驼子在工地上置酒豪饮。男男女女没大没小地端着泥巴碗你一口我一口。我坐在扁担上发痴，空空地看天看地。后来，起身去捉螳螂，看见曾老师在那里数蚂蚁。我带半瓶酒过去，才知他不是在数是在跟踪。我装出对蚂蚁有和他相同的兴趣，跟随蚂蚁跑了好长一段路。蚂蚁列队钻进一座坟墓里去了。那里有一个隐蔽的洞。他扒开碎石杂草，说是盗墓贼留下的入口。随后又掩蔽起来。他靠墓碑坐下，喝着我带的酒，重复工地上打夯的号子。那旋律单调，他重复几遍后有了发展，开始变奏。我认为他发挥得非常好。

　　他简直跟从前一样没把我放在眼里。

　　我有了好主意，哼一支他的歌，这招灵。他闪亮眼睛瞧我，我边哼歌边装着看蚂蚁。他竟没再理我，突然起身就走，差点被一个树桩绊倒。我赶忙扶他，边走边说，说他曾经是我们的辅导老师。他尴尬。我敏感到可能是我（过去的）领导阶级身份作祟，便从容告诉他我不再是工人，是地地道道的土夫子。他明显亲热些，把手搭在我肩上下个陡坡。

曾老师终于邀我喝早茶了，有机会就邀我。我每次都是早早起床，赶到城边一家离他住处不远的茶馆与他晤面。往往驼子在场。往往是那些老茶客。到贺驼子家坐过几回，曾老师却不邀我上楼。他在楼下假贺驼子一方宝地接待我。

我当然已经知道曾老师现在赖以为生的手艺是制作人类骨骼标本，贺驼子还是从地上捡了几张过期的合同给我看。这些合同每张除数量参差外其他内容是相同的：名称——人类骨骼标本；规格——常人高；材料——真骨。或者是：名称——分离头骨标本；规格——常人头骨；材料——真骨。

他每早跟驼子同赴茶馆，两人默契地找个僻静角落坐下。驼子就在这时候向他提供有关迁坟徙墓的情报。告诉他某坟无主，某坟不能动，或者工地上挖出了多少口棺材。

有个叫海爹的茶客，天天贩卖南门外闹鬼的新闻。他有声有色，情节离奇。驼子手捂茶杯一言不发，狡黠地笑。

逢上下雨天工地不开工，我就到驼子家去玩。曾老师大都把自己锁在楼上。

只在他处理骨头的时候才能接近他。骨头拿回来要执行去除软组织和打磨关节面等等工艺，这些都是在后坪中搭的茅屋里做的。茅屋里有口大铁锅，我帮忙煮过骨头。做完后，他递支烟酬谢我。

　　这天我坐得晚。贺驼子预言："你再坐会儿，包能听到他发酒疯。"果然，约莫晚上9点钟的时候，楼板响起踢踏声。我记起他的烂皮鞋是钉了铁后跟的。这声音开始极轻，有如一只被风浪击得千疮百孔的小船躺在沙滩回忆往事，一圈圈波澜从他内心的深处向空中扩展。踢踏声的节奏慢慢激越，楼板缝里有灰尘落下。驼子端茶避开去，独自坐坪里抽烟。

　　节奏变得紧而密的了，逐渐变得狂热、炽烈，变得多情而贪婪。整座楼房都在抖。我全身紧缩，怕一根牵系他生命的弦突然断裂。

　　楼板上的节奏越来越疯狂，土地微微颤动。我相信只有入了魔才能这样表现。只有入魔才能把生命倾泻得这样彻底。他是在舞蹈，以一种特别方式寻求自我的解释。此刻，他是一个舞蹈着的音乐家。一个只有脚功能的舞蹈家在阐释失去旋律的音乐家。他的音乐只留下硬朗节奏，犹如生命只剩下叩击有声的骨头。驼子说，这是他最快活的时候，并不容易碰上他这样快活。

　　踢踏声停下来，寂静了好久。听见他开门。又隔了好久，听见他下楼。他只下一半，形销骨立倚在楼梯扶手上问驼子："没酒了，你有吗？"

　　雨季来临，这是土方队的淡季。贺驼子带上比他高出一头的老婆下乡走亲戚。我只得另谋生路，去一家街办工厂做钳工。一天下班，出厂门就碰见曾老师在麻石街上踟蹰。一个可能是他旧友的人与他相遇，站住想跟他打招呼。他却用如醉如痴的目光从那人脸上扫过，带着有点酒香的微笑蹒跚走了。我追上去，叫"曾老师"。我一直这样称呼他。他很高兴，怪我好久不去看他。我邀他喝酒，进一家偏僻的小酒店。他记起来我是工人文工团里年龄最小的成员，回忆了一些当时的情景，我们谈得很投机。

他忽然沉默，自顾自喝闷酒。我以为是我什么话刺激了他。又听他说，弹钢琴的不行，手指太短了。我以为他是说的从前乐队里某人。我断定他醉了，搀他回去。一路他都咕噜着"不行，不行，再找一个"。天上乌云翻滚，道路漆黑。我后悔喝得太久了，前头还有好长的泥泞路。

我扶他上楼，他的手不听话，费了点工夫才打开锁。灯光一亮，毛骨悚然的场景出现了。

这是一间很大的空房，面积是楼下一间堂屋、两间卧室、一间厨房、一间杂屋的总和。没有天花板，瓦缝里不时漏出闪电的白光。一个整齐的阵容摆在我面前，那是一群制作精良的人类骨骼标本。它们按照舞台上乐团那样布置。每具标本的颈椎骨上用绸带系了领结。这些标本有站的有坐的。旧钢琴前也坐着一具标本，摆出弹奏的姿势。他摸着它的指骨要我看。

"不够修长，对吗？做粗活的。"

他睡在木板上，木板放在四块窑砖上。火缸旁边的碟子里有吃剩的卤菜，横七竖八的空酒瓶。

我发现他新写的乐谱。在我看这些东西的时候，跟远处的滚雷一起，响起急促的踢踏声。他又那样踏起楼板。兀然林立的标本随着楼板的震颤摇头摆尾，在昏黄灯光下产生阴森森的效果。我本来想走，现在更想立刻离开这地方。不是怕，我并不怕。想离开罢了。正巧风雨大作，雷电交加。犹豫了一阵，想来想去还是留下了，把一个瓶子里剩下的酒喝得精光。幸好不久他停下来。我乘酒意和衣便睡，不想再跟他说话。

过了那夜，我知道他是不能离开艺术的了。离开艺术，他便是凡夫俗子，便是平庸的多余人。他已经有了集这种标本的癖好。面对连缀起来的骨骼，他有不同于比较解剖学家的发现。

他跟白骨打交道的时间不短了。起初不过为了果腹。医学院校及综合大学的生物系找他定购人类骨骼标本。他有了制作的热情。是门不错的手艺。同样需要专心致志，需要勇敢和勤劳。记不得从哪天起，学校不再上课了，再没人上门要货。原本订了货的也没人来履行合同，标本积压了半楼。

长久的无所事事，他开始精益求精于自己的作品，不断摆弄它们，终于走进了他的梦幻。他把这些由生命中最坚实的材料制成的作品组成乐队。是他赋予了它们灵魂。他又可以创作可以排练可以演出了。在城市边缘的木楼上，他把自己封锁在自己创造的幻境里。

那天早上我是冲着雨回家的。蒙头睡一天。我梦见他在荒原上呼唤。他呼唤一位大师。一位杰出的钢琴演奏家。他爬到山顶，看不清脸，只听到声音。这声音不是一个人的声音，是磅礴的大合唱，继而变成万籁之交响。一切有灵物与无灵物之交响。这个梦很长，老是重复几个镜头。我清楚是梦，好几次刚到醒的边缘又沉回梦里去。等我挣扎醒来，已经下午两点钟。

没等到吃晚饭我又去找他。我有个想法，想把他从魔境中拖出来。长此以往人会消耗殆尽。路上碰见送葬的队伍，一路十几辆汽车。他们用冲锋枪送葬。柏油马路上满是子弹壳。头辆车载的灵柩，第二辆车上坐满丧葬班子的吹鼓手。他们声嘶力竭吹着流行的丧葬音乐，暗示死者是死得其所并重于泰山的。

我直往城外走去。

白走一趟，大门上挂着好大的老式铜锁。连去几次都这样。等到贺驼子从乡下回来，才请驼子打开楼上的锁进去看看。楼上依然如故，只是钢琴前的那具标本被摞到墙角去了。

驼子认为，他是去了外地推销产品，想要活不找门路不行。

没过多久，有件事情使我和驼子非常不安。那天我去茶馆找驼子聊天，顺便把我不再回土方队的打算告诉他。有朋友介绍我去南门的一家街道工厂，那里的活要轻松些。驼子挽留我，说无论什么时候有难处就找他。

邻座有茶客挑逗海爹，"海爹呀，您老人家那鬼如今安在呀？"不料海爹并无难色，从容答道："那鬼么？早打了。如今祖坟山清吉了。"

驼子和我同时一怔，茶没喝完就去他家商量这事。驼子很慌："哎呀，这酒癫子！莫不是去挖那座坟了？我跟他讲过那坟动不得，虽说无主，却在人家祖坟山上……"后来又说，"不至于吧，总得有个尸呀。"

事情就这样过去了，曾老师终究没回来。

此后，我去了南门大古道巷的工艺美术厂。谁介绍的记不清楚了，可能是钟叔河。这家街办厂有点意思，是个"藏污纳垢，牛鬼蛇神成堆的地方"。正在天井里做石膏胸像的年轻人是写《火烧红莲寺》的平江不肖生向恺元先生的孙子。躲在后院墙角煮骨头的是湖南师范学院生物系讲师郑英铸。做几何教具的陈孝弟是某大学数学老师，他一边工作，一边给姓仇的大学没毕业的年轻右派讲傅立叶级数。旁边小房里埋头钉板板鞋的是鲁迅先生在《记念刘和珍君》一文中提到的"一样沉勇而友爱的张静淑君"。她满脸沧桑，沉默、高贵。钢琴家罗世泽不知做的什么业务，跑上跑下。至于钟叔河夫妇，做的字画装裱。他们裱糊手艺精到。与钟叔河莫逆的朱正戴着高度近视眼镜描图，他是解放后第一本《鲁迅传》作者。

这里有一个做人类骨骼标本的人，更怪的是有一个驼子。这个驼子要是不驼便是美男。他待我好到只能用温存形容。他姓张，叫张衢鹏，是这个工厂的女厂长易欣嘉的儿子。易欣嘉是以街道办事处副主任的身份兼的厂长。我们不叫她易厂长都叫她易主任。我想过，这么多牛鬼蛇神能聚在这里安身，多与易主任有关系。那时的街道干部没几个好人。易主任不但人好，其涵养是那个时代绝迹的贤淑。我不明白她怎么会被重用。她应该是书香门第啊？几十年后的今天，她有一个孙女出了名。唱歌的，叫张也。当时我的猜测作兴没有错。

郑英铸住营盘街，离我家近。第一次去他家是张衢鹏（我从不叫他驼子）带的路。我问郑英铸，你认识做你这行的一个姓曾的吗？他说那是我徒弟。是我教他这门手艺的。郑英铸说了许多曾老师跟他学艺的事（1980年后，郑英铸先生在长沙教育学院教书。他工水墨画，上门求画者多惮其床下的一堆人骨头不敢进门）。

多年之后，正好是蚂蚁、微生物，还有老鼠、黄鼠狼足以把一个人的筋肉啮尽刨光的那么多年，我又回到了驼子的土方队。驼子又在我重遇曾老师的工地附近承包了工程。原来的工地上，本该出现一个大工厂的，现在立着的是稀稀拉拉的脚手架。到处堆着砖头、石灰、水泥。

要掘一座大坟了。我依稀记得这是我跟曾老师追踪蚂蚁的地方。坟墓被掘开，棺材早已腐烂，人们诧异地看到在躺着完整的人体骨骼的棺材旁边，沉默着一具斜倾的骷髅。他一身雪白，他是干干净净的。他右手握住钉耙，手电筒被朽塌的木屑埋了半截。我注意到棺材里那副骨架的指骨，的确修长。

我认为贺驼子早就有所推测，只是今天才证实而已。曾老师的颅骨有裂纹，是为钝器所伤。驼子完全懂得把人当鬼打的扁担砍下来的痛快劲。

贺驼子猜想，那夜曾老师被打伤后钻进坟墓里躲避，就这样再没能钻出来。

幻　肢

一早醒来，猝然觉得不再是冬天了。寒风凛冽得让手脚冻得开裂的冬天已经过去，就像昨夜随梦去远不再是真实的了。阳光从窗口进来，送我久违的温暖。鸟的啼鸣轻快嘹亮，它们都高兴用不着再瑟缩在破败的窝中了。腐朽的落叶深陷泥里发酵，闻着竟有些酒香。枯得发白的草丛的根，不经意抽出些新叶，被冬寒作弄得枝头羞涩的树干也有浅绿在一点一点地闪闪发光了。田野等待开垦。从牛栏里挑出来的浸渍着牛尿牛粪的稻草堆满了村前的破庙。石灰早就烧好了。作田人有见地，做好了春的准备。鸭子一拐一拐地跑向水塘边，它们跳下塘去的时候秩序井然。它们都欢欣地把头栽进水中又抬起来，用力甩干头上的水。在还幼稚的春光里我悠然盘桓了好半天，不期在田野上遇见他了。他也老远看见我，沿着田塍向我走过来。他没有右臂，右边的袖筒随风飘忽，把他的身躯反倒衬托得傲岸。一向澹默少言的这个人，这天居然跟我说着他自己的事。一边走一边说，后来是在他的书房里继续的。直到我离开，也不知道他的故事到底说完了没有。他说那是他的故事，我倒觉得是关于一只不存在的手臂的一些事情，说不上是一个故事。并且，我不认为那是真的，多半是他杜撰出来的情节。我们交谈过几次，我知道他是一个作家。他跑到山里来住这么久，不就贪个清静好写点什么。我一直认为如果听到一个作家讲故事，那多半是他正在构思的作品。

我想起了村民们已经习惯了的他的叫声，那是经常从他灯光不熄的屋里传出来的。他刚来的时候人们曾经议论过，"那屋里怕是养了一头豹子吧？"后来发现是他自己的声音，就都说他是癫的了。

昨夜我就听到了。因为我将要离开村庄，回到我的蜗居去。我的身体已经疗养得够好的了。我想在离开之前接近一下古怪的喊叫。我就着月光走近他窗口，但是我没看见他。他用一方厚厚的深蓝色的布遮住了窗户，只剩又扁又窄的少许亮光从边缘透出来。我也没有窥视的兴趣，不过想来亲耳听听罢了。关于这屋子里夜阑人静时传出的声音的议论我听得多，有说像鬼的有说像兽的。我听了好久，认为那是格斗，是一个斗士和他的顽敌的搏击。他向敌人刺出致死的一剑，同时大吼一声。一剑不中再次出击，不料被对方刺中，这时听到强忍着的节制的呻吟。他喘息了一阵，又艰难地站起来，一场不胜即死的战斗重新在血泊中展开。我脑海里闪现出竞技场里古罗马人残酷的游乐和西班牙失手的斗牛士；还仿佛看见共工头触不周山。总之，只这声音已经使我惊心动魄了。

我到底忍不住，从那块蓝布留下的缝隙处偷看。原来，他是在写作。左手移动极快。额头上爆出青筋。他在跟我看不见的什么东西较量，大叫一声之后即毫无阻断地书写好一阵。后来安静了，我也走了，只有树木瑟瑟作响，风把叶子底下的影子吹得摇曳不定。

我刚走到溪边，用冰凉的溪水洗一下脸，又听到那屋里的叫声。这最后的叫声掺杂着急躁与无奈，是一声压抑着的焦灼的近乎喊叫的叹息。我有些不安，但更多的是摸不着头脑。我完全同意村民们"癫子"的说法了。这并没有贬低他。艺术家也好作家也好，一定要有点神经病。不然，他们如何搞得出那些东西来？他们的思维如果跟平常人一样，创造出来的作品还有哪个看？所以我理解他，这村子里恐怕也只有我能理解他。大概也就缘于这种理解，他愿意跟我说话。

我们进屋的时候，书桌上的稿子被风吹得稀乱。墙上挂的他用左手书写的一个好大的"痛"字被风吹歪了。乱七八糟到处是书，一点都不收拾。他把吹乱的稿纸整理了一下，坐到椅子上自言自语，"其实跟废纸差不多"。

平日他精神不错的，今天我觉得他像是刚从惊涛骇浪中生还的水手，斜倚被风浪抛掷到岸边的船的残骸，既平静又疲惫。他脸上的一道痕被岁月夸张地加深了，他不理不睬地任浓密的长发在风中舞动。

进屋之前，他已说过了他被打成右派的经历，在劳改农场劳动教养的经历。他说，反右时我太年轻，根本没注意身边的事。我只顾读书，只顾写作，我被我当时的成绩麻醉了。我一张大字报没写过，也没发过一句言，但我还是右派，还是极右分子。这一段他说得啰唆。那么多人被打成右派，经历本都大同小异的。幸好走进屋里之后他没有接着说下去。他露出隐隐约约的笑说，昨夜你没怕吧？我晓得你站在我的窗下。那样的时候我不能自拔。我被它裹挟，在光怪陆离的猖獗的迷醉中，左手无可逃遁地臣服它。但这个无与伦比的令我陶醉、激荡的灵魂是跟痛同来的，我无法避开跟痛的格斗。我说的是我的右手。你认为我没有右手是不是？不，我有，它还在，只是你看不见它。它比你看得见的左手要聪明得多有记性得多。我的诗，我的散文，我的书法，并不是左手的作品。它们都是右手的创作。左手不过是右手的奴仆。我死去的右手的灵魂从前放情肆志，在带来痛的同时还带来壮美。那时的痛是多情的驰骋的。现在不行了，看来它也老了。所向披靡的它如今变得歇斯底里。变得无情、枯燥，爱恨俱空。它甚至作弄我，时不时送来一点儿灵感，我还来不及捕捉就飘散得无影无踪。它再不像从前，原本有欲望、有寄托、有野心的它，现在蜕变成一个空洞的幽灵，我也就只剩下空洞的痛了。我受不了这样的痛，干瘪的痛真叫人受不了。你或许认为不可思议。你或许认为我在瞎编。这只是一种病，一种医学上叫作"幻肢痛"的病。这病虽有些怪，又没有什么可怪的。这种病不过是比流行性感冒少些人知道罢了。失去肢体的人大都患有"幻肢痛"，只是我比别人痛得激烈、痛得嚣张、痛得妄诞些。是不是我们失去的东西都转化为另一种形态存在着呢？我有时候这样想。

听他这一说，我仿佛看见了他袖筒里的精灵。要不是阳光确定地明媚了，我是会紧张的。但我的后背还是有点冷。为了松弛一下，我去门口朝远处望，眼前的一切无不光莹四射。正转青的山野，在如雨倾泻的阳光下妩媚多姿。我看见一条黑狗跟着水牛打转转，小女孩的篮子里有了些猪草。我进屋坐下。他说如果饿，灶下柴灰里有烤熟的红薯，扁筐里有煮熟的毛芋头。不要嫌弃，这些东西在城市的餐厅里都做成精细的点心上席了。他好久没说话，眼睛差不多要闭上了。深邃的静，听得到飞鸟扇翅的声音。他似乎不愿再说话，低摆着头；又似乎既然说开了就跟你说吧。不过，这些都不关你们的事。这些都是已经过去了的事情。在那个极度深寒的夜里，我们的覆没，都不关你们的事。你们，就像春天里的事物不需要知道冬天，就如路边那些黄灿灿的小花不必关心它脚下的腐草一样。所以，你对我说的这些不必太认真。

他显然错估了我的年龄。他看上去是比我年长，但我再少相也不至于"年轻"到"不关你们的事"。我没计较这些，因为我对他说的已经有些兴趣了。我说，那你就讲讲你的右臂是怎么回事吧。

显然一时他不知道从哪里起头，起身去扶正被风吹歪了的"痛"字。好，就这样说吧。他开口了。我从劳改农场回城后，身份是"摘帽右派"。我谨慎地捧着矿山机械厂"职工学校老师"这个泥巴饭碗，这是那个时候的一种特殊职业。历史太快重复，不久就又见到铺天盖地的大字报。不同的是，这次除了大字报还有枪声，还有随处可见的暴力。几年劳改农场的生活，我也不像当年在报社时的不谙世情了。与黑暗的摩擦，灵魂可以迸发出光华，也可能化为轻烟。我这个时候已经晓得人的尊严是可以被颠覆的了。在劳改农场那时候我曾经见过九个人，他们围在石灰窑旁边的土丘上抽扑克牌，谁抽的牌点数最大就由谁吃那碗分量稍稍多一点的饭。你懂我说的意思吗？他露出蔑视的眼光说道，这九个人里有画家、导演、无线电工程师、小说家、物理学教授、散文名家和曾经威望很高的官。第十个人，他说，他的神气变得严肃，提示我要注意下面的话，那个省《工人报》的编辑叫黎昌恭的，端着饭碗走过来，尽他的能力把他自己的米饭平均分配到九个饭碗里。他望都没望这九个人一眼，泰然跳进石灰窑里把自己烧了个干干净净。

　　看来我说远了，是这样，他用左手拢了一下头发。有一天职校办公室的李蔚春老师跟我说，彭老师被红色兵团的人抓走了，要我想办法救她，因为红色兵团里有不少人前几年是我班上的学员。彭老师就是彭素兰；所谓彭老师不过是出学校门不久的女孩子。她来职工学校只上了几堂课就停课了。她还在摇篮里她的父亲去了美国做学问。因这层'海外关系'，她的母亲在运动初期经不起革命群众的折腾自杀了。所以所谓彭老师，其实是个黑五类狗崽子。李蔚春说她是因散布反动言论被抓的，还说了些为什么应该救她的道理，大抵是斯文一脉、同病相怜这些话。当时我心里想，李老师你其实不用说这么多，这件事只要我知道，我就决不会坐视。

　　李老师把身体弯到办公室的窗外，指向热处理车间后面的仓库。他说："就关在那里，正好今天他们的头头都去银盆岭打仗了。"

　　我是因写一篇檄文认识彭素兰的。前不久，职教办接到这个工厂占统治地位的造反派组织红色兵团司令部的命令，要求派两个人去起草一篇檄文。那篇檄文是针对工厂外面同样是造反派组织并和他们势不两立的云水怒的。职教办谢主任把这任务交给了我和彭素兰。在谢主任这是深思熟虑后的决定，没有谁比我们两个年轻人更合适的了。我一直认为彭素兰是个冷若冰霜的人，尽管她的眼睛生就地含笑。同时，我也认为不会有人愿意跟右派做朋友，我的自尊心限制我主动与人交流。所以平日我跟彭素兰的来往只限于点头，这回是第一次与她有工作接触。

我们两个人立即投入了革命行动。因为革命不是请客吃饭，不是做文章，不是绘画绣花。我们卷起袖子，晚饭没吃，直写到深夜。我们在两张拼起来的乒乓球台上，用马克思、恩格斯、鲁迅，还有红本本凑出了数千言的檄文。说老实话，文章真不错，我从来自负自己文章写得好。那天晚上，我也很欣赏她的才华。狗屁文章见大才气。

完成任务后一起离开，正好午夜12点。空旷的马路上时有载着满身武装的造反派的大卡车呼啸而过。他们声嘶力竭地喊着"就是好，就是好"。很快寂静下来，只有收破烂的老人家在黑暗中扯大字报的响动。她忽然要我唱歌，这是在走了好长一段路之后由她想出来的主意。我理解不是要我唱李劫夫谱的语录歌，就唱了"明月出天山，苍茫云海间"。她听得很投入，显然不是在于歌，而是在于唱歌的人。我唱完了，她又唱。她唱的是《纺织姑娘》。那时候我们都喜欢俄罗斯民歌。她又提议一起唱《深深的海洋》，要我唱二部。我发现她原

来是这样可亲的。人与人之间可亲和的可能，我以为不会再有
了，这天晚上悄悄地来了。

那夜我觉得自己的声音很动听，那是很和谐很默契的合
作。那个稍稍特别的夜，不认为这是一个右派分子和一个黑五
类，它只认为这是两个不期而遇的青年，甚至可能是一见钟情
的情侣。若不是在水风井路口要分手，若是再走一段路，若是
还合唱一支歌，我们很可能会手牵手了。这夜以后，在我心的
深处有一颗与生俱来的种子，一丝声息也没有地爆出了绿芽。

救出彭素兰比我估计的要容易，红色兵团的司令带着大队
人马去了银盆岭前线，还打了大胜仗。留守的人也清楚我们两
个人是为他们的革命做过贡献的，就给了我这位老师面子，把
彭素兰交给了我。彭素兰左边额上裂开一道伤口，血流满面把
眼睛也糊住了，我以为她是眼睛受伤。

我扶着彭素兰到医院的眼科门口，被站定门口的有红袖章
没有下巴的家伙拦住，要我们先背老三篇。我理直气壮地说：
"好，我背。你们总要发挥无产阶级革命人道主义精神，让她
先看病。我站在这里背。"老三篇我可是在劳改农场已经倒背
如流了的。我故意顿挫有致地慢吞吞背来。

说到这里，我因他脸上戏谑的表情轻松了点，一路听下来
是有些沉重的。

　　到我把三篇文章背完，彭素兰已包扎好了左眼和左眼上缝了好几针的额头。当她的右眼恢复明亮时，精神忽地抖擞了。因为只有一只眼，她一睁开眼睛便肆无忌惮地看我。我想，在她两只眼睛被血和泥沙蒙住的时候，从我毛手毛脚搂她到怀里那一刻起，她一定就渴望看到我了。

　　这天晚上我们两个在一起，理所当然地走到江边去。我们默默并坐，坐在无法掀开的黑暗里。河心的轮船懒洋洋行驶，汽笛有气无力地嘶鸣。对岸的灯光，一排参差的含泪欲滴的眼睛，不无惊诧地隔水望着我们。这夜在一起，我们产生了一种感应，一种生命时刻准备好了的靠近。我们什么也不用说，我们的年龄为我们备好一切。我们同时体会到了早就期待着的虽在人间却又常常被人蹂躏得一塌糊涂的美好情感。极少人能把这美丽瞬间化为一生的温柔。但常常为了这瞬间醉人的清香，人们不顾一切地追求，哪怕一生只有一瞬间的享有都好。我们都没出声。我只把她头部有些松脱的纱布整理了一下。我左手按着她的头，右手把纱布轻轻绷紧。右手此时产生了欲望，我的右手让我始料不及地爆发出激情。

　　我们终于交谈了。不是倾诉，却仍然跟倾诉一样没有一句可以听厌的话。连她说"饿了吗"都是新鲜的。充满爱的关怀。随着夜的深入，我们越来越攫取倾听。相互都觉得对方的语言柔顺滋润，连清风也不是普通的它包含着与那时代没什么瓜葛的东西。我们或许并没有察觉这种变化，但整个事情在我们心里顿时变得明朗了。在送她回家的路上我们又轻轻唱歌。我们不知道怎么说。我们只有轻轻地唱。一直唱到她家门口。她的家在一条狭长的陋巷尽头处，又脏又黑。我和她一路走来，以为走进了一条通向光明的奇异的巷子里。

既阴暗又潮湿的房子，一进去就闻到霉味。墙上除了她妈妈的遗像，还有一张15年前出版的"我们走在大路上"的宣传画。画面上工农兵学商在红旗下昂首阔步，再向前进一点，就碰到墙角了。她翻出些照片来，这是爸爸那是妈妈。她去床后的墙上取下一块窑砖，拿出几封信，是她爸爸从美国寄出的和姑爹从香港寄出的信。都是1949年的事。这些信要落到无论什么派手里，里通外国的罪名跑不了。

我要她早点休息，她却一点睡意都没有。我说你受了伤，她说皮外伤，不要紧。总之，她很兴奋。我们虽然拉拉手都没有，心却靠得很近了。分别时她说，"明天我会一早去找你的"。回想起来，这天晚上她说的这句话，竟具有当时无法先知的宿命意义。假设第二天她没有去找我，或者虽然去找了我却没有拼死救我，那我的今生也就结束了。此时此刻，就不会有一个人在这乡间茅舍回首往事。

我看了一眼户外洁净柔和的碧空，空气中充溢着早春的轻快。石山的阴影不见了。越来越多的鸟雀投入到欢乐中，它们似乎在争取唱主角。还有彩蝶和蜜蜂，都尽责任地配合一片春光，让人以为世界从来这样美好。

"我们总是后知后觉。"他说道。我们无法预知未来。尽管事后看都有因果，我们还是无论如何不知道即将会发生什么事。比方说在我和她分手之后，我可能想到的只有明天她会来找我。怎么也不会想到，当她找到我的时候会在那样的情形下。不要说明天，就是现在，在离家只有30米的巷口，我就一点准备都没有地被红色兵团的人绑走了。从黑暗中突然袭来几个人把我的眼睛一蒙拖到卡车上。我听到有邻居被惊醒；能感觉到，他们开窗看一眼又关上了。

我被推进一间狭窄的房子里，灯光微弱。我估摸离天明至少还有三个小时。我把蒙眼睛的黑布扯下来，搞不清怎么回事，我想到了死，想到死是最合情理的。那个时候，打死一个人和我们现在丢弃一只矿泉水瓶一样没什么大不了。但我没有想到不死，而是丢失一只手臂。把面临死亡的时刻做出一篇大好文章的人是没有亲历经验的。那一般是才华横溢地坐在书斋中沉醉出的文字产品。面临死亡的人，他原本怎样还是怎样。勇敢的勇敢，怯懦的仍然怯懦。一般会是处于无可奈何的麻木状态。我甚至没有去回味河边的美好经历。我一点都不怀疑明天会被推到沙滩上，会有我实际上听不到的枪声响起。然后，我将孤芳自赏地躺在那里直到被人发现。除此之外，我什么也没想。我睡着了，一个梦没做地睡到上午九点多。

没有捆绑我，两个手提驳壳枪的人押我出去。是两个青工，我认识那里，是红色兵团盘踞的热处理车间。

站在车间中间一身狐骚的矮子是司令，墙壁上布满"造反有理，革命无罪"这类标语。机床床身弹痕累累，露出泥红底漆。

那矮子大声呵斥："你好大胆，敢包庇现行反革命！你不清楚自己是什么东西吗？老子今天就先收拾你这个右派！"司令叼着烟，用眼神指挥手下。一切在事先都是部署好了的。上来五个人，把我面朝天抬起。我看见一个人端枪站在天车的驾驶室里。这时另一头有人喊，"慢点慢点，盐炉温度不够。那会臭好久，等等吧。"

没有秩序，没有逻辑，没有道德疑虑是这个时代的特征。无所谓传统，不再有习俗。百年老店没有了，拜年拜节没有了，门神没有了。我们陡然间没有了龙舟和花灯。夏夜乘凉的小孩子再听不到大人讲鬼故事。价值的最恰当表现就是暴力。整个社会去到哪个角落都不容易找得到雅致、从容不迫、文质彬彬和温良恭俭让。正在加热的盐炉为我准备着。我虽没见过却听说过这样的处理方法。把人丢进盐炉就和丢进炼钢炉里一样。褐红的液面先泛起一个稍暗的油圈，紧接着从液面缭绕出一线轻烟便什么都找不到了。现在想起来还怕，当时我已闻到了自己烧焦的气味。

那司令坐到电瓶车上，悠然地说，"正好，慢慢来，这家伙值。"司令很像是即兴来个主意地说，"你要是告诉我彭素兰住在哪里，今天你就能活命。"

我没理他。

我被剥去衣服，用军用皮带抽打。

打人的家伙发现了几层乐趣。先看皮带扣抽到肉上要隔多久起个包。左边起了一个包后，再在右边对称的地方起一个包。第三下，皮带扣一定要落在两个包的正中间；然后抽出十字来抽出梅花来。每抽一下，等着听被抽的人怎样大喊饶命。预期的效应没如愿出现，更凶神恶煞的一抽便落下来。那家伙匠心独运地一下一下，直把我抽得遍体红肿。头发被汗水湿透。大地也在痉挛。我身体的任一部位都不听指挥了。只是抖。这样的抖既不是冷也不是怕，而是肌肉在剧烈痛感下的反应。汗、血混合一起，还有灰尘，流出的汗比血更屈辱。我已不能叫不能喊了，只能发出不随己愿的呻吟来。眼睛虽然睁着，已是模糊了，呆滞了。

　　我思考过自己受难的意义，我在痉挛中思考。我茫然地发现什么意义都没有。这使我恐惧。为什么没早想到？毫无意义的牺牲多么可怕呀。自然想到屈服。但一想到要活命必须出卖彭素兰，我立即变成了空空的躯壳。我不能因我的软弱导致她的毁灭。我想这大概是全部意义之所在。这样就多忍耐一次抽打。我在忍耐中最终把一次一次的抽打变成了对自己灵魂的锻冶。我不再想值得值不得的事。我不再去想这样的牺牲是轻如鸿毛，还是重如泰山。我把自己想象成烧红的铁，伏卧铁砧上，一锤一锤地正被锻打成一件出类拔萃的精品。我有意识地甚至变得非常冷静地让自己在极度的痛楚中完成一次修改和校正。我体验了不灭的快乐。

　　痛到不痛了，直打战。幸亏头脑清醒。我一度害怕清醒不是真的。害怕自己其实已被生理的承担极限压垮，所谓的清醒不过是幻觉。我想把裤子提上来，以此检测自己的神智。但又担心这举动会启发更阴险的一击，于是我放弃了这个念头。当我找到一个机会可以提起裤子的时候，才发觉两只手连最简单的指令也执行不了了。我只好竭尽所能使自己保持清醒。我要在一次摧毁中站起来。

　　那司令不耐烦了，问操作盐炉的人"可不可以了"。那边大声回答说："还等等吧，就快了。"操作盐炉的人追求把人丢下去瞬间化为乌有的效果。司令无奈，回过头来问："同志们，你们说说看，怎么办？"天车上那人筛开牙喊："先卸他一大件！"马上有人附和。

几个人熟练地像捕捉一条鳄鱼那样把我按在墙边的钳桌上。"右手，右手"，我听到这样的叫嚣。我被紧压在钳桌上，过程并没有多久。按住我的几个人突然同时跑开，我像卸去压力的弹簧一样弹起来，笔挺地站着。

站在我右边的大汉手提一把沉重的砍刀，是他们从博物馆抄来的据传是杨秀清用过的刀。那刀有噬血的天性，今天如愿以偿了。砍刀布满黄褐的锈，锋口平钝，还有几处缺口。所以我的右臂与其说是砍断的还不如说是被压断的，全凭那大汉毫无恻隐的绝群膂力。

我不痛，没什么感觉。当我看到一只人的手臂在地上抽搐时，并没有意识到那是自己的肢体；如果我看到地上滚着一颗人头，反倒会马上认为是自己的了。

我失去了右臂，还暂时性地失去了听觉。

接下来，是悄无声息的喧嚣。

站在天车上的人软绵绵栽下地，支撑着起来又倒下去。贴了防震白纸条的大玻璃粉碎后垮下来，说明有强烈的冲击气流。外头红色兵团的人仓皇退守很快又四散。有人端着冲锋枪一马当先，跟随而来的是彭素兰他们。个个猿猱一般矫捷地上来了。红色兵团的人连同他们的矮司令转眼不知去向。整个过程在无声中展开，又静静地目不暇接地结束了。我看见彭素兰冲到面前，两只眼睛一只红一只白地望着我，大声说着什么。

睁眼就见到彭素兰。知道曾经昏睡，那昏睡是流血过多的昏迷还是医生打了麻醉剂的沉睡我不知道究竟是哪一回事。没见她哭，或是早哭过了。她说"你可以用左手写字一样写得好"，我不明白这是说什么。彭素兰在床边坐下。她通红的左眼重新包扎过。一只眼睛的温柔穿透了我。从浩瀚无边的美的大洋里注视我的眼睛，把我从冷酷的地狱一下子提升到阳光和煦的草地上来。只要有这一只眼睛的注视，我就并不支离破碎，因此我什么也没失去。这时我的右手记起了河边的际遇，放任地紧握她的肩头。彭素兰起身去取毛巾时我的右手没有松开，这才觉察到右边已经没有手。这是我第一次感到了幻肢的存在。这次右手回来没有一丝痛感。带来的是缱绻缠绵。

话说回来，彭素兰那天去找我，从邻居口中打听到我被绑架了。她猜到这是红色兵团干的事，悄悄回到工厂打听。她听人说，今天红色兵团要"特别处理"一个人。急中生智，她赶紧跑到云水怒去，向他们的司令讲了一个故事。云水怒的司令听完故事后，怒不可遏地出兵了。

　　她向我讲述了关于我的手，当然是说我的右手。当时他们很慌乱，没人想到要捡那断臂。医生说："那手呢？最好找来，要快！就算接不上，把残肢保存好了，将来免得幻肢痛。"她认为医生在说一件很严重的事情，要求云水怒的人杀回红色兵团。云水怒的人很配合。他们的司令并不在意所救的人是不是他们这派的忠实信徒。做司令的只在意彭素兰的故事成功煽动了报复的狂热，任何借口他们都乐意杀个回马枪再大干一场。这天的武斗，云水怒痛痛快快雪了银盆岭之耻。

　　彭素兰说，抢我的手臂比救我要打得激烈。他们是从树枝上把手臂抢回来的。红色兵团的人把我的手臂吊在树上当靶子打。取下来后，我的右臂已不成形，只是一条夹杂着碎骨的烂肉。彭素兰认为手臂是为她牺牲的，也可能知道这只手臂曾为她激动过，她找个地方埋葬了它。

　　她每天送饭到医院来，陪我说很久的话，唱歌给我听。我们小声谈论普希金和莱蒙托夫。她帮助我练习用左手写字。在我不能自理的那些日子，她做着只有母亲和妻子才能做的贴身的事情。

　　这是一段铭刻终生的晨昏相处的时光。我们更多的是无言对视。我们对未来没有把握，都不敢说出心里一句早获通过的话。我们什么都不敢说什么都不能说地被对方牢固吸引。躺在病床上，我默默注视她。她有遭人怜爱的样子，又并不柔弱。笑起来仿佛没有任何忧愁。就是在她痛苦的时刻，她的眼睛也是笑盈盈而又温存的。如果她不是穿着厚厚的棉袄，身姿必定绰约柔美。当痛来临，她总会出现在右边空无的臂弯里。痛于是拌和些甜蜜。痛跟甜蜜掺和，分不清是痛还是甜蜜，分不清是痛的甜蜜还是甜蜜的痛。右臂中的她，比病床边的她要大胆。眼前的她是亲切的，臂弯中的她多了些俏丽。病床前她拿着尿盆，幻肢化现的她，手捧莎士比亚。她是穿着黑旧的棉布衣的，脚上是秃头秃脑的力士鞋；而在右臂的幻象里，她是舞会上的灰姑娘，高跟鞋精巧。日夜照护我的彭素兰，嘴唇因熬夜焦白了，冻皴的脸像被寒霜糟蹋的月季；另一个她是清空的诗，那美丽要是在古代，可以引发一场战争。

后来，我惊诧地发现右臂的精魂既顽皮又骚动。它带领我和她去到从小就憧憬的天地。那是由许多小孩子爱听的故事建筑起来的。在那里，我们没有忧虑没有顾忌，只是跳啊笑啊什么都不想，心里一点烦恼也没有。我爬到树上摘下面包，用怒放的钻石花做她的耳坠，带着她飞奔。这里没有惊雷闪电。阳光和花雨沐浴着我们。所见到的每一个人都是朋友，男孩子英俊，女孩子快乐艳丽。人人善良可亲。我们在草地上翻滚，激动地呼喊，汗冒出来。这就是幻肢痛发作的时候。这个时候，我的心灵在陶醉，肉体在煎熬。

她见我滚到地板上，慌忙去叫医生，她把医生拖来了。好久才止痛，医生的伎俩不能把痛减低到零。我在看不见摸不着的地方痛，哭笑不得地痛在我的肉体之外。不过我想，虽痛在肉体之外，还是在生命之内。我指着右边的袖筒告诉她，"这里痛，这里痛"。彭素兰问怎么个痛法，我说就像右手的手指卷入粉碎机的轧辊里正一寸一寸地碾进去；有时又像是插入通红的铁水里。我没有说出与痛并存的迷人幻境。我想保留一点隐私，不透露我跟幻肢在人所不知的秘密角落里的契约。

因有幻肢的存在，我深信人有灵魂。我的已经死去的右臂的灵魂，能通过这种方式看到它。医学仅关注幻肢带来的痛的真切，忽略了幻肢还能带来激荡、狂醉和想象。有些人失去肢体后没有这些症状，想必是那些肢体死得没有我的手臂有声色。

那时社会一度无政府，许多机关失去执政能力。但在无政府状态中又有政府，那政府叫革命委员会。还有一个政府味很浓的机构，叫作治安指挥部。治安指挥部抓人可不像群众组织，那是无从救也无从逃的，它可以把囚禁的人移送去监狱判刑。

有一天李老师跑到医院来，一边说一边摇头叹气。他说治安指挥部要抓彭素兰，工厂已接到严密监视她的通知。什么罪名还不清楚，现在她已经失踪了。可能与武斗有关；更可能是有人上报了她散布反动言论的现行反革命罪行。

我什么都没说，因为我已经知道了。因为彭素兰是从我的身边出逃的。这时我的看不见的右手忽然痛得剧烈，并且渐次加深。我不得不跟随着走进一条黑色甬道。走到尽头，我看见不再愿意复述的场景。那跟地狱没什么两样，人能想象的残忍那里都有。我拼命往回跑，当我看见亮晶晶的光线时，我已被人抬到病床上。迷蒙中觉得有好几个医生围在床边。一位资深老医生说："难得的案例，可惜现在没条件研究它。"醒来以后，那个老医生对痛中的幻象特别有兴趣，提出好多问题。另一位老医生说："明天我们要去蹲牛棚了，还啰唆什么。"

李蔚春没见过我这样子，显得惊慌失措。我勉强做出笑脸，安慰李老师。别怕，我说，最近常犯这毛病。那次的经历使我体会到，幻肢并不只带来愉悦的画面，它更深刻地记住了一片歹毒的领地。

那年冬天很冷。早几天，彭素兰穿了双厚袜子戴着大口罩，跟我说要走。她没说去哪里，她也确实不知道能去哪里。我们没有时间说清楚，连拥抱也没有地她就走了。临走时她低声说了一句"你要好好养伤，我不会让你失望的"。说这话时她很庄严，像士兵对战友的承诺。原来，她比我一直以为的成熟得多。就是这句话，我深信永远不会失去她。

彭素兰刚一离开，我就像一棵树被连根拔起了。我追上去，可我虚弱得连喊的气力也没有。

彭素兰失踪了，没地方寻找没地方打听。消息非常混乱，有说她被抓的也有说她已经死了的。很长一段时间，我天天去街上看法院和治安指挥部的公告。只见满城贴着通缉她的告示。罪行大致有两条，既跟遇罗克的言论有关系，也跟她"阴谋挑起武斗"有关系。我在吉庆街幼儿园门口看到一张糨糊未干的通缉令。上面有她的照片。是几年前她初中毕业的照片。这地方僻静。我装着看幼儿园的小朋友跳"不爱红装爱武装"。一群四五岁的孩子用木制的枪和手榴弹武装到牙齿了。等三个红卫兵走过身，我小心翼翼地揭下那张通缉令。左手在下巴额头的协作下把通缉令折起来。

刚刚把通缉令折好，天突如其来地黑。本来杂乱无章的天空，云是东一块西一块的，举头望去，已被铁板一块的乌云严密地封锁了。我赶紧把通缉令再对折一次，左手压它到胸前。雨太狂暴。好在通缉令没有全湿透。

屋里到处漏雨。我用木盒装起通缉令，用被子盖着木盒。这是唯一的纪念物。我生怕记忆会变得模糊不清，像一件珍贵文献那样收藏它。雨持续了好几天。本来委婉幽默的古城，再也轻松不起来了。

　　再过些时候，云水怒有人被判刑，红色兵团有人被判刑，就是没有彭素兰。我慢慢接受了彭素兰死了的说法。从此我有了属于自己的故事，一个要我虚构也不情愿编出来的故事。每当痛的发作，右臂的精魂就喊着她的名字在我左右徘徊。我一度想把这个名字忘掉，但在我的心里无法隐瞒着不说出来。我们两个人在那种情势下的生死依顾，是在庞大的阴森森的背景上飘逸的一朵夺目的彩霞，想要把视线移开去是根本做不到的事情。

　　说到这里，他沉默了。屋子里静到能听得见蜗牛在窗外芭蕉叶上移动的声音。田野通明透亮。溪流轻声细语奔向远处的山谷。一丛野花无我无人地炽烈，迎接刚赶来的清风。有老农在坡地上叱咤，是为了几头不听话的黑山羊。但我心里却只想知道彭素兰究竟怎么了。可他还是沉默着。我故意搞出些响动，也敲不碎笼罩他的死寂。后来，终究熬过了让人尴尬的空坐，他有动静了。他走进睡房，示意我一起去。我看见了那张通缉令。彭素兰罪行的第二条用无产阶级专政理论、阶级斗争理论把她为救爱人所挑起的云水怒与红色兵团的武斗，鞭辟入里地分析出一个不杀不足以平民愤的企图。他把通缉令像一张名画那样挂在墙壁上。松树皮装饰的木框做得典雅。那高头有一张可爱的小姑娘的笑脸。他望着那张笑脸说："她没死，她去了美国。她像马思聪那样成功逃亡了。"他停顿了一阵，又说道："但是我等到今天，也不见她回来。"

我心里生出一大堆疑问，相信他隐藏了许多细节。几次要问，还是不好意思开口。男女之间的事，外人不好紧问。只好由他继续说。

他说，我以为她死了的那些日子，我能写。我拥有天上的爱。我成功躲脱了随风飘散的危机。当我知道她活着之后，我就像有两条命，日夜工作。我是深信她会回来的。我认为她绝对做不到遗忘。原先我只有天上的爱，那爱忽然飘落到地上，我拥抱着从天上降下的奇特的快乐。于是，我有了尘世的爱。爱的这层意义是完全不相同的。幻肢一如既往地抓住我的肉体和肉体作为精神载体的无垠扩延的诡变。它喜欢清风明月，更喜欢风雨如磐。它多是在夜半怀抱巨大野心疯狂闯入。利用它的出没，我常常在一筹莫展的时候峰回路转。柴可夫斯基能从干燥的木屋的爆裂声捕捉到旋律，我的幻肢鬼魅莫测的出没比那木头房子的一点点动静有启发得多。

他露出些骄傲，又截然地沉默了。可能在思念彭素兰。隔着半个地球的思念不仅仅是对一个人的思念。他似乎更关注隐匿于浅表之下的本质与因果。金色的斜阳照着他的左脸。他的眼睛射出比他的生平更为悠远的光芒。没多久他又说，在那段时光里，我认为紧握一支笔已经足够有意义了。如果说我的左手是诗人是散文家，那么我的右手就是情人，是勇士，是幻梦。

他说这些话时声音大起来，跟得演讲一样。他竟然显得狂妄。不可一世。说完这几句，他像被大山里古老的魔法冷冻住，直到我离开都没再作声。其间他去了那张通缉令前像是默祷，很有可能希望那张通缉令把他的爱人抓回来。后来他坐回原处，有如悬崖上折翅的苍鹰。我只得走了。走到门口我又回头看他。突兀的瘦态，狂热的沉默，从顾盼、咳唾也能看得出的胸中块垒，散荡着对历史敬畏的关切与踌躇。

这夜我睡不好，通宵被一些东西缠绕不休。说不清是什么东西的色块挥之不去。沉沉夜色，松涛萧骚，忽然在春宵的静谧中生出荒芜之感。夜的轻烟神秘地飘荡，阳光下绿得刺眼的事物沉浸到黑色的回忆中。我想他的故事定没说完，明天要再去找他。这样辗转反侧，到快天明才合眼。等我起床已经很晚了。起床后漱洗吃饭，又耽误了些时间，就这样失去了再见他一面的机会。出门听到人说："这下清静了，那癫子结清租金搬了。光挑书就顾了两个人。"

　　我赶紧跑到那屋里去，大敞的门微微摆动地寂寞。窗却关得严实，地上散乱几本书，墙上的"痛"字和通缉令取走了。

　　没想到还有大收获，在一个半开着的抽屉里发现了他不要的手稿。我拿稿纸回家，花了很大的工夫整理到能读。他清癯的审美旨趣，既非怀旧也非伤感的追溯，一开头我就被吸引住，直读到晚上还没读完。这是长篇散文，写的正是昨天说的事。在这些文字中，痛苦与崇高并存，那境界所包含的不是任何一种单一情感元素。有如黑色的复杂，痛苦也异彩纷呈；也譬如中国画用墨打造三千大千世界，他对生活的纯净心地，使黑暗变得光彩夺目。但那毕竟是谁也不愿去的狞厉地带，我大汗淋漓地惊骇黑暗板块下壮美的沉思。

　　手稿中的主角只有一个"他"，无名无姓。他必定有什么考虑。我试过为我这篇文章中的"他"虚拟出一个名字。这本来是容易的事情。试过之后，我目瞪口呆地发现无论虚拟出一个怎样的名字，都一点不像是他。

　　手稿中有些彭素兰的消息。她并非我以为的那样绝情。她跑出去后，先在香港姑爹家住了五个月。是她姑爹帮他联系到父亲的。她的父亲时任联合国经济顾问。

　　她曾邀他赴美定居，还说她找到了幻肢痛的前沿医学家。她满怀旧情地写道："来吧，到美国来你就不痛了。"他回信说："我放不下我母语的重负，我也不可以连痛都不剩。我只能等你回来！"

我想到前天夜里他最后的叫声，当时不能理解的现在有模糊的体会。那是一个硬汉的喟叹，是一头受伤的猛兽的挣扎。他失败了，我心里就是这样想的。却说不出什么东西击败了他。

不过，从他的手稿中看到，幻肢不只证实了死亡更证实了生命，还完整地保留了他的情感高度。那高度不是人人上得去的。所以昨天他尽管显得疲惫而缺乏战斗力，我还是有理由相信他不会太平庸。就是不懂为什么他要抛弃那些手稿。

一次邂逅的纪念

此文是一次邂逅的纪念。

在一处不为人尽知的胜地我遇见过一个不能用美丽形容的美丽女子。那是在30多年前，在1975年5月。我心不在焉地看着，而不是欣赏着精美的石雕。我确实没有多少心情深入到古代的智慧中去。那年月，彷徨和不安是基础精神状态，尽管看上去好像是清闲的。

我的眼光散乱，绝不是气定神闲的优游。触目可见的崖壁上的雕像，也没给我一点出世的感觉。

这是个没有名气的地方，游客当然不多。碰见的人多数不是游客而是附近的山民。一个身着青布衣服围着白头巾背着背篓的老婆婆对我说，有缘的人可能遇见某个洞窟里的女菩萨，却不晓得是哪一个洞。我神往，站在据传是天人踏出的巨大脚印上瞭望。

山下河流环绕，阳光下波光粼粼。

我忽然看见她。她身边的老者后她半步，一身休闲打扮。

她笑着，从我的右边走来如从云端飘落。

她越来越近了，那是不容漠视的美丽。

她肯定不是我们这里的人。莹薄飘逸的衣裙含蓄而恰当，举止言谈中溢出纯洁和快乐，好像要告诉我人应该是什么样子的。我突如其来地沉醉了。

她的出现是猝不及防的事件，陡然间我慌乱到不知如何调节我的感受。我从不曾以为人在超乎寻常的美的面前也会慌乱，也会手足无措。汹涌的美的波涛恣意奔腾，我一点反抗都没有地被淹没了。我挣扎着，尽力使自己保持正常的判断能力。我觉得应该先离她远些，搞清楚是毁灭还是拯救再说。

我远远地看着她，也不知隔了多久。

慢慢地平静了些。最初的冲击已经过去。我平静得像在博物馆的画廊里了。

我在欣赏一幅神的作品。她是一旦消逝便不可再现的东方美人。我被她勾摄，整个地投入到她了。

她拿出相机，不拍石雕也不拍碑刻，她只拍宁静和生机。她把镜头对准展翅的山鸡和飘扬的落叶；造型别开生面的蟠根也在她的兴致里。她一路用手清点着数不清的小小的石窟，在一块蝌蚪文的古碑前沉思了好久。

奇怪的是，虽然不能和她太近，却能感觉到她的体温，能感受到她在微风轻拂中的惬意。我能闻到充斥在围绕着她的空气中的令人神迷的浅香。一时我竟不以为她是人。

她飘落到我身边，硕大的造型特别的耳饰说明她来自异域；腰间饰物散发出檀香，古朴到我相信那是价值连城的了。尤其是耳饰，很默契地，一点阿谀也没有地映射出她。

她离我越来越近，我能真正听到她的声音了。她跟身旁的老者在说话。那人有古代波斯人的胡须。他的胡须齐整地围着下巴像一把葵扇。我已记不起听到些什么了。当时也没把她说着什么认为是重要的。朦胧听她悠远的琴声般震颤着的声音，人世间的语言便没有任何意义。我们不能在此之前相信竟有这样的声音。这声音不能听，你不可能用耳朵去听这样的声音。她的声音不是可听的。只能梦，是只有梦才能解释的事物。

我不由自主地紧随她，像一个热烈崇拜主人的奴隶。我不知不觉被她牵引爬到人迹疏落的高处。我期待她回过头来支使我，喂，你看到我脚趾上的尘土了吗？

她的脚趾甲涂有月季的颜色。我想跪下吻去上面的尘土。

我好想她在攀缘的时候伸出手来，要我搀扶她踏下最后的险峻。这是艺术巨匠的工作室里才能有的手。那手能给我的信心，能给我如雨后森林中射下的光柱一样的照耀，在她还没有伸出手来的时候我都体会到了。但她终究没有向我伸出手来。

我跟在他们后面，把正巧在他们后面处理得不着痕迹。老者总是也那么自然而然地恰在我和她的中间。我猜想这是仆人。然而他的气质高贵，他处处都在精心维护她。他背上驮着的旅行包要我掂量足有30公斤重，而他就像背了一个大气球。他的登山鞋像有蜥蜴脚板底下的吸盘，不管山路多么陡峭滑腻都如履平地。要不是他们时时停下来观赏碑文和石雕，我应该早见不到他们影子了。

说他们观赏并不准确，他们更像是在追怀、喟叹，这个地方似乎与他们有久远的牵连。

攀登到一个高处了，四野空阔，一览无余。鸟都已飞去。只有草丛中低语的小花盛开。我这可怜的俘虏，唯有远远地注视。我不能太贪婪。

老者从背包里取出一支所剩无几的矿泉水递给她。那时中国还没有生产矿泉水。就凭这一点也可断定他们来自远方。

她坐了不久一阵又站起来，向天空举起双臂；和煦的微笑荡漾的衣裙在旋转，美就在轻旋里诞生。

向着蓝天她天真地笑出声，于是我看到舞听到歌了。我不能判别是她在模仿风中摇曳的小树，还是小树刻意跳进风中来模仿她。她又不只是风中舞动的树，她还是涟漪是波浪。或许她就是风，满怀阳光款款轻袭的风的姊妹。我徜徉于轻松的神秘中了。

我可怜巴巴地望着她，巴望她哪怕是蔑视都好地看我一眼。可我对她来说不屑一顾。她非常流畅地像是刚才舞蹈的自然发展，张开双翅飞下山去了。

我不好意思再尾随，那也太露骨。我留在平坦的高地上旷世孤独。

我捡起那只矿泉水瓶，像一个乞丐。这只空瓶我当宝贝般把玩了好久。瓶内还剩有几滴。我把这几滴水浇向一株野兰。我希望看到奇迹。野兰倏忽开放，蔓延成一片不同凡响的五月。

我坐在她坐过的石头上惆怅，空气中隐晦她的香。

近在眼前的美的奇迹，为什么遥不可及。

我知道她是早晨的云彩，我努力捕捉过，希望她慢些再慢些消散。

她还是消散了。

太阳已西偏，我从她下去的地方下。出乎意料地又看见她。她在下面不远处一块巨石上休憩。使我战栗的是她竟抬头望着我。这是一路上不曾有过的。她的眼睛像遥远的星辰，光芒穿透黑暗直射向我。我感到她的召唤，急匆匆下山，从只能容一个人通过的石板路跑下去。转过峭壁，就见到圆圆的巨石了。

也只是见到了圆圆的巨石。

又见到了先前见过的老婆婆，就是刚踏进这石窟景区时遇到的老婆婆。她是从一棵大树后面闪出来的。她的背篓里采集了好多草药，我跟她老人家聊起来。

"山上有草药吗？"

"满山都是。"

"这些草能治病吗？"

"当然。能活人也能杀人。"

这么铺垫几句后我才问，您老人家看到刚才有两个人去哪里了吗？一男一女。

我还做了些更细致的描述。

她说没有，一路来都不见人。少人爬这高的，她说。只有两只"乖不得乖"的小鸟飞走，从那石头上起飞。她指着那巨石。

我爬上巨石，回头已不见老婆婆。这我一点都不惊异。在大山里生活过的人，见识过山里人矫捷的身手。

一只羽毛青黑、头顶有一小块白斑的鸟拍着翅膀向对面飞去。

我斜躺下看云。

应该是睡着了一会，可能太累了。醒来时闻到今天的香，这香仅仅属于今天我不会弄错。还有乐音，轻烟一样从我身后氤氲而至。我急忙翻身朝后望去。什么都没有，只有一个石窟。这个石窟在这里算是大的了，能容人躬身探进去。石窟正面石壁上有一个飞天。飞天的衣装跟敦煌的没什么两样，但耳饰和环珮跟我今天看到的她的一模一样。下方手操奇异乐器的男人是盘腿坐着的。那男人虽说戴了尖顶的毡帽还披着白色的长袍，他很特别的胡须却是我早就注意到的了。

我只能下山，没下太远又转回头，我想再看看石窟里的飞天。这经历就算是幻觉也值得回味。

我循原路走回，才发现尽是相似的圆形巨石和石窟，不管怎么费尽心机，再也找不到那个洞了。

疯　子

　　关三元进看守所比我早五个月，出看守所跟我同一天。他是邻村的疯子，是疯子就有名了，家喻户晓。他在家的时候，无论晴雨，一大早就背把锄头巡视田土。嘿嘿地笑。快乐地哼调子。伯公（族长）遇见他，总规劝："三元啊，跟队上出工去吧，你婆娘好苦啊。"他只是笑。也不看人。埋头哧哧地笑。原只巡视土改分给他的那几丘田几块地，后来山里的田土都要看。都是他的了。这样整天在山野上巡游，没时间干别的事。他多自语。就是跟老婆，跟孩子，除了笑没有别的语言。笑过坐一旁自语。自说自笑。他惜老婆。不管笑得多么出神，一见老婆劈柴或者舂米，定要接过来做。他挑担谷子边走边笑，路人揶揄他，"关三元，怎不去看你的田土呀？"他不搭理。自顾自笑。有时说一句"打开门要斗把米一天哪"。不是回话，是疯人的自语。遇农忙，他比谁都更辛苦。吐气的时候，人家抽烟扯白话，他坐一旁欣赏土地证。这时候笑得最来神。小孩子戏弄他，悄悄偷走土地证，逼他行礼磕头才还给他。

　　跟我同村的盐长告诉我，本来关三元没有这样疯。土地证失效后，急得有些疯。有天他去自家田里除草，被队长制止，"都是集体的了，你搞什么鬼！"这就急了。急了几天，认为很可笑。从此想起这事就笑起来。那时不过像梦游症患者，丢了魂似的。

　　盐长说，"大跃进"那刻，满坡油茶林砍光了。他到处告状。公社武装部长谭石蛟见他就打。他跑到山上去，揪住砍山林的人一个个问："你们疯了吗？油茶树当柴烧！"人都笑。"是我疯了还是你疯了？"他纳闷，变得胆怯。拿不准别人疯还是自家疯。纳闷了几天，觉得可笑，从此笑个不停。

　　"文化大革命"了，山里人不耕田不种地，一个个跑到墟上开万人会。他伤心透了，独自守着田土转来转去。见人就问，"你们疯了吗？"他问得秀气，没把握究竟谁疯。果然，人家没好颜色，"哪个疯？我还是你？"他于是笑。是知道谁疯笑人呢，还是不知道谁疯自嘲呢？拿不准。反正笑得古怪，笑得有些疯。老婆孩子围着他哭，也径自好笑。"我一年下尾没停手，哪么没得吃呢？"人们要干些严肃的事，被他笑乱套了。队上斗地主，一牵十几个。这些早就比赤贫还贫的叫作"地主"的农民，不讨厌关三元。他对着这些被一根棕绳捆绑着的十几个人笑，缩着颈子发出"哧哧"的声音。"你鸟毛，算个屁地主。田土都在我这里。"经他一笑，弄得台下开会的人大笑，台上被斗的人苦笑，主持会议的人哭笑不得。公社组织群众斗学校的老师，他也认为很是可笑，把跪着的先生一个个扯起来，"跪干什么？那个这没名堂？天地君亲师，教书先生要立牌位的！"接着嘿嘿笑。

被他笑了几个回合，公社武装部长谭石蛟决定给他挂上"现行反革命"牌子押到台上斗。关三元站在台上，见这么多人看着他，很觉不好意思，颇谦虚地笑。批斗完了，赖着不肯走。"让我站下嘛！"他恳求。接着游墟场，依"地富反坏右"的次序他排第三位。这就受宠若惊。看到后头好长一串，他骄傲。志满意得溢于言表。"嘿嘿，前三名"。游了不到一半，越想越高兴，终于忍不住兴致勃勃撩别人头上的高帽子，求人把铜锣给他敲。他见胸挂破鞋的女人，上前关切地问道："这鞋是你汉子的耶？"

管抓人的谭石蛟真恼，有了这么个反革命，正经事做不成。干脆，把他送到城关镇看守所关起来。罪名是现行反革命。至于罪行，罄竹难书。谭石蛟初中毕业，笔杆子闻名乡里。为解心头之恨，亲自整关三元的材料。那天我陪斗。听谭石蛟这样宣读："关三元，男，现年38岁。原本根红苗正，土改运动中表现积极。由于不重视思想改造，逐步被资本家主义占领，最后走到自绝于人民的道路。"随后列举了他在吃公共食堂运动中偷饭的罪行，大炼钢铁运动中阻止革命群众砍山的罪行，生产资料集体化运动中的反革命言论以及最近，尤其是最近在伟大的"文化大革命"中的猖獗表现。

我被送到江永县看守所后，和关三元关在同一个号子里。我没有不习惯，仿佛我本是牢里的人。现在遇见熟人，觉得热乡熟土。但他不认识我，向他说起村里的事，他都东拉西扯。

这里是真正的牢房，保持了传统格局。它使人相信林冲是坐的这样牢房，许云峰也是坐的这样牢房。解放后第一任县公安局局长关在隔壁，他摆老资格："这牢房是我修的，当初考虑了民族风格。"

两排牢房面对面，中间有整洁的天井。每间牢房（叫号子）都干净，空气新鲜，采光充足。号子临天井一面用木栅，离地一米八以下被木板钉严。木板上开了监视洞。洞上的小门只在送饭送水或武装、管教要使用时才打开。号子里有大铁窗，外头是围墙。墙内的檀树不知生长多少年了。晚上，挂在天井入口处的时钟摆声清晰，是一面能听不能看的钟。武装在天井里值班，脚步声却听不见。太轻太警惕，根本不像有人。马灯挂在木栅的间空中，有那么点光的意思。天井里种有美人蕉，艳，又软绵绵。

都很饿，总是吃不饱。牢里的饭菜特别香，奇怪怎做出这么好的味。"酒席没这味道。"关三元说，每口饭都舍不得贸然吞下。

这间号子六个人。年纪最大的朱九斤，50多岁了；最小的四仔，才8岁。

朱九斤小个头、圆脑壳，屁股上有日本鬼子打的一个洞。他盘坐，去地板上刻画，把阳光照射的位置记下来。每个月都有，还分上中下旬。他记录了犯人入狱的日期，提审的次数，挑水的次数。他报的时刻奇准，只要他起身，送饭的就来了。大家信他，不信三五牌挂钟；每有参差，都说钟慢了或钟烂了。要是朱九斤没报，钟居然敲起来，号子里的全体就对钟的轻浮表示一致的愤慨。四仔说："鸟毛钟。"民办教师说："还没我屋里鸡公准。"关三元当然笑。他以为人可笑，还是钟可笑呢？

四仔的罪名也是"现行反革命"，罪状是破坏集体生产资料。他是黄甲岭那边的。那地方一年到头啃苞谷。他跟几个小孩子上山养牛，都饿，几个比他大些的合谋，割下那条在他们看来可有可无的尾巴吃了。四仔并没吃到，一条牛尾巴落到几个骨瘦如柴的大孩子手里，哪有他的份儿呢？他只被牛错踢一脚。这事闹得很大，是一起严重的破坏生产的现行反革命大案。县里很重视，成立专案组调查。定案时，根据阶级斗争理论，几个贫下中农子女以胁从从宽发落。四仔是地主崽子，坐牢判刑非他莫属了。关三元每对着四仔，笑变得复杂。不知道他是笑没有吃到牛尾巴的四仔，还是笑被人吃了尾巴的牛。

三个农民在弹丸之地处得很融洽。我和矮子是城里人，整日下棋。我们两个对他们来说身份不明。三位农民不大理我和矮子（矮子是长沙市十一中初中毕业生，知识青年，忘了名姓。他没出得去，肠穿孔死在看守所。这篇回忆说关三元，插他不进）。民办教师介乎两者之间，两边搭点腔。农民中的关三元毕竟是疯子，大部分时间笑。他腼腆，笑笑低下头去，藏到自家怀窝里。他读过《幼学》《三字经》，认得好多字，望着墙上"坦白从宽抗拒从严"八个大字重三倒四念。"这是抗字呢。"低头笑一阵。"这是坦字呢。"又笑一阵。他认为什么都可笑，不能不笑，又强忍住，发出哧哧的声音。

关三元扯得一手好痧。某个号子有人发痧了，那号子里的人报告武装（是这样称呼看守的士兵的）。他听到了，急得抓耳挠腮，鼓足勇气请求开牢门。他让病人坐到天井里，请做伙夫的谢长度送碗水来，含一口，喷下去，给病人全身使劲刮扯。他学过武术，身手利落。常被邀请露两手。摆开架势，神采奕奕。这时候他是健康人。

他所有的幸福集中在土改。盐长说，那刻他改名关幸福。

后来觉得自家的姓氏不好，把幸福关住出不来，才又改回原名。他是土改那时讨的媳妇。解放前跟那女子相好，那个时候没法娶她。疯人的记忆是不是都停泊在很久以前的某个时间段？关三元记忆刻骨的是土改。关三元告诉人四个孩子都是土改生的。而此刻，"正吃奶呢"。

　　他时不时把土地证拿出来看。这里有更多时间欣赏。双手捧着，犹如捧起一抔泥土。他两眼熠熠有光，面色红润，跟玩武术时一样。人有嗜好，人有寄托，在这两者面前，生命有活力。

　　他是开完斗争会立即抓送看守所的。那天我看见他老婆在他颈子上挂了一个极长的布袋，里面有四个特大的糍粑。现在糍粑起绿霉了，能敲出哑硬的声响。每逢四仔闹肚子饿，他就拿出糍粑请客，给四仔闻闻，自己也闻闻；料其他人不稀罕，只礼节性问问。都不理睬，便收起来。这时候，记起老婆没曾吃早饭，于是愁了。

　　他的哀愁短暂，是个不稳定状态。任何波动，都能使他回到咻咻笑的稳态上来。但若发愁，叫人受不了。他倏地收敛笑容，机械地移动，提着布袋走到窗前，水汪汪的眼睛眨也不眨。顿时憔悴了。他哽咽，向天空呼吁："打开门要斗把米一天哪！"他想到他的女人、他的孩子、他的土地了。女人饿瘦了、饿哭了、没有奶水了。他重复喊："打开门要斗把米一天哪……"

接着，是令人肠断的痛哭。土地证在窗外飘动。布满青筋的手钳住发黄的废纸，整个身心锄头一样抠进土地了。这时候，他是疯人。每逢这样的场合，朱九斤无心刻呀画的，一屁股瘫到地板上暗自下泪。四仔爬到关三元跟前扯他的裤脚，求他莫喊；却不敢站起来，疯子可怕。我和矮子无心下棋了，扯上被子蒙头躲避。民办教师发出特别的读书人的叹息。年轻的武装，家里也是作田人，捂着耳朵跑到外面操坪里去了。

所有号子里百十号人，莫不为他的呼吁打动，莫不被他的痛苦震动。人们看不到他，但能感受到他。不过更多的时候，不是因善良、同情而关心。人们利用疯子挑战黑暗。只有他敢不先说"九十六号报告"直接提出要求。只有他敢斥责周所长不派人来掏粪池。只有他敢笑、敢哭，只有他敢高歌！就是他，为我们争取到粪池不等到溢出就掏的权益。也是他，为我们争到了放风时大便，管教不扔石头的权益。放风的时光宝贵。可以在阳光下微风中走一走。人们为了延长自由，往往在放风时间快到的时候去大坪里的大厕所里蹲一会儿。尖刻的何管教拿石头向厕所里射，把人赶出来。有一次关三元火了，他是真拉屎。一颗石头射中他的头，起了好大一个包。他提起裤子追着何管教打。两个武装救驾，铐起关三元关进黑号子里。

黑号子平日空着，被关进去是严厉惩罚。黑暗可怕。孤独可怕。黑暗中的孤独更可怕。出乎意料的是，传来高亢的歌声。他唱的歌好听，而且歌词优美。"对面山上的奶仔不作声咧。好像屋里死了人咧。死了你爷娘不要紧咧。死了你姐妹哟我好伤心呐。"怪不得搞文学的提倡向劳动人民学习。

关三元回我们号子了。我拥抱他。有难闻的味道。我走到栅栏前高声喊，"一三八号报告武装，要一桶水，给九十六号冲凉！"一瓢一瓢冷水从头上淋下去，我看到一尊武士的躯体。我真正地欣赏他了。

人们在不知不觉中珍爱他。他痛苦时，大家无声地关注着。幸亏他注意力瞬息万变。别人不以为怪的事撩拨他。墙外敲锣打鼓，他阴起眼睛说，"怪了，孔夫子周游列国带回的洋鼓洋号，哪么这刻敲起来？"这又笑，头埋到怀窝里。他把土地证塞进衣缝去，还在笑。

我们这间号子因有关三元，娱乐受到限制。娱乐是触犯监规的。下棋打牌触犯第五条。抽烟触犯第六条。说笑话触犯第三条。第三条规定不准用土话及外语交谈，而江永农民的笑话定要土话说来才有趣。讲故事触犯第二条。第二条规定不准散布"封资修"毒素。农民的故事说不清有没有毒素。做什么都犯规。

人会欺骗。凡需要的你不给，欺骗可达目的的决不说实话。没有哪间号子不时时刻刻触犯监规。每天都有人出去挑水，进号子就把捡来的烟头做成喇叭筒。犯人轮流坐到栅栏底下，一手拿烟，一手拿扇，轻轻把吐出的烟雾扇开。平均每人几口，连四仔也不偏他。象棋、扑克是我用报纸做的。将捡来的废纸折得方方正正，做成棋子和扑克牌。写了字画了花。扑克的大鬼画的是关三元，小鬼画的是四仔；画像胸前分别写了96号和101号。

没有说假话的疯人。疯了，就诚实了。周所长发现了关三元的妙用，把他叫到审讯室盘问，号子里无论什么动静都问得出来。接着就查号子，各式玩意儿均被搜走了。尤其是何管教，动不动就铐人。牌呀，棋呀，又要费许多周折才制得齐。幸亏关三元不晓得藏火种的地方。关三元客观上成了周所长埋在我们身边的定时炸弹。我们只好等他睡着了玩。可他偏又几乎不睡觉。晚上劝他睡，他说等着舂米呢。白天劝他睡，他说要去看田土。大家唉声叹气奈何不得。可又想玩。牢里的光阴不好打发。只好求他，"关三元，烧烟下棋讲不得，何管教铐人的。"他笑，也不看人，仿佛回答自心的问话，"哪么讲不得？有老婆的哪个不烧烟下棋？"他衡量好人坏人的标准是有否老婆。有则好，无则坏。他有四个孩子只有一个老婆，好人中算不得最好的。

矮子机灵，发现他记不得先天的事，于是夜晚放心大胆玩。晚上周所长守老婆去了，不会找关三元。到第二日问他，什么都记不得了。

有天轮到朱九斤挑水，杂货铺门口有妇人提个蓝布兜求犯人带给她汉子。布兜里装的是荞麦粑粑。她不绝地恳求，心都被她说酸了。她太笨拙，来去几趟没人接她的。犯人下河挑上水，倒到厨房的水缸里，过街偏过头去，不忍看她。她追上来，"帮帮忙啊大哥，我汉子是三元呢……"趁在厨房倒水的机会，朱九斤对前后的人说，"帮个忙吧，那女客造孽呢。"这趟出来，犯人们拉开距离，使押解的武装前后照应不过来。朱九斤接过布兜，把荞麦粑粑转移到别人手里。不想她竟跟着跑，跟到河边又跟到看守所门口。

周所长发大脾气，勒令朱九斤交出蓝布兜。朱九斤憨厚地说没东西，不信你搜吧。周所长更火了。他知道只要是吃的，到了犯人手上别想搜得出。周所长把朱九斤铐起来，罚他十天不挑水。挑水是犯人向往的事。那可以看街上的热闹，远远跟亲人见一面；可以捡烟头、纸片；可以担一担水桶晃来晃去体会点点自由自在。中午可以吃到六两米饭。堆得高高的。为之四顾，为之踌躇满志。

关三元收到荞麦粑粑后，变得焦躁了。他逐渐笑得少些。沉默的时候好像懂得思考。

他异想天开要求请假。

周所长每天进天井。有时提犯人，有时训训话，提醒犯人遵守监规（他叫监规制度）。"监规制度第一条……"他提高嗓门逐条背诵。背完一条，就把号子里发生的与这条相忤的不轨行为点出来，夹杂着别具一格的下流话。

四仔担任瞭望。周所长一进天井，抢先告诉关三元。关三元虽急于请假，又怕给长官添麻烦，要在别人一再怂恿下才喊出一声"报告。"周所长破口大骂。不再骂他，骂送他来的谭石蛟。"燊你娘，不得好死的谭石蛟……"骂完后一瘸一拐走出天井，钥匙在屁股后头摇得"唰唰"响，特别带点警戒味道。朱九斤问请假干什么。关三元说分了田土，要人手啊。这又笑。

见他笑，都笑。他用袖口揩泪水，忘了刚才的不愉快。朱九斤笑不出来，他懂得关三元。他用镣铐把地板砸得砰的一响。

朱九斤想烧烟。烦躁就想烧烟。他避着关三元从地板下取出一根长长的用棉絮搓的绳。绳燃着，是先天夜晚去马灯上偷的火。

朱九斤最近烦躁，也许因为上了铐子，也许是想着关三元女客的音容，勾起一串串心事。他坐到栅栏下烧烟，忘了将地板盖严。我们都没注意关三元跪在撬开的地板旁笑了一阵了。直到有泥土打到我们头上，这才见到关三元去地板洞里挖出大把黑色的泥土。关三元手舞足蹈，泥土撒到地板上，铺盖上。他力大无穷，谁都阻不住。他狂笑着撒出泥土。向栅栏外铁窗外撒去。泥土打在美人蕉上，落到檀树上，他是真正地快活了，一点不是疯人。他的笑声欢呼声惊动了整个看守所。犯人们有笑的也有目瞪口呆的。他挖得满头大汗，裸露黧黑的身躯。他是健美的，充满力量。这是矢志不渝者爆发出来的肉体的生机和精神的闪光。他的手比锄头锋利，血和泥土一同抛出。他要用泥土覆盖天井的水泥地，不容长不出谷物的地方。

犯人们大多感到痛快。这监规，这号子里的沉闷以及沉闷中无声无息的无所作为，不管用什么方式突破一下都感到痛快。周所长来了，他冲进号子给关三元两记耳光。周所长叫来做伙夫的谢长度，命令钉牢地板。关三元没被打醒。有根据的梦想固执。他求谢长度不要钉，赌咒不再挖了。他只求撬开地板看看。"不可以没得田土呵，打开门要斗把米一天哪……"

谢长度吓唬他不得再闹，何管教打人的，还要没收土地证。

谢长度没把地板钉牢，留下和地板等宽的希望给他。

谢长度也是犯人，零陵下放江永县回龙圩农场的知识青年。周所长喜欢他，要他做伙夫。他晚上才回号子里睡。

关三元成了大家精心保护的人。当他撬开地板看土地，大家就把被子堆起来遮住。派人站在小洞前挡住武装的视线。监视洞是随时可能打开的。

他勾下头去地板洞里闻，沤气他说是香的。他看见地下有东西发芽了，他等待收割。他把土地证铺平在土地上，发出咻咻的笑声。他看见金黄的稻穗，起伏的麦浪，雪白的荞麦花。他看见灿烂的秋天了。他看见女客驮着吃奶的孩子，坐在温暖的农舍里熬巴酽的铜禾米粥。他恋到女客的怀里去，闻她胸前素野的香气。他想挑两箩谷去春，顺路沽两斤酒。他期望在阡陌间遇见一个人，向那人说，"进屋吃晌午哎？"他幸福地笑。像抹了油的皮肤黑亮黑亮。

一天夜里，全看守所的犯人都听见异乎寻常的啜泣声。远远地，在某个角落，穿透夜的重围向心里钻。这声音凄惶绝望，所有的人都震惊了。黑夜有如一潭深水淹得人透不过气来。都没法睡，都坐起来，面面相觑。声音沿墙面地面钻向看守所每一角落，越来越使人不安。大家爬上栅栏。月光泻满天井。美人蕉幽冷，变成紫黑色。在月光衬托下，铁窗前有个赤条条的身影，都知道那是关三元。犯人们想，他又发癫了，便又睡去。但谁都睡不着。这哭声太凄楚，全不是平日习惯了的情绪。

这夜，朱九斤、四仔他们没睡。我当然也没睡。土地证不见了。被窝铺盖掀满地。挨到天明，四仔捅开小洞叫："一零一报告武装，土地证没了！"这声音震撼了整个监狱。犯人们高喊，要武装开门。人人知道事关一条性命。没有它，关三元会抑郁而死。周所长睡眼惺忪地咆哮："什么？造反了？统统铐起来！"犯人们不怕，只管要求开门。这是号子里唯一一次集体闹事。这要求太无私，太强烈。周所长批准打开我们这个号子，只准关三元和四仔出去找土地证。四仔一溜烟窜到牢房后的隙地上去了。

　　关三元在天井里，一丝不挂。周所长反背双手来回踱步，咒骂管抓人的谭石交，"他娘的，害老子觉都没好睡，送这么个疯子来。烝你娘！"朱九斤靠在开着的号子门边劝慰关三元。朱九斤说"土地证没用了，要它做什么？"关三元说"昨天发的，哪么没用？"朱九斤说"十多年了，不是昨天。"关三元说"县长胡天善盖了印的。"朱九斤说"胡天善？你看那就是县长胡天善，对面号子那个。"

　　关三元不信，只顾把扔到天井里的破衣破裤左翻右翻。没有语言能安慰他。百多犯人同时屏住呼吸。天井宿林清静。时钟嘀嗒嘀嗒。

　　忽然一个儿童锐亮的嗓音打破沉寂，四仔无视不许高声说话的监规直奔天井，高高扬起土地证。

　　关三元接过土地证立即笑起来，剩下的一滴眼泪滴在美人蕉上。他边穿衣裤边呵呵笑。他觉得十分可笑。他把土地证展示给栅栏后的许多双眼睛，证明他是真有土地的。

都笑起来，松了一口气。周所长歪着脖子朝关三元吼，"滚，你他妈跟我滚！"

闻讯赶来的何管教不同意，"反革命不能随便放吧，所长"。周所长独断专行，"你狗屁。这是驱逐出境。"他是压低嗓音咬着牙关冲着何管教的。

正好这天我被无罪释放。周所长不坏，对我说，"一三八，路上关照下九十六。怕他找不到路。"

关三元笑。进号子来把糍粑交给四仔。牢门在他身后关上。四仔骑到朱九斤肩上目送。还有许多人目送他。关三元望着紧闭的牢门，轻声向周所长说，"你疯了吗？关这些人。都是有老婆的。"

周所长扭屁股走了。关三元看着屁股上那串摆来摆去的钥匙笑起来。

他走到街上去。走到人群中去。集上忙着砍肉的，掂着烟叶的，正谈着一条黄狗的价钱的，卖柴火的，见一个不清醒的（或者清醒的）人颠颠扑扑笑着，都侧身避开去。他匆匆离开人群，向旷野走去，走上通向他的土地的小路。他急急赶路，竟忘记了笑。许是原野上没什么值得一笑的。

痛饮流年

许多事早就忘记了。许多事记得，却不想再记得。去记忆中折腾有时候有味，有时候又并不是使人怡然的事情。

下面这些片断，乃柏立女士寄来她父亲的书稿《柏原流年》所引起。

我能回忆的只能是一些寻常小事，与他共过事的老同志特别是南下前就和他一起工作过的人，才能写出轰轰烈烈岁月里有意思的经历来。

我最初进的那家工厂，20世纪50年代初几度易名。我进去时叫湘翰印刷厂，这时还没解放；一解放就叫湖南省人民印刷厂。后被划归新湖南报社管辖，改称新湖南报印刷厂。最后从新湖南报社分出来，称湖南省新华印刷厂至今。

在这家工厂是新湖南报印刷厂的时候，我们厂里的青年工人星期六喜欢去报社跳交际舞（就是这样叫的，叫跳交际舞）。第一次工会组织我们去跳舞都不懂是怎么回事。吃晚饭时高音喇叭已经通知全厂职工，"想去报社跳交际舞的同志七点钟到草坪集合，整队前往"。那次由杨治凡出面组织。杨治凡做校对，厂里少有的知识分子，一个热心肠的人。只有十几个人，杨治凡见我穿的蓝布内裤旧背心说，"去换条长裤吧，也不好穿背心。"

报社新建的大楼在经武路。三楼南头的会议室，星期六做了舞厅。报社到底是报社，放的唱片比厂里高级。我不大跳，多半坐在一旁看和听。那时我十二三岁。女同志对这年纪的男孩子提不起兴趣来。好在还有两个只比我年长一两岁的师兄，坐厌了我们也去舞池边边上一二三。

有回舞会上出现了一个人，这个人是二十几岁还是三十几岁搞不清楚。从看见他起我就一直盯着他。整个舞会放光了。至少我是这样感觉的。他身膀直挺舞步刚健，我才晓得交际舞可以跳得这样优雅。和他比，其他人俗。比方跟我同车间的熊姓年轻师傅，他下舞池令人联想类人猿。我景仰的这个人来得少，后来竟至无影无踪了。这个人是柏原。一个风标颖彻的伟丈夫。我知道这个名字是在多年之后，大体是在经历了两件规模空前的大事之后。这两件事一件是"反右"，一件是"大跃进"。

工厂从柑子园搬到了湘春路。厂门朝南，对面是省妇幼保健院。大门后的水泥通道宽敞，两部大货车品得排。"大跃进"时这条通道上东边是一排炼钢炉。职工同志们把家里的烂铁锅、瓮罈盖、火钳捐献出来了。我们为超英赶美做出了自己的贡献。一位老师傅说了一句"这也炼得钢？"他立即受到了应有的惩罚。"大鸣大放"时这条通道是贴大字报的地方，也是在东边。说这是帮助党整风。大字报栏的上方有好长一绺大红字，写着"百花齐放，百家争鸣"；"知无不言，言无不尽，言者无罪，闻者足戒。"有人动员我写大字报，要我表现积极点。我是落后分子，确想趁机充积极。痛苦的是我对党实在一点意见也没有，写不出来。

人们措手不及，"大鸣大放"演变成"反右"。运动尾声时，工厂揪出了杨治凡一个右派分子，还挖出了一个反革命集团。反革命集团的成员是几个舞瘾特别重的人。他们几个人平日惦记着周末的舞票，于是分工搞舞票，有某人是"外交部长"某人是"联络部长"的玩笑话。这就成了铁证。这就成了反革命集团。工人不会划右派，没有学历不是干部不够资格当右派。这几个喜欢跳舞的人是成了团，要不成团，只会打成"坏分子"而不至于"反革命"。幸亏我写不出大字报。不然，坏分子！比右派难听得多。

说起这些事，其实是模模糊糊的，先后次序都可能搞错。

这是吃了不写日记的亏。我不写日记是没什么好写，初一十五
差不多。再一个原因是写不好字。我又偏晓得字要怎样才叫
好。看着自己一手猫呕的字，抑制了提笔的兴致。所以这辈子
不写日记。

柏原有日记，打他成极右分子的材料出自他私下里写的
字。他的日记中记了一句恩格斯的话："不相信一切神圣的
东西。"这证明了柏原"反动透顶"。整人的人有一套上纲上
线、分析提高的技术。看是什么人，欲加其罪的人就是喊社会
主义万岁，也分析得出狼子野心来。

1958年春节过后，新湖南报社宣布了对右派分子的处理。
柏原的处分是最重一级：开除党籍，开除公职，送劳动教养。
他听到这样的处分很平静。报社编辑部有半数人是右派，老战
友老领导是右派的不乏其人。他要不是右派反倒尴尬。

他被送去株洲劳动教养。在前后差不多的日子里，全国有
近百万受过完整教育、智力充分发达的人被送去劳动教养。

柏原于新事物也有盲点，他只晓得劳动改造，不晓得劳
动教养。到劳教所后搞清楚了，劳动改造有刑期劳动教养不
定期。说你教养好了放你走；说你没教养好，留下来再教养
教养。

那阵子我们动不动碰到史无前例的事。"自然灾害"也凑在一连串的"史无前例"之后来了。我们吃不饱，我们嘴馋。容易买到的只有自来水加糖精做的冰棒。水肿病使我们都胖了，一街的胖子猴起手吃冰棒。冬天里长沙市街头，上下飞舞的不是落叶，比冰棒更冰的风，卷起满城冰棒纸团团转。好像就在这奇观过去后不久，柏原解除了劳动教养，摘掉了右派分子帽子。他以"摘帽右派"的身份到我们工厂来了。我们这就认识了。他如多年前初见时那样清朗，没有逆境中的窘逼相。

他先在工厂的红专学校教高中语文课，后来又在红专大学教中文。我是工人，要上班，星期日或他没有课的晚上，我们有时在一起。那时他住经武路，一栋两层楼的红砖房。从北面的侧门进去有一条过道，进门右边是楼梯。楼梯下狭长的小间，是他的书房兼卧室。那是他自己用木板隔出的天地，也可能是申请来的原来放置扫把、拖把、箐箕的空间。楼梯对面四四方方的大房，住着他妻儿五口，紧邻的西面也是同样的房子，住着邓钧洪夫妇和他们的儿女。

邓钧洪是新湖南报社原社长，耿介的知识分子，平时寡言语，多数时间沉默。或许是无法中断的沉思。他们是老战友。从冀察热辽中央机关报《群众日报》起他们就在一起工作。

柏原穿过两道封锁线到达解放区之初并不在群众日报社。那时群众日报是李锐当社长。有一天，李锐传来口信，希望能在报社见一见柏原同志。不久，他们在报社见面了。再不久，柏原调到了群众日报社。

群众日报社曾派一个由四个人组成的记者团赴锦州随军采访。邓钧洪是领导，柏原是记者团成员。现在两位都成了迷途流荡、思斗升之水不得的涸鲋，相视无言的时候多。虽然他们不再是党员，在心中，在思维习惯上，纪律仍然有约束力。他们只能在一个狭窄的空间思考。

从前文士落魄，可以疏狂，可以放浪，他们放浪疏狂不得。学生时代植根心灵深处的信念犹存，无论遭到怎样的贬斥，也做不到身心直下透脱。就说被送去劳动教养，人家是把你扫地出门，视你为敌，而在他们心里，或许是服从组织安排。

我们蜷缩在楼梯下聊天。柏原坐床，我坐蛤蟆凳。他读书、备课、改作业都在床前的小条桌上。二十五瓦白炽灯泡照耀迥异生涯。

并没有沉重的话题。他过去的一些经历我多半是在这时候听说的。尽管他说得轻松，我还是能体会，假如解放战争中，在某次战地采访时牺牲于战场，是要比现在这样活着容易得多的事。

他说话平朴亲和，有亲和平朴的细腻。他的语言不是锋芒劲逼的风格。

他深深爱着妻子。不止一次地跟我说过他们的婚礼。他要给新娘头上插一朵花，新娘跑，他追了几间房。由是我推测陕西沔县的他家殷实。

他"不止一次地跟我说过他们的婚礼"，我就想他在不幸福的此刻思考过什么是幸福。他说起金玉洁的美丽贤淑，是满足、骄傲而愧疚的。志向宏远的男人，有时忽略了最基础的幸福。遭遇摧折的时候，爱情与家庭，能让人把不堪承担的痛苦继续像大丈夫那样承担下来。这时他四个儿女都小，妻子承受的政治上、生活上的压力不比他轻松。他应该在妻子的坚忍中，发现了人生的真实渴求，它产生跟豪言壮语不相干的坚韧力量。

这是无可遁逃，无可倚恃，虚无也不可以的年头。"只能如此"逼他适应了新的身份。养家糊口的责任，取代了当年给妻子写下绝命书投奔解放区的崇高冲动。

做代课老师比劳动教养好得多了。劳教时他见一管教人员还和气，失口称那人"同志"。那管教正色曰："你要搞清楚自己的身份。"现在，千多人的工厂，没有哪个歧视他。

他很细心地备课，谨慎处理那些说不清是学术问题，还是政治问题的内容。下课后找工人师傅征求意见，和当年在解放区做群众工作一样认真。他板书好台风好，大家都喜欢听他讲课。

学员对他的欢迎敬重给了他安慰，加上一份稳定的薪水，这段日子算是过得舒心的。不能不提到职工教育办公室的负责人解六鳌和李为群两位。他们都恭恭敬敬称他"柏老师"。李为群更成了终生好朋友。李为群书读得好，说话、作文不用"也"喜用"亦"。有次他公开对人说"柏老师既摘了右派帽子，他亦就不再是敌人，亦就是我们要团结的对象，亦就是我们队伍中的一员了。"李为群是湘阴人，"亦"字从他口里出来，只觉儒雅。

解六鳌和李为群尊重他，学校里其他老师尊重他，眼前是好过了。几年后，这又引来了一张"打倒解、李、柏三家村"的大字报。这张大字报出炉的时候，我离开新华印刷厂多年了。

我是1964年11月去江永县务农的。等我某天再流回这个城市，红专学校早关了门。工厂撤销了被知识分子、牛鬼蛇神霸占的讲台。柏原和与他处境相近的人，都在为新形势下怎样生存伤筋动骨。他们本是自我再造能力极强的人，流落到社会上，什么事能做。但这个时候似乎连捡破烂也没他们的份了。他们要应付抓捕、围攻、殴打甚至于更严峻的局面。

柏原就惨遭毒打。

我一直以为殴打他的是新华印刷厂的人。读了《柏原流年》才知道是"红色新闻兵"干的事。《柏原流年》写道："新闻兵喝令我跪下，我指着台上高悬的毛主席肖像说，'毛主席没有下跪的指示。'他们拳打脚踢，把我按倒在地，又提起来，想迫使我屈膝。有个人喊，'把他的大衣脱掉！'脱掉大衣后，如雨的拳脚令我疼痛多了。不过我虽东倒西歪，还能挺住，但一只穿着皮鞋的大脚对准我软肋有力的一蹬使我倒下了。殴打持续了两个小时，我记得在乱哄哄的人声中有人叫喊：'打，打死他！打死了往窗外一丢，就说是跳楼自杀。'"

他两次被打。这两次之间的日子靠一些朋友接济。东一家西一家躲藏。第二次被打之前他记得起的最后一个帮助他的朋友是住东牌楼的苏孝先老师。后头还有哪些朋友帮过他想不起来了。《柏原流年》说："离开东牌楼后又去到哪里避难记不清楚了。这时年关将近，死活是个中国人，忘不了传统，要回家去'阖家团圆'。这年1月30日是大年初一。二月一日，也就是这年的农历正月初三，'新闻兵'又把邓钧洪和我抓到报社去。一个外号叫'龚矮子'的边推边嚷，用手枪敲老邓的头，鲜血顺他后脑流入项背。我们被押上台。按下去强令跪下。挂上牌子，用喷气式的姿势拍了照。新闻兵按时新的种种污辱人的方式套用完毕后才进入正式的批斗程序。我创伤尚未复原，不敢顽抗，任随他们处理。但还是免不了拳脚相加。

"斗争会后，老邓和我被关押在报社传达室的一间空房里，睡在一张临时搭起来的小木板床上。老邓长我六岁，那时已年过半百，又有心脏病。他躺在床上一夜呻吟。我旧创新伤，辗转反侧不能成眠。

"我妻子去找了解六鳌老师，解老师又去找了新华印刷厂'工联'的负责人宋桂潮。他们到报社来和新闻兵交涉。说柏原是新华印刷厂的人，应该交印刷厂处理。我被解六鳌、宋桂潮接出来后回到新华印刷厂。宋桂潮把我交给一个叫王三的青工。宋桂潮对他说：'你要跟他住一起，你负责。'又嘱咐我'不要出大门，人家再抓到你，我们就管不了了'。

"这样，我就被新华印刷厂的职工保护起来了。"

我是在新华印刷厂长大的。在这里我度过了踏入社会后最初的，也是最单纯，精力最旺盛的年龄阶段。虽然如今走进这家工厂无一人识我，但我对它的感情如故乡。现在知道了"我的工厂"没有迫害他，"我的工厂"保护了他，我像热爱故乡那样更加热爱"我的工厂"了。

几十年来，我一直误会是新华印刷厂的人毒打他也是事出有因。因为写"打倒解、李、柏三家村"的大字报的那人是新华印刷厂的。看来这人的投机没成气候，没能战胜我的同事们对柏原的深厚感情。

在当时形势下，新华印刷厂的职工无能力长期保护他。其间，他去东区医院治疗过。某天一个姓易的医生告诉他"有消息说今晚有人来医院抓大右派，你赶紧跑吧"。

这就找到了我。

太久了。那时头脑本就是一团乱麻，子丑寅卯说不清。莫说他是怎样找到我的说不清，就是问我吃了早饭中饭哪来的我也说不清楚。在我的印象里，如身处一只巨大的不透光的麻袋，他从一角朝我走来。危机四伏地静。涂抹不开的夜胶一样粘住他。没有呻吟，一言不发，拖着沉沉黑暗慢步向我。应该是早有约定。我们沿着五一马路朝西走。他昂着头，望着河那边的山影。我们说过要去云麓宫一醉的，终归梦回岭峤。

我带他到刘子章家。湘江边上一条小巷子里。此地得天独厚地少人关注。

刘子章已安排好，两夫妻和六岁的牛子挤一床。牛子的床让给客人睡。

　　刘子章矮，耳背，侠义，什么都不在乎。难得见到他那样助人不顾后果的人。

　　子章是有点听不清楚，不过听得见朋友的话。其他人跟他说话，他笑容可掬地张开嘴"啊？啊？"

　　子章总是笑，行住坐卧都在笑。劳教时这笑帮过他的忙。管教说他态度好，没怨气，最早一批摘下"右派分子"帽子。不过这同一种笑，曾经有过另一种评价，说是顽抗、是敌意、是不思悔改的花岗岩的笑。

　　刘子章跟他爱人杨慈婉当劳教犯的时候成功恋爱。登记结婚后，子章特意去航运局向打他成右派的领导道谢，说"搭帮你老人家了"。他给那领导留下了几根笔杆子糖。

　　子章夫妇的真诚，使客人一点拘束都没有。夫妇俩不但不嫌烦，甚至明显地兴奋。友谊如花香充满矮小的屋子。我们忽然觉得有能力抗御冷硬冰窟里的深寒了。方桌上摆了酒和兰花豆。柏原善饮，举杯相碰的音乐比酒更醉人。他们在不认识之前已经是老朋友了，因此没有客套。柏原饮过两杯，自顾自凝视板壁上一幅山水画。他进入那一点点山一点点水里去了。他或想往宁静宽容的天地。等到从山水里出来，不知哪处伤使他做出痛苦的表情。很快恢复了笑。笑得比先前轻松比先前宽广了。这是"敌我矛盾作人民内部矛盾处理"了近十年的笑。当然，还是看得出笑里包藏的痛。那痛不是肉体的。此时经受的磨难、屈辱，找不出一个光荣的理由才是彻骨的痛处。他望了一阵窗外。没有月光，没有路灯。视线又回到朋友之间来。不用说，我们心里都有同一疑问，这样的日子还要熬多久？

这样的日子还长，后面还有十几年。我们当时没有能力预测这个十几年。

在这十几年中他搬过两次家。先在局关祠。危房，楼梯"咯咯"响。上楼时我总担心楼梯会塌。后来搬到北门城市边缘一条小巷子里。那地方叫十间头。同李为群合租一处。李为群说"我们是患难之交，亦是邻居。"

有次碰上他们两家缴伙买了只牛头，在屋檐下炖。三个人喝了一餐好酒，那日凉快，巷子里有风。李为群兴起，大谈《前赤壁赋》。他们两个都背得。李为群通篇诵读。都认为这是古代散文的第一篇。它的深度不在同时期西方哲学家思想之下。但它不以表达思想而满足。苏轼是一位艺术家。他实际上创造了一种节奏，一种韵律；使人享受的是不亚于音乐的文字快乐。三个醉人，美文佐酒；檐下颠倒，直至天昏。柏原那天说，人活一世，真像做文章一样，想要实现自己的审美理想，必得处处留神。笔墨须脉离不得自家丘壑。超逸、散淡、庄严、方正，都需大面上照管。人生毕竟又不同于做文章，最无奈是谋篇布局有由不得自己的时候；遇势所不堪，亦不能胡乱下笔，俯仰随人。

　　这时他的儿女大了，女儿可以跟妈妈下乡种田，儿子可以上街推板车了。他自己在街道工厂被人称为"柏师傅"。这是当年武汉大学毕业后，连毕业证书都等不及拿，急匆匆北上寻找解放区的青年始料不及的日子。他必已解决了信念与现实的冲突。他作为丈夫、作为父亲、作为一个生计艰难的小百姓很好地活下来了。莫轻描无可奈何的日子，五味杂陈便是丰富。高压下能维持精神品位的人生是精彩的。他的人生是精彩的。襟抱不凡的知识分子这样无声地活下来，必有一个精彩的内心世界支持才可能做得到。回想一下那时我们经受的精神虐待，就知道不是一件容易忍耐的事。我们鄙弃的品行，正是在我们头上挥舞棍棒的人的本质。他们培养监视的眼睛窃听的耳朵告密的嘴，逼我们在看不见的网罗下变节。他们最狠毒的一招，是把我们原已拥有的信念抽空，使思想失去根据地，使我们的灵魂变成孤魂野鬼。这股力量过于强大，以致可以钻进心灵捣碎一切，让我们原有的可以使我们是一个人的东西变得可疑。我们必须不断地重建，重建后又被摧毁，摧毁后必需再建设起来。我们就是在这样的挤轧下抗争，否则我们都会变成无耻之徒和行尸走肉。

进入他人生后半场，这"十几年"结束了。他先组建了湖南科技出版社并任社长，后又调湖南省委任组织部常务副部长。他没有忘记友谊，与苦难中的朋友交游如旧；逢年过节一定会去的是刘子章家。

在科技出版社时他戒了烟。

1986年他专程拜访过母校。刘道玉校长听他说到"毕业后没来得及拿毕业证书"即着人查。很快就找到了他的毕业证书。当晚回到宾馆，给我打来长途电话。先是赞叹武汉大学档案管理出类拔萃，接着说，"我今天才算真正毕业了。"

他离休后的生活质量高，打太极拳、打网球、写字、读书，没把体内的癌细胞当回事。

最后一次跟我通电话说了好长时间，他说"最近总想起《前赤壁赋》"。我明白，他已做好准备。他将以一个潇洒的姿势纵身一跃，投入到郁乎苍苍的无尽藏中。

写这文时没有题目，是以"无题"写下来的。"无题"本可以，唐诗就有"无题"。后想"无题"人或不习惯，就着《柏原流年》题了"痛饮流年"。这"饮"不是"畅饮"的"饮"，是我们乡里人"饮菜"的"饮"。去声。"浇灌"的意思。好在痛浇灌的是流年。流年已逝，不去管它了。

熬过了的青春

在很长的时间里，郑玲没有相对安定的居所。这段时间实在太长，以至她没有保存旧物的能力。她甚至拿不出自己青少年时期的照片来。关于她的青年时期，只有去记忆中搜寻一鳞半爪。

郑玲记得起的最早与诗有关的事，是一种叫《黎明的林子》的，没有封面的，用很黄的纸印刷的诗刊。后来这小小的刊物更名为《诗垦地》。当时她读初中一年级。这时候，已经喜欢读文学方面的书了。她爱读文艺复兴时期的书籍以及文学大师们的传记。她自己回忆说，虽然年纪小，居然有些懂。这一切启发了她的文学追求。放学后，她常徘徊在重庆北碚黄桷树的那间小土屋附近。那里住着编辑《诗垦地》的绿原、邹荻帆、曾卓等诗人。郑玲终生崇仰这几位诗人。她最早的诗作《我想飞》是这时候写的。老师帮她发表在《江津日报》上。后来随同一群进步青年"飞"到湖南，参加了中国人民解放军湘南游击队。少不了风餐露宿，少不了光着脚板作几十里路的夜行军。她在游击队政治部做些迎接解放的宣传鼓动工作。以她的性别和年龄（小妹子），接受过进城监视敌人动静的任务。那时地下武装保护过一些文化人，她奉命陪伴过女作家白薇。这个时候精神上充实、亢奋，是她青年时期很美好的时光。这"美好"与艰辛、紧张、危险联系着。

解放后，郑玲先后在长沙市工人文工团和湖南省人民出版社工作，有条件读大量的书。她深受俄罗斯文学影响，爱读普希金、屠格涅夫、托尔斯泰、赫尔岑的作品。这些作品中的养分，成了她本质性格的培养基。她基本是不屈的、牺牲的、悲剧的。新中国成立之初，人人热情洋溢，忘我地工作、创造和歌颂。关于明天，想到的只有幸福与辉煌。她开始了诗创作。《长江文艺》是她经常发表习作的地方。她在《人民文学》发表过歌颂社会主义建设的《长江大桥诗二首》。讽刺的是，不久就被打成反党反社会主义的右派分子。这是郑玲青年时期发生过的最痛苦的事。她在斗争批判她的万人大会上，抢过大会主持人手中的话筒呐喊："你们扯谎！扯谎！"

从此，她失去了工作，什么都没有了，都被剥夺了。正当她的青春年华。

流落到社会上之后，她认识了我。我们都在教夜校。在一个工厂的大专班教书。她教中文，我教数学分析。后来挑土挑泥沙。后来，到乡下去了。我们一起坐监，一起流浪。在旅途上，在风雨中，在车站的角落里，在临时驻足的农家茅舍，我们靠背诵诗文和讲名著故事御寒充饥。最终在湖南省江永县的大山里落户。收成最丰的年头，两个人一年劳动的收入不过一百元。白天我们劳动兼接受批斗，晚上围坐地灶边，煨红薯、烤苞谷。有时她朗诵新作，朗诵完了付之丙丁。

这已经是在灾难中了。但在灾难中过习惯了也就不觉得是灾难，它变成了平常日子。在这样的平常日子里再有灾难临头，是更深一层的苦痛。"文革"中，我被投入铁窗，她独自生活在黑暗中。两人共处的黑暗是光明，一人独处的黑暗便是黑暗中的黑暗。后来我获释回到她身边，她说那种感觉像49年全国解放一样兴奋；像在伸手不见五指的黑暗中划亮了一根火柴，那就是光明。

郑玲熬了几十年，终于把青年时期熬过去了。此后又不知经历了多少波折，到了她早已不是青年的时期才重新发表作品。我见过台湾诗人王禄松这样说郑玲的诗："非经大思考、经大灾劫、茹大苦痛者，焉能臻此。"我很佩服王禄松先生仅凭诗文而知人之深。

郑玲长期生活在不容易自由选择美学立场的年代。在她漫长的创作生涯中，她坚持了自己的立场，从不谄媚任何文化势力。在有60年创作历史的诗人中，这种蓝天纯净是不多见的。她的作品忠实而丰富地表现了自己的心灵世界。从她优雅、华丽、有时又是悲壮的诗篇中，我们发现郑玲本身是一个痛苦与奋斗的故事。她的成就应归功于她多次幸运的失败。

荷花小鸟

　　要是也来个四舍五入的话，我也是"不逾矩"的时候了。到了这样的时候还是谨小慎微地不守规矩如我者，必定还会有人。只是心境确有变化；暮气不消说，还有与暮气相伴的东西，比如说怀念，常常想起先人和平生交游。热闹的朋友或许想得少，寂寞的朋友自然想得多。在寂寞中想起也是寂寞的一位，忽然要给光年做几百文字了。

　　我现在也可以说"很久以前"，不像年少时羡慕能说这话的人的老资格。如今轮到我说起这话来，只觉得多出几分苍凉。很久以前，在一位朋友家中经常遇见何光年。那时我十多岁，他怕有30出头了。这位朋友家中是长幼咸宜的，我们很愉快地在一起聊天是寻常事。某日他见到我写的七律《初上岳阳楼》，极喜欢其中"几人忧乐知先后，千古文章寡和酬"一联，莫是斯文一脉罢？遂是我们之间忘年交的起因。尔后就有些唱和，有些过从，在一塌糊涂的那些年中相互就有些穷安慰。

　　光年多病，瘦骨嶙峋。在那些年中，必要的时候还是有人把他请去站在台上挨批斗。倒没有打他，多半晓得此君消受不了一拳。他便一拳没挨过。非常斯文地低低头，站个把小时。遇上我去了，不无惭愧地说着这些事。我想这是发泄的需要。人怄了气，受到凌辱，不许对人说，在要好的人面前就得说说。不一定态度怎样的不好。很多时候，在白果园他家那半间房里，在高兴地邀我落座之后，是示我以新近填的词或写的诗的时候。总是说，能谈话的人太少了。有时见他写字，右手写了左手写。他的字，风骨跟他的诗词一样，清淡秀气，美得芬芳。

他喜欢湘剧，尤其喜欢高腔。他唱湘剧高腔票友味十足。那样清瘦，中气难提，高腔神韵却淋漓尽致。董每戡先生很赏识他文学、戏曲方面的修养。那时每戡先生蛰居长沙，可与谈者唯光年而已。光年久久挂牵每戡先生藏在冷灶炉灰中的数十万字手稿。书生窘态，如今追忆起来竟是一个时代的脸谱。

60年代初期，湖南省湘剧团采用过他的剧本《武则天》，得一百元稿酬。为夫人买了一件呢大衣。同时作一绝，有两句说："唐时皇后周时帝，为我生财一百元。"他诗词的生活味浓得很。早些年读《三草》，觉得光年和绀弩前辈在用旧诗词表现生活的创作实践上各有千秋。不过他生活面窄，不如聂老的家国之忧的磅礴。方毅送他"荷花小鸟"四个字，正巧概括了他的风貌。光年总的说来是缠绵、圆润、优美的。

1978年以后他心情渐渐舒畅。人也活跃了。许多文化组织邀他入席。1985年依中日文化交流协定中国书法家协会组织作品赴日展出，全国评得九人，湖南独光年入选。他的左书尤为人称道。行家中有"江苏费新我，湖南何光年"的说法。

这些年来他颇得意，无官亦无钱，只为享受到了数十年中没有的自在。从他下面的诗句看得出："早有文章轻富贵，已无忧虑损精神，自知性僻难偕俗，且喜身闲不属人。"出手便露出傲气。可惜身体大不如前，基本不写小字。诗却写得多。用钢笔，不费力气。儿女大了，都已成材，近十多年的日子过得还好。曾寄过几首诗我，记得这样几句："扶筇缓步下楼台，日日提篮买菜回。场上人多休问价，袋中钱少也防灾。"乐天知命的闲雅跃然纸上。光年旧体诗词的艺术概括力，大抵如此。

50多年的友情，不会不互赠诗词，这是写旧体诗的人的老毛病。当然，都给朋友戴高帽子。今天翻开他的《半楼集》，有《次善壎兄赠我原韵》一首："自别兰园近两年，一番回首一凄然。谁知广厦千间志，竟作东山数载眠。气质远追陶靖节，风流直继杜樊川。夫人咏絮才犹捷，无负阳春三月烟。"我送过这样一首诗给他："俏似丹枫静似霜，如君怀抱费评量。吟哦有句追唐韵，云雨无凭梦楚襄。久病已成朝市隐，多情常发少年狂。风流不在林园内，曲涧横桥独自香。"看我第四句就晓得，他的生平有过"精神恋"；我见过她，才气奇高的女子。按中国人的讲究，这事要为"长者讳"，不好说出来。

大老板阿博

这个人叫贺博，博园花场老板，我们相识20年了。一般说来，是被叫作"朋友"的。说只是熟人似乎疏远了点，我们曾经过从频密过；要说是朋友，我们又互不真诚。因为接到他要跟我见面的电话，思考了一下我跟他的来往是人际间关系的哪一种。想来想去，找到一个定位，可用"比熟人多比朋友少"来说，已经记不起多久没见过他了。三年还是两年，真的记不得了。但可以肯定，他还是那个样子。还在为那值几十亿的生态旅游项目找买方。即便跟以前有什么不同，只能是情形更糟了。

那天他约我晚上见面，他说"今晚得闲"。

出租车本可开到花场门口，但我提早在路口下了车。我想在清新的空气中轻松走走，同时回顾一下这条十分熟悉的路。20年前来博园花场，两边都是甘蔗地。那时候这条乡间泥路上只有他一家在做花的买卖。现在博园花场淹没在成片的大小花篷之中，我要挨家摸索着找。所幸到达博园门口，当年门面依旧。只是小花场挂了一块大招牌"贺博植物园有限责任公司"。

进门的右边是三棵高大的油棕，左边硕大的四季杜鹃红艳艳。随遇而安的植物总是生得好。这也是博园给人印象很深的景物。要是白天，碧绿的草地映衬天蓝屋顶，背景是远处玉翠的幽谷险峰。三层的小房子仿西欧乡情，是他参照画册上的样子建造的。尽管破败，仍是这一带引人瞩目的建筑。这样的布局被幽暗天光反衬，遮掩了阳光下的褴褛。

我悄然潜入，想先观察一下博园主人独处的神情。这时天色已晚，绿叶婆娑中容易隐蔽。我朝接待客户的办公室望去，看见他坐在暗处失意的模样。他知道我会来，衣着很讲究。他穿的15年前在阿姆斯特丹买的漂亮衬衫。刻意的修饰反露出落魄的羞涩。他猛吸一口烟。烟头在黑暗中使劲亮一下又重归黯然了。在烟头闪亮的红光下，我看见一双茫然的眼睛。联想到他人前充阔的神气，正有他说不出的酸楚。

寂寞的时候他喜欢把认识的人召来，没有友情，不是思念，仅为了找人听他没人要听的宏伟目标天才策划。他在寂寞中找人来向他自己证明他的大老板身份。不管两小时还是三小时，由他一个人从头说到尾。他能叫动的人只有我和阿斌。我们两个人十多年中听他说财团排队求着跟他合作的话算不清听了多少回。他今夜想见我，目的跟从前不会两样。他需要有人听他说"明天几千万到账了"。

他是有钱过的，在他还是一个单纯青年的时候。

他在离大都市不远的乡间租十亩地开花场。那地方风景好，前有山后有水。两夫妻用废弃的包装纸板搭一间小屋，津津有味做生意。人们走进博园花场，常听到他不知忧虑为何物的喊叫："蓝蓝的天啊，白白的云啊。"然后伸出不能紧握的右手跟你握手。他右手受过伤，被窗玻璃划断了一根筋，只能用小手指无名指和大拇指跟人相握。

花场后面的大山，物种丰富，他去山里采回野生花草培养。有阴生的，也有阳生的，博园花场供应别的花场看不到的品种。来博园的简易公路上，车如流水马如龙。尤其是年节，车龙见不到尾。夫妻俩带着工人日夜忙不停。原来只供应本地品种。聪明的贺博，是时机地把眼光转移到荷兰、中国台湾的品种上。这样辛苦了几年，也就发达了。人们不再叫他"博仔""阿博"，改口"博哥""博老板"；因有一把漂亮的胡须，也叫他"胡须博"。他长相像阿拉伯人，肤色棕黑。"9·11事件"后，多了一个"本·拉登"的外号。不过，这时候他已经不景气了。

从被称为"博老板"那天起，他不再抽白沙牌香烟，改抽万宝路、三个5；不再喝石湾米酒，要喝五粮液、茅台、轩尼斯。摩托交给工人用，自己开一辆旧车市场买来的凯迪拉克。虽然费油，气派出来了。也不再是"博园花场"，改称"贺博植物园有限责任公司"。

后来，他以每年区区七万元的租金把后面的大山租下了70年使用权。山里有可观赏的植物，还有奇峰、怪石、瀑布、温泉。有了这山，他不再安分做花场，他不再把花卉放在眼里。他只关心用后面的大山包装成的生态旅游项目。有限的资金不用于再生产，无节制地花在他认为可以引来金钱的流行操作上。这时雇用的不只是廉价的湘蜀劳动力了，还有昂贵的祖胸露腹的漂亮小姐。小姐们老板前老板后地陪他醉得天昏地暗，直醉到忽然发现走进贺博植物园的客户寥若晨星。周围原来的甘蔗地，密密麻麻布满了几十家大大小小花场。他们在贱卖同他一样的花卉品种。至于生态旅游项目，还只是一本花了大价钱的厚厚的策划书。

他慌了手脚，心一乱什么都乱了，贺博成了狂躁的大老板。他到处招商，拜会官员豪富。很快地连工资也开不出。每有事要用人，就找我和阿斌。我们两个人成了他的当然义工。阿斌一般是当司机做跟班；给我的职位高级点，顾问或者谈判代表。这样能使他在需要的场合不显得太寒酸。十年中，我承他重用参与了所有重要谈判。事前在电话里他都提醒我今天要见的是"钱多得当纸烧的人物"，我这人不憨厚，一见就知是骗子。

所见这些人都只有一个姓，名是什么不知道。就是"张""杜""蔡"是真是假，我也存疑。不过"杨斌"是真的，也只有唯一一个"杨斌"知道他姓"杨"还有一个名"斌"。

除了杨斌，"张""杜""蔡"等等，都有一个我提不动的装满文件的真皮公文包。澳门张老板，第一次见他时从公文包里拿出来的是他投资的重庆市一座大桥的种种文件。"现在已动工，三年后就收费了。"说到阿博关心的事情，他翻出一叠某国投资银行谅阿博也看不明白的英文表格、申请书、协议书。只要阿博先交出两百万什么费，"一个亿就归你了"。张老板郑重其事地说："天下没有免费的午餐，这是要利息的哟。"三年后又见到澳门张老板。阿博在三年中没找到愿意给他钱的人，一筹莫展中想起还是找张老板。张老板着实有钱，只怪自己拿不出两百万。这次他开着稀烂的凯迪拉克带我一起去珠海。临行前找阿斌要两万块钱应急："最多两天内还你。"

住好酒店才打电话去澳门，事先在广州联系好了的。这次张老板除了公文包还抱了一个半岁胖娃娃，说是重庆女人给他生的。在酒吧坐好后阿博问"那桥呢？"张老板轻描淡写地说："还提那桥！早收费了。"张老板打开公文包，拿出来的是说明漓江已经是他的了的文件；还有报纸。"你看，报纸，是你们的报纸啊。"

"现在你去桂林，喝的都是我的水。"

报纸上登的消息与澳门张老板有什么关系只有鬼知道，那张报纸是真是假，只有鬼知道。

张老板从不正眼看我，也许是因为我没掩饰好的不屑的目光，也许是他不屑对打工仔一顾。

每次这样的会谈，结局都一样，阿博除了买单不会有别的事发生。

新加坡的蔡老板异曲同工。阿博付了少量定金向蔡老板购进一船巴西木。阿博盘算巴西木到手销售完了，货款扣下先周转再说。我见到的蔡老板，他第一次从公文包里拿出来的是阿博已预付订金的巴西木已经装箱的文件；第二次拿出来的是巴西木已经起航的文件。第三次，这次阿博有点伤心，文件证明载有博园订购的巴西木的货轮，在风暴中被巨浪吞没。"这是不可抗力。对吧。"蔡老板一脸慈悲。

杨斌好些，他至少没有公文包。

他们好像是同一个师傅教出来的高徒。交手使用相同的招数。阿博企图让杨斌向博园注入资金。他的天方夜谭使杨斌相信博园实力雄厚。杨斌正在组建叫"欧亚农业"的大型企业，想把贺博植物园有限责任公司纳入他的旗下。他们两个各怀鬼胎接触了好几天。杨斌住在白天鹅宾馆。杨斌要走了，不够钱结宾馆的账。阿博说，这是大富者不拘小节的潇洒。忙替他结清。阿博说"多好的机会啊，要送礼还送不上"。那天气温34℃。回来的路上车窗紧闭不开空调。我要开窗。他不肯。他说这热的天开着窗，人家一看就知道没油钱。他也怪，竟不出汗。我一身湿透没一根干纱。

杨斌是答应有好消息给他的。那阵子阿博轻轻松松扎实睡着过。后来"欧亚农业"在香港上市，美梦更加是那么回事了。不久，杨斌去朝鲜做了新义州特区首长。不久，杨斌在沈阳被羁押。我就是从凤凰卫视中文台关于香港高等法院宣布欧亚农业（0932，HK）正式清盘的报道中得知"杨斌"是真名实姓的。

不用说也知道，阿博名声在外过。他认为他的软资产值几个亿。他不知道一个亿是多少钱。只知道那是很多钱。经常在大排档吃河粉，聊起来开口就是"我有几个亿"。

很多年前，在租下那座大山第二年的中秋，他开了一个赏月晚会。地方上有头脸的人都来了。来宾们听完他宣布今后的主业是做生态旅游，灌水般的恭维使他觉得自己是无冕之王。这夜不开灯。石上、树上、路边、屋内处处点着含蓄温情的红蜡烛。几百个吊在树枝上的精巧的灯笼在风中轻荡，红裙美酒摇曳着月光。他穿梭于客人之间，身边紧贴着两位手持高脚杯的小姐。他有很好的笑容；虽然抽烟，牙齿却雪白。他是一个美髯皓齿，女人见了骨头酥软的男人。他天生财大气粗的长相，仅凭长相已使人相信他腰缠万贯了。他举杯、敬酒、握手、拥抱和哈哈大笑，要来宾算算他在山里栽的一百万棵伞尾葵、七十万棵凤梨、五十万株绿萝值多少钱。来宾们不管是政府官员，还是同行大户，个个是专家，随便算算就十几个千万。只有我和他自己知道，全是虚构的。我很清楚阿博叫我来无非要我见证他的成功。因为我一路来都在提醒他，这样干不会长远。他从不置固定资产。有多少钱花多少钱。我在他买凯迪拉克那时候曾建议他，把租用的土地征下来。他不听。他要我参加酒会，无非是向我证明他天马行空得漂亮。那个貌似奢华并不用花太多钱的酒会成了他的顶峰。

我在树影下想了这么多，一度想学雪夜访戴那样兴尽而去。但我没有，还是见了他。他见到我立刻开了一盏大灯。僵硬地笑。

还是老样子，壁上一幅不少地展出从前的奖状；与各级政要的合影摆在写字台上。他仍然需要听这些东西有气无力地嘟哝过去的光辉。

对彭燕郊的纪念

本来，许多诗人、评论家对彭燕郊先生的成就都说了非常贴切恰当的话，我是不必置喙的。但他走了以后想写点文字寄托思念。源于我对诗的无知，尤其对自由诗的无知，一直不敢动笔。

1983年，他准备出《彭燕郊诗集》。是他自20世纪50年代后出的第一本书。用了聂绀弩前辈为他的处女集《第一次爱》写的序言作代序。跋要我写。这情形已映衬诗人的寥落了。"文化大革命"刚刚过去，那时候的文学没有今天先进。形式、技术、观念不如今天；文学发现不如今天。现在把1983年说的话略加改写再说一遍，仅仅为了纪念。

任何艺术的文学的创造，每个创作者都有他自己的探索过程。彭燕郊诗创作的这样的努力很明显。语言的挑剔、炼句的讲究、意象的开拓都是在极明白的追求中展开。他的诗的最显眼处，用散文美（喜欢的人说）或散文化（不喜欢的人说）

不足以概括，具有这种色彩的诗人有许多。以至形成了一个流派。他们都用流畅的近似自然语言的文学语言写诗。有朗朗上口的、节奏明快的、远较简单的协韵更令人满足的音乐性。彭燕郊没有哪一句诗是平庸的。他的诗，是一群有生命的文字活体的自在存在。我们走进他的诗，总是感到新鲜。

艺术家于理想越单纯越好，于人生越丰富越好。但阅历的丰富不一定带来创作的丰富。这里有一个锤炼创造的过程。现在我们完全有理由说，彭燕郊终生没有停止过开拓和独辟蹊径的努力。他60岁之后的作品雄辩地证明了这一点。他晚年诗作的散文魅力更加强化了。因为这个特点，也可以说是一种技巧的出神入化，使他能表达复杂的情感，深邃的思考。我们不得不惊诧他语言的硬度、意象的深层掘进和实际受到严重约束的美之澎湃。

他诗作的散文美贯穿始终，写得开展、工细。从《山国》起看得出这一倾向。到晚年的《钢琴演奏》等，已经向纵深发展很远了。钢琴家的手指将落未落的瞬间，他写了二十行，这一瞬间被他充分体验，封冻在那里，直到被他的情感充满到要爆裂了才放过它去。

他并不沉溺于一种手法的迷醉。从《冬日》开始，已着力于朴素、清新的描写；在浓郁中求纯度，求透明，这就不只是散文美了。

他又确定地喜爱绚丽，喜爱丰富的音色，如《营火》《磨》，这里的造型闪动光彩。

彭燕郊是在战争硝烟里动笔写诗的。《稻草仓》《炊烟》《珍珠米收获》是他十八九岁的战地习作。那时，他在做动员和组织群众参加抗战的工作。看得出崇高境界的追求。这时期的作品使人觉得那种生活感受和艺术趣韵至少该是中年人才会有。抗战后期写的《扒薯仔》《牸牛的生产》《掳鱼排》是同一道路的引申，不过抒写生活时于提纯更为着力。诗人晚年的《雷》《雨》《春水》和它们都是一脉相承。《读信》更是纯而沉重。我拿不准该不该把作者对祖国的关切、对人民的关切、对中国革命前途的充满信心在他作品中的强烈表现，扯到艺术风格中来，我以为正是这种乐观的民族英雄主义情操影响了他的风格。本来不必谈到政治，但我们如果把20世纪三四十年代的中国知识分子跟中国革命剥离开来，就如同剥离开空气。

《风前大树》和《葬礼》写在皖南事变后。如果不理解作者的悲愤，会叫人讶异一个20多岁的青年为什么有这样的笔墨。后来，1947—1948年，他在牢狱中有不少同一风格的作品。《给早霞》《人》《爱》等，应该是沿着这条线发展下来的。解放战争时期写的《因为血液》《叫喊的石块》和晚年的

《殒》《归来》，我们从其中感到的分量大约只能从他对祖国命运的高度信心来理解。他以悲剧般壮丽的笔触写下了《小牛犊》《安宁婆婆的家》《路毙》等，无不是以他愤怒的歌谴责疮痍满目的人间。

然而，他不只是愤怒、叹息、同情；他讴歌奋战，讴歌胜利。解放初期的《高兴大妈》和几十年后的《卖梨瓜的人》，都是他创作的主脉。

他又有像《水》《一队小鸭》《树》这样纯美的诗。沿着这条路线，后来直接写画、写舞和音乐了，如《东山魁夷》《音乐，在飞腾》《金山农民画》《钢琴演奏》《陈爱莲》《小泽征尔》。这是他另一方面的开拓，内涵分量在递增。

《家》和《小船》，《盐的甜味》，产生于新的历史条件下。不管怎样痛彻肝脾，对民族前景并不心灰意冷。我以为这是最足珍贵的。20世纪80年代初，他发表了《画仙人掌》，这是他离开诗坛近30年后发表的第一首诗。他有意识地学习古典诗歌（特别是宋词）的回环往复、舒卷跌宕的写法。在意象的新颖上，他历来用力甚多。最初或许是《绿色出现》，此后各篇中常有可摘的章句，直到晚年的《画仙人掌》《月夜》等。他追求的不是单纯的新颖，那容易流入无意义的怪诞。他追求新，谨防失于怪。艺术的基石是美。离开这块基石的尝试难免失败。

他对诗的至美追求十分艰辛，也遭到过非议。寂寞的诗人坚持自己的方向，顽强地突破定局。看他的古稀作品《混沌初开》的磅礴奥晦，就可窥见他的雄心壮志。我相信他在创作这首散文诗时，歌德、艾略特等人与他同处一室，拿起笔就进入到无涯际的空旷，界线已被超越，界线不再存在了，悠长的叹息消失在悠长忍受的终了。

半瞧的诗

刘舰平人漂亮，一个男的称得上漂亮，必定比英俊多些英俊。他最漂亮的是眼睛。偏偏他眼不好。不好了的眼睛还是漂亮，可想他瞧得见时的明亮。就是如今，走路要扶，眼睛仍然是透亮的。

他的眼睛早不好了，只是我不知道。80年代我在株洲，某年夏他来，午饭后走了，说"回长沙"。个多钟头后我上街，见他立马路边，我从他眼前过，距离在一公尺内。他竟"装着没看见我"，这使我不宁贴经年。后来他解释道"眼不济"，我还是半信半疑。

此后，他就有号曰"半瞧"。但他之"半"已多过我。

他就在"半瞧"中逍遥。

他有许多癖好，写长家伙不行了，就游山水、玩古董、赏字画；这又写诗。

觅得只要嘴巴不要眼睛的手机后，使他在古董、字画外多了一桩事可做。

他的诗都是用语音操作的手机作的。

一日手机急响，声音似不同平日。打开一看，舰平的诗，这就回信说"好"。不意从此日日有来，吃饭响，睡觉响，上茅厕也响。头一阵并不适应，说这成了诗灾。又几日忽沉寂，我竟索寞，且微感不安，这就晓得心底下是在喜欢这个空中茶楼了。

有回我提了一点意见，手机几日悄无声息，心疑得罪了他。我把我的回信转发给何立伟，问："是不是措辞不当？"立伟安慰说："你这是夸他，断无得罪的道理。"

手机果真响起来，心知天上必有好诗堕下。端茶，点烟，悠悠然去看手机信息。

这已成一乐。到他把其他朋友的珠玑转来，便是乐中之乐了。因他的手机诗作，坐斗室作千里清谈。晤久别之故人，识他山之名士，当然是天地间之大快乐。

这些空中堕下的诗，我不把它做古风读。虽然不得不说脱胎于古风，却也有民歌的清透。其实他有些诗又是标准的近体。如《秋风凉》，"又是秋风雁阵长，愁生逝水满头霜。梳妆镜里相思月，借去床前照客房"，说是绝句恐怕无可挑剔；

还有《回家》的"暮霭秋烟罩冷川，寒山寺鼓叩霜天。风中落叶归尘土，浪子回家跪墓前"也是这样。像《雾景行舟》，"紫气青烟变幻云，红尘障眼又迷魂。残帆破雾江天去，雪月披纱嫁故人"，要是不计较韵脚有毛病（"人"是十一真里的字，"魂"是十三元里的字），也是优秀的绝句。这些都说明他原可作一手典雅的近体，只是不愿走这条路。假如他真的用旧体诗的格律框住自己，很可能扼杀本来清新活泼的原生情趣。说这些话其实乏味，重要的问题是"是不是诗"，是真诗还是假诗？许多年前，绿原、傅天琳不约而同机到广州。我去接机。回家的路上听得后座的绿原对傅天琳说："诗没有古今中外之分，只有真假之分。"如今有太多旧体诗作，不过是一些合乎格律的与诗没有关系的句子，自不如舰平有诗无格律的作品。所以说，莫问他作的是什么体的诗。就诗体而言，不如不说是什么的好。它是和谐的生存，这样生存下的临轩清唱。是自在，是清凉，是对友谊的向往，是他在空中茶楼诗领群朋、冰心映照的深得闲气散气的腹内烟霞。

触摸美利坚

天元去了一趟美国，回来后写下了许多文字。后来结集了，叫"触摸美利坚"。他把这些文章叫作"触摸"很恰当。当然，这是一个有思考能力又愿意思考的触摸者。他去美国做短暂的旅游，不可能深入研究。似乎也没必要做深入的研究。有些事物看一眼摸一下，已能知其就里了。何况有些时候匆匆过客的眼光，会看得见比久居此处的人更多的东西。记得20多年前去张家界，当地的一位农妇说，这山有什么好看的？你们跑来这里做什么？我们却看到了她不以为然的好东西。所以我相信，他的"触摸"文章，久居美国的人不一定写得出，就像张家界那农妇没有我们的感受一样。

天元在美国期间去了许多城市，去了许多学校和许多旅游胜地。他以他诗人的敏锐和审美能力，告诉我们一些他的感触。他写文章并不刻意追求技巧层面的标新立异，而是力图表达内心的体验，这就使我更深地认识了天元。

美国现在离我们近了些。曾经是十分隔膜的。近20年来情况不同了，我们开始比较冷静地不带偏见地观察这个国家。屋宽不如心宽，欣赏别人即是庄严自己。这是因为我们自己更健康，更壮实，更有自信心的缘故。我们不怕人民认识真实的美国了。国家与国家之间、民族与民族之间跟人与人之间一样，相互尊重相互了解，对双边的发展与进步都有益。

读过天元的"触摸"文章后，自会对美国有些新的感觉。人家关于价值的取向是怎么回事，人家怎样看待文化和教育，怎样理解环境保护和职业道德，他们有怎样的责任感和牺牲精神。这些都是我们关心的。当然，还会有另外一些更敏感的东西，比方说"自由"。

一说到美国，再浮浅的讨论也离不开"自由"这个字眼。这恐怕不只是因为在现代美利坚的诞生地费城的无名战士墓的纪念碑中间，在一个伟人塑像上方，深深地刻有"自由是一片光芒，为争取她，许多人死于黑暗"这几个像太阳一样的字这么简单。我们的先辈，就是在"自由、民主、解放"的大旗感召下浴血奋战捧出一个新中国的。共产主义不拒绝人类创造的一切文明，那么我们去看看人家在这些方面有什么成就，应该没有坏处。

天元久经沧桑，书读得不少，博闻强记。中国书生总是蠢里蠢气地有家国之忧。他们希望自己的国家更强盛更繁荣，于是写些东西来直抒胸臆。并非不知道很多时候不讨好，不但不能糊口，有时还会惹祸。可谓对自己为难之甚。现时政治清明，不会有因文章惹祸的了。这样说起来，天元也算"摸"得其时。

荒田小品

　　我必须承认我分不清散文、杂文、小品的区别。我没去管这些。我只接受文章的感染。文章如没有感染力，不读就是了。一般我不会纠缠体裁。一件作品谁能接收到它的提示，谁能享受它，品味它那是另一回事。没有一件作品可以感动所有人。在这一点上，但丁、达·芬奇、贝多芬、托尔斯泰、罗丹都做不到。这当然不是一篇小文可以讨论的问题。这篇小文只有一件事：说说刘荒田的小品。

　　刘荒田是一个已经有了大量作品的作家。他已把自己成就为一位精彩的散文家了。我想是不是他大的情感段落成了散文，某些时光碎屑成了小品。他贪婪地咀嚼自己，一点儿碎屑都舍不得浪费。像蜜蜂酿蜜，在嘴里反复咀嚼，用生命的酶，把采来的蔗糖转化成蜜。对于荒田来说这是他的创作过程。他不得不处理他的材料，让它成为一件艺术品。他要赋予作品某种能力，即让人们感受到、认识到那些可能忽略的东西。一件作品正因为具备艺术的提示能力才给了我们快感。刘荒田的小品在这方面用他大量的实践是做得出色的。他众多小品的演绎过程，展示了一个不停地深入思考的头脑。文学家与哲学家的不同，我想就是文学家能使人在享受中认识真理。

刘荒田生活在底层，他不写抖交游晒书柜的文章。那样的文章很有趣，但你要有与顶级名人接触的事实或有囊括中外的经纶。现在写晒书柜的文章只懂中文还不行，文中必需时不时扛出几行什么外文来才出彩。他还好，把住了自己的弱势：草民一介。因此想感受生活，读读刘荒田的小品应不错。想不太费劲又得点文字乐，读读刘荒田的小品应不错。像我，早就没有读巨制的能力了。看到长篇，果真优秀，心怀敬意或拍案叫绝；要并不优秀又厚得拿不起，我就深刻敬佩作者体力劳动的艰辛。

小不一定就好，小而好，是极难的事。喜欢古典诗词的人，懂得只有二十个字的五绝难做。二十字要形象，要意境，要语言，没真本事出不得好家伙。刘荒田的小品不愧小而好。他本是诗人，文中诗境随处拾得，许多句子铺张得辉煌。他本是劳动人民（在老家当过知识青年，在异邦做过侍者），提笔即记得劳碌大众。他是华夏子嗣，文字处处触动乡愁。他文字质朴平实，着感情，着时间痕迹；善良仁厚而敏感。也可以说，他的写作诚实。诚实中闪着机警的光，活泼的语言满盘跳动，百味杂陈，况味便无穷了。

是还有可说的，但读小品的感想也应小。若写得长，会被哂之不识小之道。

一朵邬婆罗花

　　我与刘波阔别二十年有多。这期间只是从媒体得到些消息。不意他辗转寄近作给我。面对诗稿如对故人。当然，这是故人新面目。

　　刘波是《诗刊》社青春诗会早期学员，《年轻的布尔什维克》是他的成名作。

　　十几、二十几岁的刘波，气不可一世；才具既冠绝朋侪，人又隽爽有风姿。好交接才俊。置酒言咏，昼夜不分。

　　他本来可能搞文学，但他选择了另外一条路。惊涛骇浪，险象环生是他从小有的向往。在他的意识里，生就有一神秘启示。他深信它，一步一步展开了他的憧憬。随着这启示奔波，最终堕入豪华的烦恼。

　　这段时间他的交游，多文学艺术界人士。学术上有成就的也不少。除此之外，在我看，皆轻侠一流。虽向学为季羡林先生弟子，香车宝马美人醇酒的炫目光圈，季先生的德馨未必穿渗得透。又或许，正是季先生的影响，使他有了决绝的了断，一掷而身轻。也或许，情非可堪、势非可堪。这些都是我的臆断。但可以肯定的是，刘波不得已而大生大死。

晚明陈明卿《宛陵游草序》有言："文士之不得已而用笔，犹画家之不得已而用墨，常年之不得已而用篙。譬如东莱海市，峨眉圣灯，非楼非阁，疑烟疑雾，正需个中着想。"这样的不得已，一面是积极操持，一面是当下透脱，不旷达者不能为，不潇洒者不能为。但要有天纵逸才之自觉。

大死后便有了真正的清静。从他的诗作看，似入大日门庭已久。弃却繁华，长蹈自然；玄静守真，性入道奥。往日的真伪一目了然了。他就对爱情、友谊有了新的认识。这是一个特别历练者的诗，也是一个特别思考者的诗。当然别具一格。刘波向佛了，这是他的心灵取向。我相信他不空。《金刚经》开篇提醒我们，"尔时世尊，食时，着衣持钵，入舍卫大城，乞食。于其城中，次第乞已，还至本处。饭食讫，收衣钵，洗足已，敷座而坐"。释迦尚且不吃饭肚子饿，不穿衣服怕着凉；也不是一尘不染，不然不会洗脚。紫柏尊者也说，把佛门当成空门的，是不懂得佛心、菩萨心的人。故我信，刘波不空。刘波要空了一切，不会怀念往日情谊寄诗给我。他本是多情人，误入无情商海罢了。异日若风云再起，必是另一番风景。

如今他在东瀛丛林，既是疗伤，也是静思。他的诗人秉性，在祛除疲惫之后，没有意色萧然。诗心即佛心，这又苏醒、歌诵。他诗中的祖师禅香气，给作品凡品必无的体质，是一个历尽无量劫后，血肉丰盈的诗人的心语。那么他的诗，就是他双手奉上的一朵邬婆罗花。蓝色的宁静如空山雨后。这是他在深山小筑的窗边，遥望红尘深处，在厌恶与眷恋的交缠中悟出的救赎。这朵诗心和着佛心，再参入一瓢摊凉了的泪水浇灌的花，散发出藏匿着的热烈的香光。我们能从大彻大悟、至清至净中，感受到诗人曾经的大伤大痛。这是他心灵的香光。香光庄严，正是一个痛着的灵魂的游吟与避让。

半新不旧杨福音

　　差不多20年了，于沙来，我在东山某酒家做东请于沙。座中人十数，都是湘籍腿夫子；杨福音坐我右侧。他跟我说了一句话，很亲切，至今记得。那时我初来广州，晕头撞脑，没接砣，要不然，我们早是老朋友了。直至前年，何立伟来，才有又一次机会。这次见他，神明清朗，谈锋机俏，圆领汗衫松紧带裤，与第一次的印象判若两人。此时已是一个有值得一提的荣誉的艺术家，是一个与20年前相较有了许多"变"的艺术家。20年来，打家劫舍，自相发明。他抢得了许多"由自可"。人也就"由自可"了。

　　湖南角色多匪气，不服周，不信邪。外籍精英居湘日久，也会摊上这样的匪气。无匪气不敢独步，无匪气不可成大家。他们偏离正道，不与古人争途，不与时人争道，自家落草为寇，不尊王法，守得一方水土呼啸。可为世所诟病，亦可为所推重。誉我谤我，不在意下。我不得以身殉美，可得以名殉美。明人说"为世所知，不如为所不知"。半藏半显，反得真趣。杨福音跟我通过几次电话，一口长沙烈腔，心知是我匪类。这样，并不是老朋友的福音先生，仿佛弱冠之交。

福音童心未泯，却不贪玩。他才性精微，读书不用费力而有获取。他广学博闻不是学问家，这样情形，做一个艺术家已足。他恢廓有度量，无妒忌心，才智不用在与人斗狠，每心每意经营自家山头，这样情形，做一个艺术家已足。

从前福音住长沙窑岭，一天于茅厕中思得四字"半新不旧"。生怕忘记，急呼夫人："快取纸笔来。"时年30。他在"半新不旧"中站起来了。正应"而立"二字。

他徜徉于半新不旧之中，为画为文都半新不旧。这四个字，泄露了他的艺文秘籍。"半新"以古人为依归，"不旧"接当世之心念。"半新"远今，"不旧"远古。"半新"重在法古，"不旧"则我字当头，块然独立。"半新"是叛佛叛法，"不旧"是无法无天。"半新"是根朝泥土里扎，寻宗访祖；"不旧"是花向头顶上开，求变求奇。这就可以晓得，福音的新之为新，实乃恃古以生；新是他所从事，实乃由旧以成。所以他的作品有亲切的陌生，有习见中生出的变异。现代意识，沛然笔墨之中。

杨福音的作品半新不旧，他的人和他过的日子也是如此。每日早上五时起，入画室。吮笔拭砚，写一纸或数纸。十点钟收工。剩下的是他一天赚得的光阴。可读书写字，寻章猎句，抱狗抚猫，恋地打滚；放怀自适，无我无人。他才藻新奇，花烂映发。画作妍丽闲适，文章笔颠老秀。妍丽老秀，又都是胸中湖海化出。与他聊天，词气清畅，泠然如清泉之响，令人乐闻。我喜欢他说的话，如"开门打赤脚，张口见喉咙"，如"我们与古人不同处，就在我们还活着"。他还说过，人人可离开长沙，我杨福音不可离开长沙。这些话都说得牛气。长沙口语是"说得好朽"。这样"朽"的人，是认识自我的人。我喜欢他这股"朽气"。这处"朽"字在长沙人口里，不是"衰朽""腐朽"。是"霸气"，是"高度自信"，是"厉害"或"气势凌人"。

他是重视文学的画家。读他的散文已知其人深浅。他能做一手好文章，故出一手好画。若问福音先生的画和文如何好法，怕就在半新不旧之中。"半新不旧"见他傲简之气。这气充盈于作品中，我们读出了精神。

劈面迎来的都是出人意表

那次回长沙是2006年4月12日。喝完早茶才走，过了九点钟。动身的时候气温摄氏31度，到达长沙已是晚上10点，气温摄氏7度。一身单衣单裤，瑟缩之状可以想见。一路上天气变化万千。温度的急骤下降，狂风、暴雨、炸雷、闪电、重雾、冰雹集中于一天。一切皆真实，劈面迎来的都是出人意料。那天坐的阿斌的车。阿斌大名黄民斌，是我到广州后结识的新朋友。他经商，为人笃实。他说走京珠高速到长沙只要六个多钟头。我发短信给长沙的朋友，说吃晚饭时可到。这样说已经留有余地的了。我们在4月的阳光下出了广州。天气好得很。从混浊中钻出来，轻松进入山野。山姿水色，清心明目。我小开车窗，深呼吸，有久病初愈的感觉。上车时阳光明媚，有点热。后来越走越凉爽，很快到了韶关。进路边一家餐馆吃饭，空荡荡的就我们两个人。气温比广州低了10度。天上是一丝缝隙都不留的阴云，凉爽被微冷取代了。我希望旅途悠然些，提议去南华寺看看。阿斌迁就我，把车拐去南华寺。在曹溪门前，有雨点滴到鼻尖上。想起施蛰存前辈调侃过慧能来。他说慧能是个文盲，那两首得了"顿法及衣"的偈语文理不通。什么"菩提本无树"，他的家乡就有菩提树。镜子和安放镜子的托架谁都知道不是一样东西，"明镜亦非台"明显是废话。第二首偈语又说"心是菩提树"。前面已经说了没有菩提树，心又怎么是那没有的东西了？"身为明镜台"，身为什么不为明镜，偏要为那木质托架？20年前在《随笔》上看的。大意如此，精致的文字记不得了。那期《随笔》刊出了施蛰存先生好多东西，当时惊讶老人家的机敏泼辣。他还说了"先天下之忧而忧，后天下之乐而乐"。老百姓没忧你先忧，见不得天下人快乐；老百姓的快乐过去了，你就乐起来了。幸灾乐祸。我说这些给阿斌听，阿斌笑得直不起腰。我是佩服卢慧能的。他成功创立了中国禅，必有常人不到处。他的思想被认为是"生灵之大本"，岂无一点是处。我还崇敬他家贫如洗又没上过学，居然做出大事。《坛经》上说"慧能幼小，父又早亡，老母孤遗，迁来南海，艰辛贫乏，于市卖柴"。这情形跟我仿佛。我父亲去世时43岁，我5岁，于父于我都太"早"。那时我们屋里住在长沙杜家山。站在门口西望，看得见几十里外岳麓山上"赫石坡"三个白色大字。父亲说是王东原写的。王东原做过湖南省政府主席，当然是反动派，所以那三个十多平方米一个的字，解放后消灭了。至于母亲带着我和妹妹过的日子，不能写。写作不要搞得涕泪横流。文字有大乐，莫无端找罪受。我20多岁也卖过柴、挑过粪。那是在湖南江永。看慧能悟道前身世，跟我真的差不多。但他于市廛听人念一句"应无所住而生其心"就有所感悟。我这辈子看过多少书，听过多少报告，学过多少文件，怎么还是懵里懵懂？智愚悬殊，差别在圣凡之间。尤其奇异的是他不识一字（那没有一个生僻字的两首偈语是"请得一解书人，于西间壁上题着"的），竟然发挥出盛传千年的大道理。我好歹也是初小肄业，比文盲明显有优势，如何落得饭桶这般。我对着祖殿鞠躬，表达我的敬意。阿斌听到慧能这多可敬处，磕了三个响头。阿斌四十边子，生意做得好，也是没读过好多书，竟有没读得书如慧能者成就大事业，很受鼓舞。

我们流连了一小时多。步出南华寺，漫天毛毛雨。这又上了高速公路。行不多远，雨大些了。堵车，根本走不动。困得不耐烦了，阿斌把车向后开，驶向一条卫星导航屏幕上指示的旧路。走过一程后悔了，一条烂路，又滑又颠簸。头前的车看不见头，尾随的车看不见尾。进退两难。车子停停走走，速度跟爬不相上下。后来离开了雨，进入浓雾中，能见度不过20公尺。雾在某处制造了几起事故，然后气定神闲地把我们囚在一个不给方向的灰蒙蒙的罩子里。车只好停在不知道是什么地方的地方。我想松松筋骨，推开车门见一摊跨不过去的烂泥。这又缩回来。有人在近处来回飘动。浓雾中的人影，亡灵一样。幸得阿斌做事稳当，加足了油。他怕我冷，开着暖气。视线失去了大山长谷的安慰，只好闭目养神。或许有一阵我是睡着了。长沙的朋友来电话，问几时到。我问阿斌，他说六七点钟吧，走出这雾，一般是好天气。

车子总算可以慢慢移了。我们盼着前路的阳光。走出一段路后，重雾已是强弩之末，越来越稀薄，甚至可以欣赏云烟缥缈忽浓忽淡的景色了。这比起刚才被剥夺了所有题材的沉闷，多了些丰富与轻逸。天色亮了些。还是浓云密布。等到完全走出雾统治的地段，又遭遇一场冰雹的强攻。拳头大的冰雹砸到路面上，像死守城池的军队投下的飞石。不过看着弹跳的晶莹球体，要比陷在浓雾中活泼。路边不时有翻侧的车辆。有人躲在树下等着救援。阿斌担忧砸碎玻璃，心里急。但不管他好急也快不起来。幸好冰雹为时不久，轰轰烈烈一阵过去了。冰雹要有刚才雾的耐性，那就麻烦了。可能是在苏仙岭附近，我们见到了蓝天。阿斌想要补回失去的时光，车开得快。路面滑，不是很快；不过，那已经叫痛快了。

到底不是享受痛快的时刻。过了郴州不远，一股强风横扫过来。沙石翻腾，田畴狼藉；一大片黑得毛骨悚然的云雄踞前方。再走，暴雨，看不清路面。直劈下一条闪电。像一个裸体女妖。她大幅度地扭摆明亮的躯体，径直冲向山腰一株枝节盘缠交错的大树。树激动得燃烧，同时跟着闪电旋舞它浓密的枝叶。随后一声霹雳，大地六变震动。雷声犹如部落大战擂起的鼙鼓，狂放、糙野、雄视八荒。山腰那树，燃烧得纯粹。它正欲慢慢释放百年邂逅的惊喜，却被雨的嫉妒扑灭。闪电留恋那树，执着纠缠不肯离开。树不顾雨的狂暴，顽强喷发它的热烈。后来不知是一个女妖化作了一群女妖，还是一个女妖唤来了一群女妖。她们以雷、雨、风为衬景，带来天外的艺术。她们在天际，在头顶，在山巅，在旷野，在厚厚的云层中舞蹈。我看着她们在天和地之间汪洋恣肆，同时看到痉挛的大地奔腾的泥沙，看到公路变成汹涌激流，看到傲慢的、平时在公路上绝尘不顾的现代工业产品的一筹莫展。

风雨更加猛烈了，它们渗入雷电。风雨的呼啸，产生一些相互抵触的和声和怪异的不协和音。我产生了投身的激情。投入雷电风雨的怀抱。在雾里我一点没有这样的感觉。假若在雾里生出激情来，那至多是纯沙龙的。但在风雨雷电中，我觉得我正年轻。我回到了过去。茫然、彷徨。想走、想奔、想跑的渴望占领了我。我重新面对不安、恐惧和挣扎。我有些希望眼前这个壮美的、破坏的、恐怖、猖獗、玉石同糅的宇宙不要消逝。我宁愿守在雷电风雨中，哪怕被殛毙。

阿斌说，一天里遇到大雾、狂风、暴雨、冰雹、雷电，谁信啊。我想起了"荒诞"。荒诞不是无聊，更不是欺骗。荒诞不是让我们瞠目结舌，就是让我们美不胜收。我说了这个意思。阿斌没有搭理我。刚才他去打听了情况，前面山体塌方，快要清理好。

路面松动了，阿斌的眼睛直盯着路，盯着互不相让的车辆。他费尽苦心寻觅缺口，他想冲出去。或者说，他想逃亡。我们一路喧哗过耒阳。这之后，除了温度愈行愈低，没什么热闹了。到了株洲，车内显示"车外温度摄氏7度"。下车哆嗦着吃了一碗方便面。饥寒交迫中方便面的味道百味俱全，妙不可言，到现在我们两个人还间常提及。是加油站附近的便民店，女老板坐在电暖炉旁边看电视。肥猫缩在她屁股底下。我们正打算干啃方便面，她提来一个热水瓶。这举动使我们两个人都觉得她人好。她问，看你们单衣单裤，短袖T恤、短袖衬衫，广东来的吧？她又问，路上看见冰雹打死牛、雷公打死人了吗？阿斌说，没有啊，哪个说的？她说是电视里说的，一条牛被冰雹击中天灵盖；一个人在树下躲雨，变成一筒焦炭了。

他是我远祖的化现

去岳麓山，谒国民革命军七十三军抗日阵亡将士墓。这是我到长沙每次必做的事。墓在山腰，要登158级壁陡的石梯。这地方叫赫石坡，1949年后俗称鬼门关。这里是我认识的长沙。林木萧骚，清幽静穆。不过，20世纪50年代还有的战壕没有了。过清明不远，有人祭扫过，这从凋谢的鲜花和委顿的花圈看得出来。公墓明显经修整，不像从前破败。几十年洞开的存放骨灰的墓穴，重安了门并上了锁。墓前有政府稳当的十分谨慎的短文，纪念这里长眠的战士。是他们使长沙成为抗日战争中消灭日寇最多的英雄城市。站在这里俯瞰长沙，云气西来，湘江北去，优雅冲和的江城，如今俨然都市了。但我心里装的是从前书卷气与草莽豪情交融，调皮、诙谐而又胆气十足的长沙。我有两三岁时存留的记忆。记得我和妹妹一人坐一只箩筐被人挑着逃难，两只穿草鞋的大脚板不停地在泥泞中上上下下晃动。石头、小草、青蛙、蚱蜢，一闪而过。

在墓前，心中浮上一个人，一个军人。坐着，不知坐在什么地方。好像是路边，又好像是在一家店铺的柜台前。或许，他是坐在史册的扉页上。他的左腿被子弹洞穿。他把白毛巾塞进腿肚子里，右手的食指使劲把毛巾从当面骨旁边顶出来。扯出毛巾，带出红肉里的碎弹片。他给伤口敷上白砂糖，用草绿色绑腿缠紧伤口。满头大汗，一声不吭。抽完一支烟拖着步枪走了。起身时他轻声说，"杀日本鬼子去"。长沙东边乡里口音。这人一定葬在这个公墓里。他从我记忆里站起来，屹立着。我承认他是我的祖先，是我远祖的化现。

　　对长沙会战牺牲的将士的纪念还有一处，在山顶的云麓宫。那里把烈士的名字刻在石栏杆上，不留神看不到。英名久经风雨，再过几十年或将荡然无存。

她是扎的马尾辫

　　走进荷花池的荷池新村，拥挤逼仄。找不回60年前的开阔与清贫。我闭目冥思，开挖一座岁月的青冢，原先的居民便一个个如烟飘动。这些已经走出人间的人，除彭家外公住村口的红砖屋外，其他人是住的一字排开的板壁屋。家家有一张随便一脚踢得开的门。在女子师范学校征用荷池新村的土地之前，这排板壁屋前面好大一片空地。有几株不粗不细的树和几丛不同时节的花。这是小孩子跟人玩、跟虫玩、跟鸟玩、跟风玩、跟树跟石头玩的地方。从早玩到黑。妈妈不喊吃饭不落屋。不论寒冬盛夏，各有我们的味道。我们的世界大人不知晓。大人背负柴米油盐酱醋茶，他们不得安宁。大人活在三维物理空间，我们在不知多少维的心灵空间游戏。游戏，是我们的自在神通。除了玩，就是听妈妈讲故事。妈妈还教我认字、写字、做算术。妈妈尊重字。她说每一个字都有神守护。她不许我们拿字纸做污秽的事情，不许用字写污秽的语句，不许用字做见不得光的事。她有好几个故事说明字的可敬畏。

夏夜背一张竹铺子睡在坪里，猜哪一颗星是天上的自己。大人燃起艾叶熏蚊子，用蒲扇扑蚊子，我仰望星空，边听妈妈说故事。只要妈妈开口，妹妹和彭家的小妹，都不做其他游戏了。更有许多故事是炭盆边说的。曾经有过一盆炭火。把糍粑放在架着的火钳上烤熟吃，这是冬天给过的很好的回忆。还有，把黄草纸打湿包住鸡蛋，拿根白线缠起来，煨进炭盆的灰里；鸡蛋煨熟了，草纸烧成了灰，那根线不断。这是跟烤糍粑一样美好的事。白炭有烟头，用火钳拨火的时候要说"烟子烟，莫烟我"。妈妈不嫌重复地说"人要忠心，火要空心"。每遇炭火迸出火花就说有喜事来。要是有一个青衫湿了半截夹着一把油纸伞的远客叩门，我们将一致认为火星迸的就是他了。我记得已经远去的荷池新村的冬天。记得它的白净。厚厚的雪。屋檐上、树枝上闪亮的冰杆子。我从不以为冬景比春光逊色。冬景和春光比起来，多了些异见和另类。看你以怎样的襟抱迎接它了。我记得最早的冬天，也就记得最早的雀跃。冰雪有力量让小孩子不知苦楚。肿得包子一样的小手亡命堆雪人，捡来两片板栗壳做眼睛，插一根树枝到它手上打屁股用，拖妈妈来看"我做的爹爹"。爹爹离开好多年了。我或许体会到了没有爹爹的难。妈妈的难。

除了妈妈，彭家外公也有故事。彭家外公待我如大人，给我看他收藏的字画；跟我说字、说画、说文。他爱说曾、左、彭、胡，爱说钱南园、何绍基、八指头陀、齐白石。他说八指头陀字好诗好，给我看过手抄的《嚼梅吟稿》。"国仇未报老僧羞"，他说，"这是敬安的诗句，好一个热血沸腾的老和尚"。

彭家外公也有不侮慢字纸的信仰。这是长沙居民古老的惶悚。荷池新村的居民把字纸收集起来，送到稻谷仓的化字炉去，恭恭敬敬焚化。彭家外公说，风雨之夜，化字炉周遭有鬼哭。

荷池新村的女人只有蔡婶婶不是寡妇，她男人被关起来了。男人只有冯九爹不是鳏夫，他女人失踪了。宋家外婆的女儿四十几，烫头发涂口红，人就不把她往好处想。街道办事处刘主任要彭家外公写封检举信，他不写。他说"我不做这号事"。这时候我已经去柑子园学徒弟好久了，礼拜天回来彭家外公跟我说的。已经说过了，他待我如大人。

小妹是彭家外公的外孙女，背驼。她虽是个小孩子，却有古典青春味。她是荷池新村最好看的人。她跟我妹妹好。我妹妹上学去，她就失了伴，小猫一样蹲一边看男孩子玩。有次她跟我办酒酒，我做老板，她做老板娘。她用树叶、小草、花瓣做出菜式和点心。慧心毕见。玩过这回后，她对我更好些。我跟弟陀打抱箍子架，她见我打不赢，帮我，小手在弟陀背上捶，死命拖弟陀。有天早晨她跑过来，对我说"我可以告诉你，我扎的是马尾辫"。这么一句空穴来风的话，害我记了几十年。

我从荷池新村的巷子里转出来，回到蔡锷北路，没想到会遇见小妹。她在原来玉春酱园隔壁开了一家小书店。店里一个顾客也没有。她坐众书之间静读。带着与生俱来的清香忧郁。我没跟她打招呼。她必定不认识我。站在店门外我看了她许久，慨叹相隔五十多年，她还是跟小时候一样清澈。理想一样坐在那里。一看就晓得，她活得干净。书店里灯光不太亮。没有留意她的发式。走开后，心中的她，是扎的马尾辫。

黎明时你必须醒来

我想起了一个渺远的黎明。从一个自己也看不清楚的黎明中我醒来了。我是睡懒觉的，从小就这样。虽说一辈子没得睡，但我可以整天地睡。而这夜，即使在沉睡中，身体是醒的。我的身体在轻轻说，黎明时你必须醒来，必须早早进入你的歌、你的哭。这是离开妈妈的第一个黎明。刚睁眼时以为还是睡在妈妈身边。不过马上清醒了，今天要上班。"上班"，对不满十岁的人来说，是有些滑稽的事。合情理的说法应该是"上学"或者"去玩"的。但是我要赚钱了。我把用衣裤做的枕头撤了，站在两口紧贴的棺材盖上，穿好衣裤着好鞋，在那个了不起的黎明中，我从棺材盖上跳下来了。睡在地板上的人有些已经起身，有些还在睡懒觉。我随着稀稀拉拉的人群走进湘翰印刷厂的大门，步入我的纪元。记不得是如何习惯的。在蔑视我的环境中，不再有在妈妈身边的地位。痛也好，饿也好，累也好，都是自己的事，没有人会怜惜我。我扫地、倒痰盂，把师傅们有一层厚厚的茶釉的杯子擦得放亮。吃饭的时候抢先一步，为每个人把饭添好，就是只比我大三两岁的师兄也不会随便。

在我学着顿纸、数纸、排页、钉书这些手艺的时候，一支排山倒海的百万雄师已渡过长江。一位天才，一位千年不遇的雄才，以他不拘章法的诗人秉性，否定了自己"决定性的胜利还需要两三年"的判断，把胜利迅速向南方扩展。他在为他的人生写下漂亮的一笔。我开始了卑微的学徒生涯。时局发展很快，对师傅们来说是出乎意料的。都不知道时局变化的凶吉，"共产共妻"等老牌谣言还有影响。经常听他们说"天塌下来有长子顶住"，说明他们微感不安。

工厂来了一个军代表，叫张锡爵，取代了原先在工厂做迎接解放工作的文遥城。他组建了工厂解放后的第一任领导班子。此后没多久，在《义勇军进行曲》悲愤激昂的旋律中，五星红旗信心百倍地升起了。我的20世纪50年代就是这样开始的。或许我的人生就是这样开始的。这个年代最初的几年，是很长一段时间里人们乐道的黄金岁月。当然不是像今天一样人人躬逢盛世。国民党残渣余孽；特务、地主、恶霸、土豪、劣绅，对他们来说是灭顶之灾。所以，那不是某一个人的闻见所能概括的年代。

刚解放，枪毙了一个叫柳森年的恶霸。师傅们说，柳森年有打，他在自家庭院里不穿鞋，穿一对石锁。曾经有恶僧持一个两百多斤的石木鱼到他府上化强缘。石木鱼往街基上一搭，麻石断做两截。他出来看到，用手指轻轻一弹，石木鱼应声裂作两个半边。但不管他有好大的打，还是被枪毙了。"十一枪，十一枪才倒。"师傅们是这样说的。

这时期工厂的文化教育、政治教育抓得好。每天上班前三十分钟读报。我只想读报，炫示我的白眼字比别人少。班长戴汉武不齿我，出人头地的差事总是被师兄们抢去。工厂十天半月请来党内的知识分子作政治报告和国内外形势报告。还讲哲学。辩证唯物主义历史唯物主义成了口头禅。我们都说得上几句"否定之否定"这些。聪明些的师傅师兄们，扯谈时在说着马克思、恩格斯、黑格尔甚至费尔巴哈了。我们都懂得物质是第一性的，精神是第二性的。都知道唯心主义的要不得。很少知道唯心主义哲学家的名字；知道一两个，也是从马列著作中知道的。在我们眼里，唯心主义哲学家同国民党、蒋介石一般坏。

这是一个朝气蓬勃的年代，热情高涨的年代。高音喇叭早、中、晚天天播的"东方红，太阳升"，"北风那个吹，雪花那个飘"。还有苏联歌曲。偶尔播放俄罗斯古典音乐作品。听格林卡，听李姆斯基·科萨考夫，是我最早的审美训练。没多久这些没得听了，响彻云霄的是"雄赳赳、气昂昂，跨过鸭绿江"。朝鲜战场上浴血奋战的勇士激励着我们。我们每天早晨六点钟起床，晚上十二点钟下班，连续十八个钟头，除三餐饭和一餐晚上十点的消夜外，都在劳动。吃饭不超过半小时，碗筷一丢就上班。两百多人这样加班加点一百天，为抗美援朝捐献了一架战斗机。这一百天我们与世隔绝，只有高音喇叭把我们跟外界联系起来。头脑里灌满了冲杀声、爆炸声和烈士惊天动地的豪言壮语。一百天后的第一个星期天上街去，街上贴满脸上打了补丁的麦克阿瑟，还有拄着拐杖的，一条断腿被纱布缠得像擀面棍的美国兵。这是新中国诞生后的第一次心潮澎湃。阳光照耀我们，对未来充满向往。这是没有阴影的好时光。我们觉得有依靠，一切服从组织，要我们做什么就做什么。老大哥苏联有经济危机，为了消化苏联倾销的花布，厂长范志英带头，穿着大红的花衣服作报告，动员全厂职工穿苏联花布。我们就男女老少穿花衣服。脸上皱巴巴的老师傅个个花枝招展。穿青布扎头裤的是没有组织的街道上的人。动不动游行示威，都是市里组织的。一般安排在星期天上午。满城红旗飘扬、口号震天，向我们不甚了了的威胁展示力量。我们从南门游到北门，从北门游到南门，一上午下来，可得两个法饼。那个月工厂的收入好，可得两个茴饼。工会关心青年职工，经常组织与裕湘纱厂的女工联欢。唱歌又跳舞。谁开始恋爱了，工会的总结报告都要写。工会、共青团还组织春游、远足。去岳麓山采回映山红，摆在车间里，是我们认为浪漫的事。老师傅仍旧欣赏湘剧、花鼓戏；年轻人迷上苏联电影。一位思想进步的排字工和裕湘纱厂一位思想进步的女工恋爱了好久，忽然传出要分手。工会主席陈可山出面做工作。女的说男的缺少保尔·柯察金的革命意志，男的嫌女的不如娜达莎漂亮。

忽然进入了干燥的季节。八小时做完后，晚上要连开两个会，一个工会小组会，一个共青团的支部会或小组会。晚上十点后才可以回家。我想读点书，只能上班的时候躲在茅厕里读。捧一本书蹲在茅厕里，一蹲就超过半小时。师傅、师兄们笑我解手跟生崽一样。只有在茅厕里才可以亲近古今智慧，出厕所就要接受当时的思想改造。

这时工厂已经更名为"新湖南报印刷厂"，从柑子园搬到了湘春路。从荷池新村到工厂上班不过里把路，不再住宿舍了。我回到了小妹、弟陀们中间。但我很快觉得他们不合伴了，他们太小了。他们还在跳房子、躲摸子、丢手巾、斗蟋蟀，我却可以说点时势、说点唯物主义了。这就渴求另一种友谊。因为自己没读得书，我找读了书的人做朋友。起初跟几个中学生玩，从少年变成青年后，过从密切的人最年轻的也比我大8岁。年轻不知天高地厚，自诩是他们的朋友。现在才清白，他们是我的老师。

沉入水底的翡翠

　　每次回到长沙经过局关祠，会想起五十多年前这里住着一个叫刘凤翔的病人。是工厂职工学校的代课老师柏原，带我认识刘凤翔的。刘凤翔是株洲白马垅砂轮厂的工人。为方便治他的怪病，他在局关祠巷口的小旅店长包了一间房。那间房子是个长条条。三米长，宽不到两米。他在做工人之前，如果前到解放前，是岳阳毛田严家村（后来叫作毛田区南冲公社南冲大队严家生产队）的农民。有回我遇见他家乡来的老婆婆。那婆婆说，他现在右肩不时下沉的习惯动作，是斗地主、分田地那时候摸盒子枪的动作。婆婆说她熟悉那动作。照我想，他一定是闹翻身迎解放的中坚分子。刘凤翔敏锐、激烈，似乎总在提防有人篡改他的理想。他忠于他保卫过的理想。婆婆还说，凤翔是我们喜欢的后生，他是作田人的文曲星，两只手都写得字。

　　来看望他的人都是下力的。有挑土的，有拖板车的。朱正做的事最斯文，他与钟叔河在局关祠巷口斜对面，中医院的围墙边，开了一间描图社。来的这些苦力书都读得好。写诗填词人人都会。谁也不以为自己是诗人。他们不在乎早已边缘化了的文学形式。在那时候，只能说说文坛掌故，聊聊中外名著解饥渴。他们在街头巷尾行走，躲在主流意识形态的下面。这些人或许是在一个浪头的冲击下，沉入水底的翡翠。

刘凤翔给我看过一首旧体诗。这首诗出来，许多人唱和。和诗当中，描图的朱正和养蜜蜂的胡遐之所作最好。可惜记不得了。（胡遐之出老，丁聪给他画的肖像有点像济公。其实壮年，不过三十几。）虽然记不得了，有印象遐之的和诗颔联出色。但我记得对应原诗颈联的两位我不认识的人的断句。原诗颈联是"离恨骚愁随雁落，旧亲新贵断鱼书"。有一天遇见一位黄泥赤脚人，他拿出一角报纸，上面写了一首诗。那首诗的颈联是"从来此地多迁客，今夕床头有好书"。不几天又见一位，虽是蓬头垢面，清气朗然不掩。他的颈联是"每向鸡晨听壮角，惯于鬼夜读残书"。

油然想起晋宋间人物

身在故园忆旧，不同于身处异乡的缅怀。触景生情，往事闻见气色听见声响。每到一处，某件早已遗忘的事，某个平日记不起的人，都可能猝然来访，领我步入前生前世。我怀疑自己是过了奈何桥后，躲脱了那碗让人彻底忘记前尘往事的孟婆汤的游魂。

从前长沙是"南门到北门，七里零三分"。上街总走路，极少坐汽车。我二十几岁那时候，每当我从中医院围墙外的描图社过，就会油然想起晋宋间人物。天气要好，钟叔河夫人朱纯多半在马路边晒图。向内望去，钟叔河、朱正一左一右，左手抚丁字尺，右手握鸭嘴笔，一边说笑一边描图。钟叔河开口必称"痛苦"。他一句话里多处出现"痛苦"。他会在一个别人把握不到的地方很有效果地说"痛苦"。这两个字他说出来，有如一位泉崖高士的林间长啸。钟叔河守学好古，与流俗异趣；多干才，找饭吃的本事比朱正强。我猜开描图社就是他的主意。后来他们夫妇在大古道巷做过字画装裱，也有朱正的份儿。甘苦与共的情谊，照耀他们一生。我在钟叔河家里见过启明老人送他的条幅，上面写着一首绝句，是启明老人说自己小时候顽皮逃学的。记得最后一句是"怪道而今小便长"。钟叔河自少与名士游。

朱正满面笑容，他就是不笑也是笑的样子。他才华卓绝，爽迈不群，难容苟且。看到他们两位，有时我想起在园子里锄菜的管宁和华歆。如果说叔河并不是华歆，却可以说朱正肯定是管宁。朱正说得多的是"五四"以来新文化运动诸典故；至于民国人物，两位都是下饭菜。1980年秋，我在水风井口子上遇见朱正，是南货铺怡丰斋门口。朱正远远见我，快步向前，说道："小陈，告诉你一联绝妙借音对：'莫为儿孙做牛马，不求闻达于诸侯'。"说完扬长而去，好像先一天晚上他才跟我在一起。其实，这是阔别十多年后的街头偶遇。我一边咀嚼"诸侯"借音"猪猴"对"牛马"的文人伎俩，同时目送他，看他背影许久。他坦荡纵横、去来无碍的样子，竹林诸贤不过如此了。

我把朱正比管宁，不得不多说几句，以免误会我多朱正之洁傲不多叔河之干才。古人境界也太高了，见地有片金，管宁挥锄与瓦石不异，华歆捡起来看了一眼才丢。时人就以此分二人高下。据我看，在利益面前，年轻时的华歆已经很了不得了。要是我，哪里有丢，一辈子只叹没那运气。重要的是，不管是管宁还是华歆，日子肯定过得。他们要是过的朱正、钟叔河的日子，那片金子管宁也会看得出来与瓦石有异的。

怆然慷慨之气没有了

这夜在杨裕兴老店吃了两碗肉丝面。42年前离开长沙后，长沙的手工碱面是最想的。只有长沙人会做这种面。除面条外，居家老人做的腊八豆、甜酒糟、辣椒萝卜的味道都萦绕长沙人终身。

从杨裕兴出来，逛超市。回到家乡，买点土特产乃人之常情。灯光如昼，去哪里都人山人海，人人花钱都不假思索。我讶异故乡的富足。才买了不多的东西，被一个电话邀去一家僻静的茶室。茶室环境清幽，为东的是一位年轻朋友，我叫惯了他"魏林"，要讲客气，是该称头衔的。茶室老板对魏林恭敬，看得出魏林是个人物。旁边几个衣着气派的男女，温文尔雅地谈话。他们之中有人认识小魏，起身致意的样子谦卑。饮完茶后，魏林要我搬去他安排的四星级宾馆。他给我定了一个套房。我进那家宾馆，不用办登记手续，服务员径直领我去房间。舒舒服服洗了一个澡。竟不想睡，点燃一支白沙烟倚窗看街景。灯火辉煌，车流如鲫。怆然慷慨之气、萧疏郁结之情没有了，取而代之的是创意、策划，成功与财富。深夜还有电话来，约我一早去河西一日游。我谢绝了。我盘算明天去看望柏原和另外两位老人家。八十几的人了，见一回不容易。

早餐后即去湖南省委。柏原不在家。他小儿子陪我坐了一会儿，然后带我去省委大院内的医院。柏原正要出院。趁金大姐在办出院手续，我们在病房说了好久的话。柏原见我穿得单薄，硬要送他的棉衣给我。他告诉我，胡遐之去世了。"诗人胡遐之墓"是邵燕祥写的。邵燕祥重情义，为生前的遐之写序，为身后的遐之题碑。柏原去衡山看过遐之的墓，"就一个小土堆"，他叹息。我陪他到他家楼底下。我没再上楼。柏原要留我吃饭。我被一个电话催去办事了。这使我后来十分懊悔。为什么不能像从前那样从容聊天。有饭吃有衣穿了，为什么比从前还忙碌。苦得一堆的时候，朋友就是力量，就是灯塔。今天只剩下礼尚往来。是不是今天遭遇的问题比当年还要复杂，我只能依靠一己之力突围。问题也许严重得多，究其根源可能是对未来失去想象。俯首静思，会非悔非恨地发现，我们的"未来"已经来了。分别时他低声对我说："我永远记得我们两个在雪地里喝了一瓶竹叶青。"那是1962年冬，大雪，郑玲送我一瓶竹叶青。仿瓷的酒瓶精美。我买了一包兰花豆携酒邀他赴郊外。我们在冰天雪地举杯，思接千古。我一直留着那酒瓶。在江永的山里，以竹枝当花，插在酒瓶里。日久竹枯，依然透出寒山英气，伴人长想飒飒秋风。如今我们两鬓斑白，青春留在冰天雪地里烂漫。

告别柏原后，不期在街上遇见20年不见的朱镇西。他劈头劈脑跟我说起刘凤翔。这次朱镇西提起刘凤翔，离我和刘凤翔最后一次见面相隔整整40年。朱镇西知道我认识刘凤翔，我却根本不知道他们认识。原来朱镇西曾下放岳阳毛田区南冲公社南冲大队劳动。刘凤翔回过几次乡，他们是这样认识了。这是我去江永作田后发生的事，所以我不会想得到。朱镇西听当地农民说，三年困难时期，刘凤翔三块五块地寄钱回乡，分给几个孤寡老人。他人在外搞事，心里牵挂家乡父老，只要他知道了家乡的困难，一定回去代村里人向政府打报告。有个老人家说，要不是凤翔帮我们要来返销粮，我们会饿死。朱镇西向我说起那种我早已见识了的怪病。他说刘凤翔在乡下感到山痛、树痛、土地痛。尤其怪诞的是感到炊烟痛。唯不觉自身痛。朱镇西说，只在死前的一刻，他的胸口剧痛。那是切实地痛在他自己身上了。他的肉体痛了，不得不离开人间。朱镇西是个想象奇崛的人。他说刘凤翔痛得慈悲而博大。我想起43年前戒元和尚对刘凤翔说的那句话："你的痛是尽虚空、遍法界啊！"

朱镇西告诉我，毛田有一座小山，叫凤坡。村民记得刘凤翔的好，初一十五有老人上凤坡眺望。他也跟着去，每次采回一束花。他说："我想划亮一支火柴，去荒野找他的魂。"

快分手了，朱镇西又说，现在怕没有人记得刘凤翔了。我说不然，早几年，有牛汉、邵燕祥、冯秋子几个做顾问，林贤治、章德宁主编的《记忆》文丛第二期，刊出了朱正的《忆凤翔》。我要他去图书馆找找看。

你这人兽神杂处的地方

我们被安插在张家村

张家村的房屋是19世纪清宣宗时期的青砖青瓦。从建筑看，他们原本富庶过，不像穷地方的茅草屋顶泥巴墙。再往山里走几里路的一个更小的村子叫香花井的是外来户。他们底子薄，就是一色的竹篱茅舍。

这里依山盖的屋有高有低又连成一体，远远望去，像是古堡。房屋都是两层。第一层只有门，没有窗。第二层的所谓窗，不过三寸宽一尺半高的一条缝。说是窗不如说是枪眼。屋内这就昏沉沉。长毛闹事那时候，有一个类似太平天国的农民政权，也叫什么天国的在隔山的广西灌阳县。可见建这村落时天下不太平。有理由推断，那样小的窗确实是战备的需要；现在山上还找得到残存的引人遐想的堡垒。不过我们住的房子好。楼上有一个60厘米宽50厘米高的窗。窗扇是两块木板。窗外俯临盐长家牛栏。牛栏的茅草顶要齐到这窗了。

我们把有这窗的房做卧室。窗外竹林劲翠。几株古樟复荫了俨然是我家后院的铺了厚厚一层笋壳叶的平地。那头是石山。石头缝里生出野兰、百合和各式各样坚韧的杂木。满山石锋如劈斧。古藤虬蟠千仞，怪石张牙舞爪，不是城市林园所能望的气象。

回想起来，这辈子住过的最好的房子在张家村。对于张家村来说，接纳我们是政治任务。相信带队的长沙市北区的唐副区长交代了要优待我们。不然，没得这好。占地近百平方米的两层楼；堂屋宽敞，独进独出。大门口还有一片空地。是土改时没收的地主的屋。一直空在那里。

随上山下乡青年一起来江永县后，起先跟周正初等几十个青年一起分配在允山区的井边公社井边大队。作为带队领导的唐副区长，有责任保证纯洁青年的思想不被污染，需要把我们隔离开。在他倒也不是对我们歧视。这就和县里商量，把我们安插在算是富裕，但买一盒火柴也要花一个工的张家村。

当然跟郑玲的右派身份有关系。但我心里有底，即便郑玲不是右派，我们也会要被隔离。因为虽说我也年轻，遇事遇人冲动且不顾后果，却总是给人老谋深算心怀叵测的印象。现在距离20世纪60年代初已过去40多年，许多经历让我深信，我的冷硬外貌粗拙言辞极不利人际交往。我内心是卑微的，胆小甚而至于懦弱，偏偏长出一副傲慢、清高、瞧不起人的样子。这模样在那时候，容易被理解为不屑当世。无疑就是异见分子了。到了太平盛世，无论是为了升官，为了发财，还是为了出名想要巴结一些人，总是巴结不上。人家不是觉得这家伙老谋深算心怀叵测，就是认为我瞧不起他们。其实我唯恐人家瞧不起我，有些畏葸罢了。

江永县的村庄多数依傍一座石山。村庄依傍的石山选得好，村子就兴旺发达。那山便叫靠山。可以想象他们的祖先来这里立命，为选靠山定有许多好听的故事。本村的人被毒虫毒蛇咬了救命，伤风了遭瘴气了找药，都要到靠山上去。山里人离不开一根弹性韧性好的扁担，做扁担的杂木也是去自家靠山上找。靠山是风水、是派头、是底气，是一村人的精神支柱。砍柴火断不许上靠山的。靠山都被精心护理得钟灵毓秀。如果去湖南省的江永县旅游，会看见许多拔地而起的石山。山与山之间是田土。当你远远看见一座石山如诗如画地生动，那么可以肯定，那座山脚下，必有一座村子了。不过张家村在山里，不在都庞岭开阔的盆地内。我们刚到张家，面对天光海浪般摇荡，和玄机无处不在的鸟语渲染，以为能躲开仓皇的山外生活，许我们尝试一下耕牧渔猎的逸民野趣了。

盐长他们视我们是山了

刚来之初村干部不喜欢我们。用他们的话说是多两个人吃饭"扯薄了被窝"。在我们也下地也上山后,他们亲近些了。劳动,共同的劳动,能使人亲近。

他们更喜欢郑玲。郑玲只有六分工一天。她插秧、摘棉花、收落花豆这些农活,做得不比十分工一天的主劳力差。我就不行,我虽是八分工的劳力,做起事来不及五分工一天的小孩子。尤其怕插秧,怕割青,还怕挑石灰。插秧我腰痛,时不时要伸直腰来鹤立鸡群。割青分不清哪些树叶能沤作肥料,半天割不满一担。挑石灰更惨,随便放两块不起眼的石头到粪箕里,就是百多斤。村干部心中有数,生产队在郑玲那里占了便宜,在我这里吃了亏,所以对我们两人冷热很明显。

不过在张家,郑玲无名无姓,张家没有郑玲这个人,那里只有"小陈嫂"。

一段时间后,跟我们真有友谊的是几个"成分高"的青年人。

在张家的十四户中,贫农六户,下中农两户,一户地主一户富农,还有三户"地富子女"。我们是第十四户,不好划归哪一类。公社武装部长谭石蛟有次上山来视察工作，跟民兵排长九斤说，"他们是监督劳动户"。谭石蛟是个喜欢咬文嚼字的家伙，他特别强调监督劳动户就是"交由贫下中农监督劳动户"。谭石蛟这些话是在门间上当我面说的。其时还有几个人在门间两边的长凳上吐气。他有警告我的意思。他对能当着我的面说出这些话十分满足。有本事凌辱人的得意，在他教条充斥的脸上，阴阴地露出来。幸好他走了就走了。幸好他一年难得来一回。

谭石蛟如此这般宣布了我们的身份，反倒给我们带来了朋友。

张盐长张土质知道我和郑玲不比他们优越了，晚上勤来我们家里扯白话。

盐长虽是地富子女，但不在那三户之中。他没有独立门户。他生父在土改时去世了。娘老改嫁一个厚道的贫农。姓熊，我们称呼熊伯伯。我们称呼盐长的母亲"伯娘"。伯娘年纪并不大，40多一点。不过她样子老，我们错认她有五六十了。土质沉默，是个孤儿，从没听说过关于他的爷老娘老的事。我们通常围坐地灶边，一边拨火一边聊天。地灶上悬一根从高头垂下的可以升降的铁钩，煮粥、烧水的鼎锅挂在铁钩上。端子从鼎锅里舀出勃勃开的水来，分到每人的大碗里，情趣跟今天露天酒吧喝啤酒差不多。他们说着山的故事。郑玲听得最有味。他们的故事不同于我们说的螺丝姑娘狼外婆。虽然跟我们的螺丝姑娘狼外婆一样是故事，却是山中过去有过的或眼下正有的事。

有了他们两个做朋友，我们就快些进入到山了。早上打开大门，锈黑的门环上会挂着几只泥蛙、几条泥鳅。有时是一棵大白菜。原来山是有心的，富于情义的。

我对语言有些兴趣，曾问过山外一位老先生"江永有多少种土话"。回答是"不过十几万人，土话有23种"。住久了，觉得不止这数。很多说法隔一个村子都不同。在张家，"山"有"我们"的意思。再过些日子，盐长他们视我们是山了。

我们当然不过是天涯沦落人。郑玲用诗捏成的心灵，把这个仿佛异域的地方变得有希望。她在这个地方不如我苦。她跟容头香有许多话说。在地里，在山上，看得到郑玲就看得到头香。头香带她扯猪草、捡干柴、撬野薯苗。头香说过，"小陈嫂，只要有我，在山里头你什么都不用怕"。

她被小黄鸟引到远处的土岭上去

头香是瑶山上下来的人，很不错的猎人，一位漂亮的女猎手。她跟土质结婚后专心务农不再打猎。她娘家在山之巅。据说只一栋空屋。那是什么地方土质也说不上。

听土质说起过，他在山上狩猎见过香花精。"乖死啊，风一样！"他们凡说感觉得到又看不见摸不着的事物，就说"风一样"。

香花就是桂花。山里有数不清的桂花树。张家村村口古井边的四株桂花树，株株桶粗屋高。到了秋季，无论上山下地都闻得到甜甜的香气。这里的桂花花期长流蜜期也长。就是花谢了，花香还留在魂魄里。满山香气年复一年地把山民熏习得梦幻。

郑玲在被兽铗夹住时见到香花精了。

那天郑玲腰前挎一把钩刀，腰后系一个扁筶一早去山上捡柴火。小小的干树枝本在村子近处的石山上就有的，她却被一只漂亮的小黄鸟引到远处的土岭上去了。她被好像是为她而飞翔的小鸟诱惑。

鸟在前头忽上忽下地飞，有时回过头来近在眉睫边扑翅还吱吱叫。她哪经得起吉祥的引导。她跟着那只耀眼的小黄鸟走。这天正值雨后新晴。是山中轻快明朗的时刻。无论是晨光幻彩还是微风的清香，都助小鸟的飞翔具有神的召唤力。她跟随友好的调皮的黄鸟，一步步上山。不知不觉走进云里了。还在云下时，她已觉双脚沉重。早想坐下休息。进入云后，小鸟似乎知道她的疲顿，在一块巨大的青石上停下来。她想，必定是慈悲的神，不然，哪能这样体贴。她坐在巨石下，看着高山好水中的鱼。鱼有一寸二寸，似一群快活的儿童。它们无忧虑无顾忌地嬉戏，向人示范某种生存方式。清浅中的游弋体悟出启示来了，这又使她着迷了。她忘记了鸟的等候，神游于鱼的翱翔。这样的沉浸不知有多久，到她想起小鸟了，那可能带来好运的小黄鸟已经不知去向。那是希望的东西，漂亮的小鸟，不见了。本来有伴的，现在唯剩孤单。飞翔着的希望，这就无影无踪了。希望的任一种破灭，都会使人迷惘。任一种希望的破灭，哪怕是极为荒谬的希望的破灭，都会一时使人迷惘。她无心再做什么事情。或许记不得今天为什么出门的了。

　　她走进一条由野兽踏出的小径，循着啼鸣声寻觅。曾站在一处峻壁顶端瞭望过，唯见云霞明艳蓝天如镜。在这视野辽阔的地方她站了很久很久。再见不到那只小黄鸟了。当白云打开，这里居然看得到张家村。从张家村到这山脚，一条鹅卵石铺的褐青的包谷路，在两株高大的桂花树下中断。连接着包谷路的是阳光下白色的羊肠小道。虽然分不清谁是谁，田野上村民模糊的蠕动看得清楚；还有几个七八岁的"落地诗（小孩子）"在路旁草地上养牛。张家村不兴烟囱。整个江永县都没有烟囱。炊烟透过瓦缝形成蓝色雾罩在村庄上空缓缓浮动。这就知道每家的屋顶下面有一个女子正在向地灶添柴火，慢悠悠地搅动鼎锅里的铜禾米粥。她们存心自己的粥，比上屋的大嫂，也比下屋的大嫂，熬得好些。她们已经把塔子里又酸又咸的泡菜，夹出来摆到碟子里了。就等出工的人回来了。郑玲忘记了自己异乡异客的身份，在大山里重建生活的愿望，如一弯七彩虹霓升起来。她祈求力量，祈求奇迹，祈求引导她的小黄鸟帮她。这便走进了鸟鸣声最为热烈的山窝里。小黄鸟一定在它们中间。

　　这里有千百只鸟，都有华丽羽毛。由鸟唱出主题的，由风、由叶、由小草还有虫和兽展开的大协奏正在云上演出。丰富得不可揣测的音与色的缠绕，把美解释得通天彻地。她坐在树蔸上，很安静。她是一位很有修养的听众了。她找不出来哪一场音乐会比这更好。这不会是现代派。太优美。不允许人哪怕一眨眼地想到挑剔。这是自然本身的，这本身就是自然的，并非反映自然描述自然的作品，出其不意的令人愉悦的惊诧，再憔悴的心灵也不得不苏生。这必定是山的灵感了。她知道山的灵感和人的神来之笔一样不可再现。于是抓紧沉醉。她把什么都抛弃了，直到忽然看到一行行诗句才站起来。她站起来。想换一种姿势接受从稀罕的邂逅中走出的字。

地下伸出的利爪

大概在她想写的时候。大概在她准备用捕捉到的文字，做一件文字本来无能为力的事情的时候，从地下伸出一只大手来抓住了她的脚。那是从地下猛地伸出的利爪。立刻痛，立刻就恐慌了。闪念间脑海涌现出古斯塔夫·多雷为《神曲》作的一幅幅插图。她应该喊叫过。山窝里的鸟被她的叫喊惊飞。刚有的希望，包括音乐，包括诗，烟消云散。怪物的利爪带着死的威胁啮入皮肉。她不认识那是什么东西。置身天国的感觉被绝望和无助取代。

她还来不及产生更惶恐的念头，一位年轻女子已蹲在眼前。郑玲认为那是从绝顶飞到身边的救星。这个人是容头香。

头香大声警告她不要挣扎，铁铗越动越紧。铁铗解开后，头香说，还好，是小兽铗。是夹野猫、果子狸的。要是踩到夹野猪的铗子，脚就废了。头香撕下衣襟下摆，敷上嚼烂的接骨草包扎好。她安慰说，骨头没事，接骨草能止痛止血。

头香背着她。一手提着伤了人的铁铗。头香告诉她一条山里的规矩，兽铗夹到人，夹到哪个归哪个，这铗子是你的了。下山后，郑玲伏在头香背上闻到浓郁的桂花香气。她想，这是土质说过的香花精了。山里没有上帝没有佛，只有满山活蹦乱跳的史前精怪。落魄的诗人不后悔脚在滴血，她庆幸山里的奇遇。郑玲以为背着她的陌生女子不是凡人。

回村就清楚了，那铁铗是盐长放的。我们想都没有想过要没收他家的东西。莫说盐长跟我们好；就是真的扣下来，也不懂得怎么用。打猎并不是好耍的营生。辛苦且不说，还要大学问。

我把兽铗送到盐长家里，这事让盐长一家感动得不得了；其他人也都觉得不可思议。在他们看来，那是一笔值得计较的财富。究竟是一笔怎样的财富，可以用我们一年的收入说明白。张家是富裕村，多数年份一个工值五角钱上下；山外许多村子一个工只有两毛钱甚至八分的。我是八分工，郑玲六分工。我们两个人出一个满工，一天的收入七角钱左右。并不天天有工出。有些工我们还做不了。收成最好的那年，我们两个人年终结算的收入是一百零三元。

这天夜晚，堂屋里挤满了人。熊伯伯、伯娘、盐长、土质更是夜深才走。依他们的看法，脚伤会很快地好。

头香留下来，她陪着郑玲。土质送来两捆焦干的稻草，铺在楼板上给头香睡。头香笑眯眯说今夜睡金丝床。土质一旁久久正视头香，傻傻的树蔸巴一样。

自然地，土质、盐长成了头香的好朋友。他们都是一样的后生，彼此容易把对方看透。

从此容头香隔不两天会来，带来各种奇异草药。她见郑玲的脚红肿得厉害，向山唱歌献媚山灵。她唱得久，听不懂唱什么。

小陈嫂脚没好，又染上寒毛疔了

我和郑玲天天盼头香来。盐长、土质也盼头香来。她的出现，大家都快乐。头香成了张家村常见到的人。她有点像是张家村的人了。村庄的本能分辨得出她是山的人。

热情待人是张家的性格，莫说头香长得乖，莫说她是为救人来村里的。就是随便一个从张家村经过的路人，他们都招呼，都接待，有些就成了朋友。他们口语中"请进屋吃午饭"出现频率最高。有人从村口过或与生人相遇阡陌间，他们都会说"请进屋吃午饭"，那发音是"纳屋咽晡"。不是假客套。只要那人"纳屋"（进屋），一定待如上宾。睡在戏台上的哑婆婆，就是伯娘香花树下一声"纳屋咽晡"留下的。不知为什么哑婆婆"咽晡（吃午饭）"后又"咽月（吃晚饭）"，"咽月"后，天光又"咽黎（吃早饭）"。哑婆婆留得久，后来吃供饭，一家家轮。他们一般不问人来历。

过了半月郑玲不单是脚痛脚肿，还发烧畏寒滴水不沾。我已六神无主。干着急。什么是束手无策走投无路我算领教了。好在不多久我也知道了什么是绝处逢生。

郑玲的病情传到伯娘耳朵里，伯娘赶来为郑玲把脉。

伯娘说，小陈嫂脚没好，又染上寒毛疔了。她指挥盐长去我家大门门槛下刮一层千脚泥，自己回家取米汤。伯娘用米汤调和黑色的千脚泥，做成一个鸡蛋大的泥团去郑玲心口上揉。我和盐长土质在楼下堂屋里等。头香在楼上帮忙。很久以后，头香下楼来说："小陈哥，小陈嫂醒了。你可上楼看看了。"我跑上楼，看见伯娘对着窗口，小心翼翼从千脚泥蛋中，抽出一根一头白一头黑的长毛。伯娘说，好了好了。拈那根寒毛我看。

郑玲退了烧人也清醒了，开口要水喝。

盐长去岩洞里抓来几只石蛙，只只二两多。伯娘用石蛙连皮和着炙过的玉清叶，熬汤给郑玲喝。不过两天，郑玲轻松了。

寒毛疔痊愈。剩下脚伤不见好，胀痛，伤口有脓血。郑玲不在意，看书，跟我说那天山上的事。我嘴上没说，心里担心她得破伤风。铁铗在山上用泥土、树叶隐蔽，一般要放置十几二十天才有收获。埋在泥土树叶下的铁器，可能滋生破伤风杆菌。我们只有几分钱现金，没能力去县人民医院注射破伤风抗毒血清。人民医院人民看病都要钱，何况我和郑玲当时可以被解释为不算是人民的。虽然不大好开口，我还是把忧虑向盐长说了。盐长把我说的风险告诉了伯娘和熊伯伯。熊伯伯没二话，决定拿出一箩谷子一担柴。盐长一家来和我讨论，怎样把人抬到城关镇去。他们说要四个人。两个人抬人，一个人担柴，一个人担谷。我们商量着的时候，土质和哑婆婆来了。哑婆婆的出现，使解除我忧虑的路子拐向意想不到的方向。

哑婆婆的图案

那天哑婆婆轮到土质家吃饭，土质说起小陈嫂脚不见好的事。

我跟哑婆婆没打过交道。没有声音的婆婆，常常出没于摸不着头脑的地方。虽然布褴零落，她那不可能掩饰的安详从容，如光如香散发莫名的庄严。她有一种不会容忍轻视的气质。这个能听不能说的婆婆，除却不识字，似乎识得所有事情而不发一言。她放下拐杖，示意解开包脚伤的布。她弯下身来帮着解。掉下来的药渣她不屑一顾地用脚扒开去。我赶紧扫开药渣到屋角。好在头香没来，不然准会难受。哑婆婆看脚，食指粘一点脓血用舌尖品测。她去门前空坪青石上坐下来。从表情看，是要我们不用着急。

　　我们的注意力投到她身上了。静默着，像是有重大事件发生。她默神的时间并不久，睁眼便捡一块暗红石片，画一墙角古里古怪的图案。没有人懂那些图案。画完之后她坐回原处，等个人来的样子。她没有声音，在场的人也不出一声。宿林清静不敢唐突。只有伯娘面墙企图搞明白。其他人晓得那是徒劳的，混沌地站，或坐。都无能进入哑婆婆清凉的寂静中。我们只有期盼的沉默，焦灼的冷场。我正在揣度哑婆婆接下来会有如何动静，头香这就来了。头香照旧提一捆草药，这回还提着一只竹根鼠。头香的来，恰巧这个时候的来，像一幕戏剧的转关处，在只能是她的时候即时登场。哑婆婆见头香来，谁都不多瞧一眼地走了。在满地摇曳的光影中，神气的哑婆婆晃晃荡荡地走了。

　　头香看到墙上的图案，把手上的东西扔到地上。她开始读。只有她是读。其他人，包括伯娘，不过是猜。她读了好几遍。事实上是歌谣一样低唱了好几遍。她思考了好久。她必须思考怎样表达图案的意思。她要组织语言。我现在想，哑婆婆的图案会不会是20世纪80年代发现的江永女书。我想当然应该是江永女书。又不敢肯定。哑婆婆的图案，比后来媒体展示的江永女书丰腴。不像媒体展示的字符那样干，那样瘦。尽管都是菱形，哑婆婆的图案是图案不像是字。不过我又想，应该还是江永女书，书写风格的差异罢了。一个小地方发现一种文字已属怪，难道还会存在另一种。要真是女书，那么可以肯定，女书另有妩媚的体式。

头香总算用土话把哑婆婆的天书翻译成功。盐长听完后，立刻回家去了。我不能听全当地的语言。是熊伯伯，伯娘、土质好几个人用官话转述我才懂。他们说官话结结巴巴，没有人能用官话流利地表达。哑婆婆的图案大致是说，我们山里的野物，家畜，受了伤懂得自己找药。我们的猫狗，无论患病受伤，不用人管，它们不久会好。快用这次伤人的铁铗，夹伤一条老狗。老狗历尽沧桑，经验丰富。跟踪这条狗，就能找到药。

他们复述的时候，强调"我们的"。语气中有一点点自豪。

盐长拿来铁铗，牵来他家的老黄狗。根据头香的翻译，盐长拿竹片去伤口刮下一点脓血，用清水化开灌狗。然后，几个人合力夹伤狗的一条前腿。老黄狗惨叫，三条腿一拐一拐跑出村。土质说"我去"。

郑玲看到这些很兴奋，要我扶她上楼。她说我要写，我想好了一首诗的题目，叫"你这人兽神杂处的地方"。

我想学会这些本领不再踏足城市

　　说起打猎，盐长放兽铗不过是瞟学，没跟过师。土质才有真本事。土质对野物的知情深度登峰造极。有次野猫叼走他一只鸡，他说野猫当天只会吃半只。他要把野猫藏起的一半取回来。不到一个时辰，他把被野猫吃剩的半边鸡找回来了。平日农闲，他忙的都是打猎的事。他不喜用兽铗。他是用绳索套。雨后上山，在有兽迹的山径用钩刀挖一路的小洞，几十上百个。三寸见方的竹匾盖住洞口，索套围着竹匾。选一根弹性好的小树弯下来勾住索套的另一头，靠竹匾卡住弯下的小树。这是一个精巧的机关，凝聚祖传智慧。野兽经过，若踩中竹匾，就踩中圈套。竹匾塌下去，兽就被弹起的小树吊起来。他家里像小作坊一样堆了许许多多的小竹匾和麻索套。做索套的麻要用绿矾煮过，在山上才会沤不烂。煮麻、搓绳、织竹匾是常见他做的事情。打猎有许多方法。他无一不精。他却慎用铳、弩和炸药。用猪板油包着炸药丸挂在树枝上，贪嘴的野物咬下去半个头没有了。血糊血海，难看。装弩要自制毒箭，一般用来对付体形大的动物。铳太张扬，他也不喜欢。他喜欢用绳索套野物。他默默做着他爱做的事。捕获的猎物中麂子最多。也有野猫和小野猪。别人不能用绳索套到野猫和野猪。用绳索套牙齿锋利的动物，只有懂得封口咒的人才做得到。我要土质给我看封口咒。他说"没书字"。师傅口授亲传。我要求他念给我听。我对那咒的威力好奇得很。为了让他放心,我向他保证绝不会跟别人说这事。他经不住我磨,终于在一场大雨后带我上山了。他说那咒在尘世中念会破掉。

那天他挂了满腰索套和竹匾。我也同他一色装扮。途中探视过一个黄蜂窠。土质说到秋天可得一担蜂蛹。挑到闹子上卖,价钱比肉贵。懂得山的人饿不死。我想拜他为师。学会这些本领永远不再踏足城市。我和郑玲就在山石泉林间清风明月一世人。

雨后土松,容易辨认兽迹也容易挖洞。每挖出十个洞做好机关念一次封口咒。这是一组莽荡的声音。风摇撼山峦。雨洗刷林石。我听到狼嗥虎吼。有麂子穿透力极强的喊,也有穿山甲和蛇的没有声音的声音。只有猎人才能听得到的声音,咒语巧夺天工地模拟放大了。土质的咒语用人声综合了山。对山诚实的崇拜,由他敞开的胸怀大张的双臂,由他傲野的姿态粗豪的嗓音表达出来。咒语没有任何猥琐情感。它是呼唤,是歌颂。是骄逸的生命情调与山的交错纠缠。封口咒的结尾我记得清楚,是"关关冬",这是每天夜深时响彻山林的没人见过的鸟的叫。

郑玲又撬野蘁苗去了

老黄狗回来土质回了。他带回一条碗粗的藤和一蔸叶面肥厚的草。他见老黄狗嚼过那草咬过那藤。头香认得藤是虎威追风藤不认得那草。伯娘认得那草,是七朵云。七朵云生的地方"怪不得怪"。兽找得到人找不到。土质说他是跟着老黄狗缘进岩壁缝里挖出来的。

哑婆婆不失时机地在眼前,递给我几条大得吓人的蚂蟥和几条大得吓人的蚯蚓。哑婆婆又画了些图案。头香说是要把蚂蟥、蚯蚓焙焦碾成粉末,和虎威追风藤、七朵云一起熬。渣可敷,汤可饮。

这天头香没走。她懂得炮制汤药。头香说这些事情打猎的人不能不懂。在焙制蚂蟥蚯蚓的时候她说着我们闻所未闻的事。她说这粗的蚯蚓在瑶山是道菜。洗净晒干了放进塔子里腌制三个月,贵客来才有得吃。她说到爷老。原来她也没有爷老。她说她的爷老是得虎威死的。打虎的人如中了虎箭就得虎威。得了虎威没治。那时她还小,还是旧社会。一日爷老听得外面有锣鼓声。心想怪了,山里头哪来这般热闹。出门一看,只见几个大汉抬着一只大老虎,后头跟一班敲锣打鼓的。他们从门前过,朝着爷老喊,你见过这大的虎吗?爷老忍不住摸了一下虎背,人呀虎呀锣呀鼓呀就都不见了。爷老翻开手心瞧,一根虎毛扎进了手板心。爷老心一惊，遭了，我中虎箭了。头香说，我娘老当时就是用的虎威追风藤。不过我爷老没治好。怪我爷老贪。打虎过数。她告诫土质说，"你切记莫贪"。土质说师傅用花瓣给他做过花卜，猎虎终生不可过二，其他生灵每月不可过三。土质说好在如今没虎。猎麂子这些他都严遵师训。

头香用文火熬一整夜，泌出一碗浓如胶的药汤。药有异香，当夜满屋子香。

药效出人意料的好，半日工夫红肿明显消退。慢慢地血也止了，脓也化了。再过些日子奇痒，结痂，郑玲又撬野藚苗去了。苦难中女人比男人坚强。

烧石灰有味

友情包围我们。我们几乎无视友情之外的冷漠。在这个没有电灯电话收音机，没有报纸邮局也没有地平线的地方，我们慢慢活出些幻想来。幻想本来早就有，现在朋友交得结实，少了起先的犹疑。幻想由可哭之穷途与真诚的友谊催生出。

我总想和朋友在一起。白天只能在山上在地里见到他们，所以我出工比先前勤快。每天早上生产队长盐成挨门逐户喊"出工啰"，我和郑玲就肩背锄头腰系钩刀去门间上集合，听队长安排一天的农活。这里地多田少，多数时候用锄头钩刀够了。

土质、盐长处处维护我，教许多我不懂的事。他们从扁筐里拿出煮熟的芋头给我吃。要是夏天，他们点燃一丛枯草，捉来大蝗虫烧熟，撕下蝗虫的卵巢给我充饥。他们待我如兄弟。不过我仍然懒出工，只盼天下雨，雨天一般不出工，可在家里看书写字或跟这个那个扯白话。即便要出工，也喜欢戴斗笠披蓑衣的隐士相。事没做多少，在田野间运着青箬笠，绿蓑衣，斜风细雨不须归的味。

郑玲比我老实。做事扎实不偷懒。尤擅需手巧的活。收工回家还要做饭洗衣补衣裤。她针线好。绣得花。补丁补得别开生面。沦落到这步田地仍然固执洁癖，"笑脏不笑补"是这时候她的衣装品位。睡前必扫地。不然睡不着。没扫地她说就像人没洗脸。"活出些幻想"的日子其实在深度不安中。居然被郑玲打点得丝毫尘事不相关的样子。苦难中的郑玲不聪明不狡猾，沉着地死挺。我没那服帖，变着法子躲奸。出窑时一担石灰一路走一路抖，抖回村里所剩无几了。石灰出窑对我来说是很不堪的事。

我虽怕出窑，烧石灰却有味。烧灰在冬天。村里所有男劳力卷起铺盖睡到窑上去。女人和家里女人正分娩的男人不许上窑。否则窑会塌。窑上的人不许回家，沾了妇人家石灰烧不成。没得石灰这年的收成就没指望了。烧灰时好酒好菜。大铁锅里餐餐都是自制的三角豆腐煮三两一片的猪肉。不比节日差。人在窑边席地而坐。坐在能把石头烧成灰的火焰旁，有小雨也淋不到头上。吃饱喝足就睡，轮到自己添柴了才起来。人多，几个钟头轮到一次。多数时间在吃、在睡、在耍。

记忆带着色彩。记忆被顽强的情绪环境包围。烧石灰昼夜不熄火，我只记得夜晚，不记得白昼。橙色的夜和夜之深处出没的童话刻入记忆，像焦渴者记住了水。

一群聚在一起的暂时放下家的男人成了小孩。仰起脖子就喝，扯开裤子就拉。平日龃龉的两个人上窑也变得友善。山谷中有如一朵巨大石榴花开放的火焰把生灵招引来了。火光中的夜是生灵盛宴。向周围望去，峭立的世界有许多双荧光闪烁的眼睛。胆大的跑进火光照得见的地方。有站的，有坐的，也有垂涎欲滴徘徊的。它们老远闻到窑上铁锅里肉的味道。至于这里本来是它们家的蛤蚧、山鼠、蛇或其他爬虫，也热热闹闹为火光兴奋莫名。能吃荤的如山鼠这些忙忙碌碌搬运肉屑、骨头。夜里的山，黑夜里火光中的山，比白昼丰富有野趣。它巩固我的幻想，展示白昼没有可能的可能。一只从石山顶的树梢上起飞的大鸟，把我的幻想安放到一颗闪亮的星星上。

若想起留在家里的妇人家，就只有白昼，没有黑夜。烧石灰的日子是她们最轻松的日子。站在窑顶向绿荫掩映的村庄望去，冬阳照耀的她们在香花树下手舞足蹈。说话的声音大了，隐隐听得见笑语的尖锐。只有妇人家的村子比平日生动许多。她们暂时卸下照顾男人的担子尽情享乐。有些则背着孩子走门串户回娘家。只有烧灰的时候，她们才能回娘家。在张家村，这段日子女人比节日欢快。

郑玲跟她们不一样，举目无亲。记忆落到她身上又回到黑暗中。在她伤愈后的第一个冬天的烧灰的日子里，她是独守一栋空荡荡的两层楼房的。指盼头香来做伴，头香偏没来。不懂头香为什么偏在这时候没有来。不过我相信，她会孤独，不会寂寞。黑暗中的孤独，是由她内心躁动的火焰组成的。她不会让自己熄灭。在这夜复一夜的夜里，她完成了长诗"你这人兽神杂处的地方"。

头香要在鸟节结婚

头香带来一块方巾，绣了好久的蓝方巾。她请郑玲转交土质。头香说这是"表记"，土质懂的。我们猜，"表记"定是信物了。不知道土质用什么方式回应的头香。郑玲把表记交给土质后不久，听说他们要结婚了。

头香要在鸟节结婚。鸟节这天地上撒玉米，树上挂粑粑。

鸟跟云彩一样从空中飞旋而下。山外死了的节日张家村年年过。鸟记得这天，鸟记住了友好的山谷。天才蒙蒙亮，屋上树上石山上满是鸟。这天全村吃素。无论老幼，都要去蓝天下敬鸟。人们手头的高粱粑粑、荞麦粑粑、玉米粒粒撒完了，随意坐下来享受鸟的欢乐。头香选在鸟节结婚，客人不比皇家婚礼少。服饰华丽的客人满山是。头香没娘家人。伯娘邀拢几个婶姨，唱应由她娘家人唱的歌。唱得头香泪流满面地笑。哑婆婆送她一块雕有鸟和花的琥珀，看上去是有年头的东西。郑玲用自己喜欢的浅绿丝绸披巾做礼物，说贵重远不可与哑婆婆的礼物相比。婚礼没排场，新郎新娘大干一碗酒，和大家一起敬鸟去。土质把头香送他的表记系在头上。头香系着类似的蓝色方巾，或许是土质回她的表记了。

鸟节这天人也吃粑粑，人吃的粑粑枕头那么长那么大。是一个巨大的糯米粽子。外头包着笋壳叶。吃的时候切成一片片。在禾坪里吃。动口前扔一点到空中，有鸟接住是好兆头。多半是仪式，不见有鸟接得住。上了天的粑粑无一例外落回地面来。掷向树，鸟也不接。正啄食的鸟反倒惊飞起。晌午过后的活动实在些，去前山一块巨石上查看谁放的粑粑被鸟吃得多。鸟吃谁的多谁的运气好。我放的粑粑原封未动。郑玲放的粑粑渣都没有了。头香跳起来，大叫"小陈嫂好运啊"。

鸟节第二天，村口无端落下一个炸雷，闪电在进村的路上犁开一条三米长的沟。这天谭石蛟带了几个民兵来抓哑婆婆。他对民兵排长九斤说，公社收到举报，哑婆婆是逃亡的二十一种人。躲在你们村子里。九斤没有办法敷衍，好在怎么找也找不到哑婆婆。大家庆幸找不到她。盐长说昨天给头香送完礼就没见过她了。这个无所从来无所去的哑婆婆！

哑婆婆睡的戏台本是清彻的。谭石蛟去搜捕时，戏台上有十几条巨蜈蚣游弋。一条蜈蚣从高处掉进他颈窝里，弹起来咬他一口。后来毒发溃烂，他左边太阳穴留下一块终生的疤痕。

谭石蛟走后我们去戏台。看到哑婆婆留下的图案。画得大。头香看着图案阴郁地说"爷豁列"。这就是哑婆婆所说的了。我已懂得些土话。"爷"是"我"；"豁列"是"去了""走了"的意思。哑婆婆留下口信"我去了"，是跟村子打招呼，免得村里人着急。

头香的预言被后头的日子证实，郑玲的运气处处比我好。我用三斤谷换一斤绿豆给她熬水清热解毒。她清热解毒了，我被控倒卖粮食挨斗。斗争会开过好几回，我总是主角。地主分子富农分子不过是陪斗。斗争会是谭石蛟组织的。在台下喊口号的人，动手捆人的人，是他从山外带来的民兵。这些人是作田汉，捆人之前问过贫协主席九龄"出工哪个下手"，回答是

"小陈嫂下手；小陈哥出工懒泡懒鼓的"。民兵们于是把阶级仇恨发泄到我一个人身上。他们不捆右派分子，不捆地主富农，专捆我这个工人阶级。谭石蛟自己没被捆过，不懂为什么捆得这紧，这家伙几个钟点不喊痛。其实捆麻了没什么了不得，难受在松绑。血液回流手臂的过程使人好汉不起来。松绑在散会之后。山外的人走了。给我松绑的是村里的朋友们。可使谭石蛟畅快一下的场面他见不到。

我们没有忘记山中的友谊

后来我们走了，非走不可的那些事件是另一种色彩的记忆，不说了。

我们摸黑走的。

那天九斤去公社开会回来，把谭石蛟抓我们的布置告诉了土质，土质告诉了头香。头香告诉郑玲了。我们就走了。山外发生的事情告诉我们"走"。

有些事情永远历历在目。我推着轮椅上的郑玲去公园的路上，会想起曾经在一个漆黑的夜里牵着她的手走过的崎岖山径。

她没有坚持带走诗。诗稿藏在楼上窗户边的砖墙缝里，打算日后回来取。我们选择的不是诗，而是活着。结果一离开就是几十年，自以为是的打算是泡影。郑玲一度企图重写那诗。不管如何努力，再没办法找回山中的感觉。

几十年中，我们没有忘记深藏山中的友谊。这段友谊或许成就了后来的诗人。这一点山里的朋友不知道。喜欢郑玲诗的朋友不知道。都知道她的苦难，不知道苦难中有一颗发出光热的天体。

我一直惦念山中的朋友。没有忘记藏在砖墙缝里的诗。可惜我的能力不能想做什么就做什么。直到1996年秋天，才找到机会回了一趟张家村。

因为路远，我计划把车开到不可再前行的地方一个人进山，要陪我同来的朋友留在县城耍。那天毛毛雨，雨天进山的难度我是充分了解的。指望几十年的光景有了一条像样的水泥路。从城关镇的布局看，比我们在时进步多了。有一条水泥路进山不是没有可能。

车拐进通向张家的路了。心底某处沉积着的一些东西被搅动，然后浮上来。路口的右边，建于19世纪很不错的长亭没有了。我还记得长亭里，落款是1942年，由洋教士写的白话布道文的开头："来来往往的人们啊。当你们在这长亭休憩的时候，请静下心来听我对你们说说人生是什么好吗。"布道文很长，我没读完过。一直不知道上帝怎样理解人生。再走进些，知道水泥路莫想了。不过，还是有一段路可以行车。

前面两边宽阔的山坡本是荒地，当年由驻军开垦出来种花生。驶过这片山坡没有平地了。在山的中间穿出一条坐车散骨架的路。走了不到一半，无论如何再不可颠簸下去。只好下车。逶迤进山的是由脚板开辟的不是路的路。

面对有如久别故人的山，虽有毛毛雨，倒是怡然起来。我走着，极悠然的样子。并不苦涩地生发出离开那夜的回忆。那夜从记忆的根部爬上来。像蜗牛，慢慢接近。忽然它变为蜥蜴一跃而起，那夜便封锁了眼前的一切。

我们把艰难步履导演成光芒四射的旅行

那夜太黑。低头向地看，除了看不见，什么也没有。只能抬头望天。天光衬出山影。靠山的影子分辨路的转向。我牵着郑玲一点点向估摸的方向移动。不是一步步移动，是一点点。黑暗提供的距离不足一步。我要确信我站的地方坚实。我不知道她站在什么地方。我不知道一步之外是深渊，还是沟壑。我要保证她突然往下掉时我能抓住她。在这条路上，即便不过是米多深的浅沟，沟底都是蛇蝎群集，布满刀片一样的石刃。白天这条路是明明白白的，黑夜里却莫测诡秘。树在狂舞，变幻出各种可怖的形态。咆哮的石直指我们，让人联想充斥罪孽的三生。好像从地狱入口处突然腾飞的鹰，黑夜里弄出的响动可击溃草寇。宗教诞生之前的精灵醒了，狞厉的妖鬼兀立身边。我们依靠自己给予自己的教育，依靠在黑暗中扶持着的体温坚持。这种情形下仅凭触觉和听觉已经足够了。我们不能看，也不必看。轻易适应了不用眼睛。但我知道她的眼睛一定跟我一样睁得大大的。什么都看不见的眼睛睁得大大的。我们的眼睛，习惯为光而睁着，希冀在没光的地方找到光。

　　住在张家村，无论去哪里都要走长路。去还是回都是长路。刚来那时期，她问我"还有好远啊"。我实话实说还远得很。她说你说远我就走不动了，你总是不懂得哄。以后我改说不远了，就在前头。翻过那山就到了。这夜我不断地说，别急，天快亮了。就要亮了。星星或许会出来。或许会有另一个走夜路的人的火把。我们做些不着边际的畅想。做些畅想可以使人有力气。我牵着她慢慢移。我唱"我流浪在贝加尔湖滨"。我的歌声在暗夜里就是火炬。山谷完美的共鸣弥补我胸腔的狭隘，我的歌就非常的好听。我们自己把艰难步履，导演成勇往直前光芒四射的旅行。她听到歌勇气倍增，说些十二月党人的故事。她做好了迎接前路种种挑战的准备。我还是不会不说"天快亮了"，再熬熬，必能见到第一道霞光。

　　我没哄她，后来天真的亮了。在解放军开垦的花生地那里，天让我们看见了路，看见了还没醒的城关镇。有了光的路多么好走啊。虽是只剩下一点点气力了，至少能看到周围是什么。

我拿出盐长帮我搞到的生产队的证明，买了当天第一班车的车票。两个人贼一样溜上车。车在道县停下来吃早饭。我下车买油条，在车站旁边的墙上，看到一张令我窒息的"贫下中农就是最高法院·杀字013号"的布告。

车过道县好远才松了一口气。

连绵不绝的红色语录墙，在公路两旁像站岗的红卫兵一样向后面退去。农舍的外墙无一不刷满标语。处处红旗招展。有集市的地方口号声震天。我们本就疲惫，这样的枯燥更使我们睁眼闭眼地睡去。迷蒙中在想昨夜的经历。

张家村少了云山自许的孤傲

到达张家村后先去井边洗鞋。四棵桂花树不见了。闻到牛粪沤稻草的味。我没有急于进村。我知道我的朋友近在咫尺。我要把这个一度以为老合投闲的地方跟记忆比较来。多了几根电线。电线从树上过、屋顶过。一排新屋。宽敞又亮堂。和原先的古屋比，少了云山自许的孤傲。村后的靠山仍茂密，总觉得深邃奇谲不如从前。放养了许多黑山羊，是他们新发展的副业了。黑山羊在巉岩间攀缘，异趣于麂子、果子狸的出没。洗好鞋后，我往回走。登上高处，下面是曾被闪电犁出沟的地方。放眼望去，山峦依旧。烟雨中远景一如从前，不是寻常笔墨。没闻到桂花香。平整的青石路明显失修。从所站的地方望去，门间外的围墙破旧。戏台上堆积着牛粪。不用说戏台和围墙上画的人物花草了。

我慢吞吞进村，发现不单我于这村庄是陌生的，村庄于我也陌生了。

天色已晚。雨后残阳从山背倒射一束白淡的光线。迎面来几个人，他们必定是我认识的人的子孙；老一些的是当年的儿童了。他们打量我，很冷地过去。没人向我道"纳屋咽月"。他们忙着自己的事，不像他们的父辈礼遇路人。一个少年走过身了又回头来问我："你是来收麂子的耶？"他很肯定自己的判断："野东西绝了，被广东人收光了。"快近门间处，几个人讨论外出打工的事，个个意气风发。我感觉到村子的紧急、繁忙。原本自得自外的张家变得急躁。它像一个慌乱地寻找一件失去已久的物件的人，把自家的箱子、柜子翻得乱七八糟。当年它不为山外的潮流所动，今天无力抵抗山外的潮流。不过有一点使人欣慰，家家都宽裕。从敞开的大门朝里看，已是另一个时代了。一个不同于千年前的时代。

盐长猜中来客是我

盐长知道是我来了。我在村外盘桓的时候，张家村已传开山里来了这么一个人。盐长知道是我。我没有认出他。低哑的嗓音第三次说"我是盐长"我才伸开双臂。他不跟我拥抱，钳住我的手臂把我拖进他家里。从他穿着我送给他的蓝色卡叽布青年装站在门间等候，可肯定他猜中来客是我。跟我们没有忘记他一样，他没有忘记我们。

他家里有了忽明忽暗的电灯和满屏雪花的黑白电视，没有电话，联通、移动也没渗透进来。在村里如今他是说得起话的人，不再有"地富子女"这紧箍咒的桎梏。介绍完他的媳妇娘和儿子后，我们从分手的那个夜晚说起一直说到今天。他说小水电、黑山羊这些很有成就感。还说了一大通关于香柚、香米、槟榔芋的话题。遗憾伯娘、熊伯伯，没看到今天的好日子。说起一件事，从神气看他认为我当然会支持他。以他为代表的老人家发起倡议，全村合力重修包谷路、石板路还有戏台；禁止再为房地产商挖香花树。这个倡议遭到年轻人的反对。年轻人反对复苏过时的东西。路只能是水泥路；电视都有了还修旧戏台做什么？香花树生在自家山中，不为自家生财有个鸟用。两种意见相持不下，争执几年没定下来。他很元老地说，"照他们那样，哪是我的山！"我微笑，没作声。忽然觉得我的智力解不开这道题。我有点难受他把不隶属于山的东西孤立在外，自己就显得极端孤立。不过，他想作为而不能有所作为的尴尬，我在心里羡慕他的充实。

晚餐自然丰盛。那天正巧他从山上割回一担黄蜂窠。他吩咐媳妇娘刁出蜂蛹，和着切成跟蜂蛹差不多大的肥肉炒鸡蛋。还有一碗浸在茶油里保鲜的猪肉，亮晶晶的。这夜喝的是我带去的酒鬼酒。几十年中一醉，华发萧疏，老眼迷蒙，相视一笑，他和我都不再需要言语了。我看着他所穿的衣服，怎么也想不起什么时候送过他这件衣服。这件衣服告诉我，我们的友谊是他精神世界的组成部分。

来了两个原本七、八岁的中年人。我烟瘾重，提包里带了四条烟。叫志强的问："这包里是钱耶？"我说："是烟。"叫盐文的问："你能帮我找到黑山羊的销路吗？"我说："不能，我不会做生意。"如果说当年我不知道他们的生活方式与一千年前有什么不同的话，那么现在在他们的口语里，至少有"商品"这个词了。

直到临睡，盐长才跟我说土质的事。说完他去灯下看我送他的书。

难怪喝酒时我一提起土质他就岔开。他要让我痛快喝一顿酒。这夜我没合眼。我决定天光一早去看头香和找郑玲的诗稿。天光之前还有一件事：再听那种从没见过的鸟的叫。从前每天晚上，郑玲要在床上等这叫声。她是在"关关冬"的叫声中入睡的。在一篇散文中她说："我们每夜倾听关关东。可它到底是什么模样？藏在哪座岩洞或哪丛榛莽之中，始终不知道。大白天它是不露面的。我甚至怀疑它不是鸟，是子夜幽暗的艺术。"

这夜我没等得到，子夜幽暗的艺术消逝了。

头香把我从一个美学低谷中拯救出来

我比谁都起得早，通宵辗转只盼天光。盐长多半跟我一样。我翻身下床，他也翻身着鞋。我把找诗稿的想法告诉盐长。盐长说，不用找了，肯定没有了。原来那房子村民们作价卖给了盐成。盐成就是当年的生产队长，一个精于务农，精于持家的下中农。他大修过那房子。我当然沮丧，因为这是我此行的目的之一。或许是不甘心，我还是去"我家"门前默哀般站了好久。那诗已彻底毁灭。我木然地看着那座房子，看着那诗的墓地。有喜欢郑玲的诗的朋友说她的这首诗那首诗是他们喜欢的；在我的心里，他们可能最喜欢的作品已被埋葬。诗的死，在我心中掀起波澜。灯下创作这首诗的情景在微明中浮动。郑玲是被诗统治的，也被诗虐待。只要拿起笔，饥饿销声匿迹。喝一口凉水完成一个篇章，她觉得又优越又高贵。那时她写了多少诗就烧了多少诗；朗诵过后便把诗稿送到煤油灯的火焰处。唯"你这人兽神杂处的地方"不忍烧。我记得诗中对生命不可毁灭的坚定信心，就是受到山中遇到的友情的启发。诗中构筑了一个至少当时并不存在的社会情感乌托邦。那首诗很长。那是尊严高傲的恐惧。是刚好能让我们保持清醒的美之棒喝。

盐长带我去土质家。边走边补充一些土质在广东英德从脚手架上摔下来的细节。我没吭一声。心想要是在山里，人们望而胆寒的险峻都难不倒土质。土质不认识城市。尤其不认识高速膨胀中的城市。那里仅凭噪声已足够把来自大山深处的人搞得晕晕乎乎。土质不该离开山。

这时天快要大亮，山岚从这座山头消散又悄然罩上另一座山头。仿佛在不厌其烦地跟一座座山说昨天山里来了这样一个人。山岚忽而从山顶飘下，厚厚的覆盖田野。我触到了山岚多情的抚润。它记得这个人是在山的怀抱中安静过的。

我只想离开，在美景中离开，不想让悲切污染我的记忆，我因不敢见头香而脚步迟疑。依我的推测，她已是一个憔悴的婆婆。无法想象失去土质的头香怎么活。我认为头香在她每天不得不说的话，不得不做的事，不得不想的问题，不能不有的憧憬中，都会想到土质。任何生活中不能省略的琐事，她都会联想到土质。这是很难承受的重压。虽没说出口，我一度想回头不去见她。我受不了孤苦女人的泣诉。尤其会受不了头香的泣诉。我想永远珍藏三十年前热烈的头香。

这天头香的两个儿子黑早已上山去。昨天有雨，今天是上山的好时机。爷老娘老是好猎手，两兄弟继承了父母的本领，当然也是好猎手。盐长推开虚掩的门，屋里坐着哑婆婆一般精神的头香。她坐在靠窗的亮处，晨光顺头发流下。尽管脸上的线条和手脚轻细的动作使我感到她不安的波动，我还是体会到这个大胆地向她的情人走来的女人，依然带着来自大山深处的力量。她的屋子布置得像一间情调浓郁的展室。我留意到展品从门外的小坪里已经开始了。土质的蓑衣、斗笠、钩刀、镰刀、斧头；套野物的竹匾和套索；大铁铗、小铁铗，精致的弩，残旧的铳；猎山鸡时用于隐蔽的由荆条茅草扎成的似盾牌的草屏；还有扁担、粪箕、箩筐；雉的尾羽；土质吹过的叶片，穿过的衣物，被她布置得生机勃勃。没有人奢望大山的女儿有这般超凡的性灵。

不会有更感染人的东西了。谁看了都会被对死亡的抗拒对生命的肯定的歌咏感动。每件物品以平常被忽视的姿态活在那里。它们安顿得正是地方。可以说，不是她"安顿"，是物件各自找到的自己的位置。充满生命的整体让人相信，它们刚刚才使用过，不久又要起用了。它们明白地告诉人尤其是告诉头香本人：土质还在。山里著名的卓越的猎人没有离开山。你追求的情人，你一生相依的那个生龙活虎的善良的土质，就在你身边不会走远。你的土质每天照旧在山上打猎在地里锄草。或者，刚才还在坪里破柴火。因为土质有你，还有两个落地诗，他就决不会走得远。眼下，他去了赶闹子、看朋友，去了城关镇沽酒。他会很快回来。这是我的印象。我的这种印象来自于它们清晰无误的语言。不过我认为这些物品之间高度默契的动态关联，与其说是雄辩地使人相信土质在场，还不如说不经意中泄密了头香自己的全新生命领域。在我的理解中，这一切是和她跟土质没有终点的情感发展捆绑在一起的。我只能懂这么多。我不可能穷尽她的丰富。尽管她不过是汉字识得不多的山里的女人。我有沉重的快感。头香一下子把我从昨天那种不慎掉进一个美学低谷的怅惘中拯救出来。我一时十分享受。

探访的时间不长。她见面第一句话是："小陈哥，我晓得你会来看我。小陈嫂好吗？"

我把郑玲的散文集《灯光是门》送给她，指给她看书中提到她、土质、盐长的章节。她说："小陈嫂的书字写了我们呀，我要告诉土质。"

我满足地告别她了。我听到了她优美的曲向自身的倾诉。

唯有她是山原应持有的立场被导入歧路的矫枉。

盐长要送我到县城，我走的时候又碰见她。我最后一次仰望。

我和盐长走到闪电犁出沟的地方，听到她唱般地呼喊。像是提醒。如同家里人对将出远门的亲人的叮咛："神霍列"。

也许是对我说的。

我当然懂。她是说"神已离我们远去"。

死亡的虚构

至于我的死，可预见必色彩黯然。现在想得到的是一种没有出息的死法：在医院里等死。这个时候已经动弹不得，头脑有点清醒又有点糊涂。心里明白来日无多了，对人世的留恋值得同情地处处有所流露。又爱面子，不想人说我怕死。我掩饰忧惧，尽力显得大无畏，显得超然。心里应当是并不情愿。但我懂道理，晓得再不情愿这事也不可抗拒。我就在不想笑的时候笑笑，在无情趣可言的沉闷中出语幽默。照护我的人于是觉得也还好玩。

医生对一个垂危病人要做的种种事情不说了，那是人人知道的。我只说我可能想的事。一个离临终不远的人思绪紊乱，不会有首先或随后。也就是说，思绪没有秩序。因此我在病床上的所想，必然颠倒错乱没有逻辑。要理出来龙去脉是不可能的。好在不会有谁期望这样状态下的人精明。

病床靠近窗户。进医院我就坚持得顽固。躺在床上可以看到蓝天，一声不响地欣赏白云和小鸟。当然我不过看见一团白色的光，有一些黑影掠过。但在感觉上，蓝天、白云、小鸟比我没患白内障之前还要清晰。这是有些奇怪的事。我已经不是用眼睛在看了。我静静地欣赏，思忖我离开身体以后，可不可以站到云高头。随风飘来飘去。

离开了身体的我是什么？这个在病床上扎实思考的问题耗去许多光阴。我缺乏任何一个理论领域的系统知识和系统训练。我的思考只是一个垂危病人的胡思乱想。这些想法是自古流传的种种说法的肯定。原本不以为然，现在有些信了。或者说，我希望那是真的。

我的身体早是一截枯死的树桩。绿叶没有了。原有的树干萎缩脱落，倒地不起。它的一面紧贴泥土，向阳的一面生出些淡绿的蕨和白色的菌。后来腐烂消逝，草丛中只留下模糊的浅痕，来一场暴雨会冲刷殆尽。剩下的树桩继续腐烂，连附着其上的苔藓也开始发黑。这就是我的躯体。心里明知这样，还是要看看一点美感也没有的东西，希冀找到哪怕一小块青春的残迹。我几次抬起头来，又倒下去。不仅体力不支，插进鼻孔的胶管和插进血管的针头尤其碍事。只好向远处望。

一旦不再关注自身，新的发现就出现了。树桩周围花草馥郁，不远处隐约红色紫色黄色的花。好闻的味道朝我扑来。树冠上站着一群漂亮的鸟，它们有骄傲的颜色和姿势。在这样葱茏的世界里，我会腐烂吗？我又想看看我的躯体，还是看不到。虽然看不到，倒也清楚这树桩没什么可留恋的了。那么走吧。我能走吗？从这世界飞升？我将肯定这是可以的。关于这一点许多伟大的科学家都相信，不然牛顿就不会说"上帝的一击"。与身体分离后是什么？还是生命吗？我会坚持，那不是物质，却仍是生命。其他动物死了就死了；人死了之后，有生命最重要的部分，离开身体穿梭于时空之中。这是人与动物的区别。以前各类学者给的多种说法忽略了这一点。十几岁时读过几本唯物主义的书。或许是没看到经典，所读的是没写好的唯物论著作。记得一本书这样说，人的思想是物质，因为大脑是物质。这本书没有否定人有思想有情感，只是认为这也是物质。解放初期我学徒的那间工厂，正是用这本书做教材给工人上课。后来我把这种观点叫作顽唯物论。它不承认比躯体更有创造性、更人、更生命的，人的非物质部分。这部分是生命的产物，不是物质的产物；而且是人的生命的产物。因为人，是由血、肉与梦所合成。当然我知道，这样说可能遭到沉重打击。但我还是坚持。不敢公开说，也无根底说清楚，私下这样认为总不犯法。我无论如何不会承认诗、爱情、梦与幻想是物质。

这样看来，人，确实有不可火化的部分了。不可囚禁，也不可消灭。这样的观点在临终前越发顽固。有了它，可以较轻松地迎接即将发生的事情。那么，告别躯体后的我究竟是什么？该是灵魂吧？或许，就是鬼。灵肉一体的时候，灵魂和精神好像是一回事。灵肉分离后，留下的叫遗体，走了的叫灵魂，没听过叫精神的。"体"是谁"遗"下的？也只有灵魂了。从蒲松龄到我的祖母，都认为魂魄不会跟肉体同时消亡。祖父去世后，祖母为祖父做头七、二七和三七。她说人在死后的第一个七天、第二个七天和第三个七天都要回家来走走。这几天家里点香烛、烧钱纸、摆贡品给回家的魂魄享用。祖母说吃摆过贡的水果和点心如同吃渣，味道在夜晚被回来的人吃去。于是问题更加明朗，至少祖母证实了，人有不死之魂。所以我从躯体飞升，从此自由来去是一定的。换句话说，死了还活着。

这个问题解决之后，会想些别的事。这容易了许多。差不多带点娱乐性质。要不要立个遗嘱，顺理成章会想的。一想到这件事，又觉得可笑。留遗嘱对一个没有财产没有重大责任的人，一点用处都没有。也不会毫无嘱托。只是所托不多不重。我要求身边的人不要把我面临特别时刻的事告诉我的朋友。如果我走了，最好当作秘密，能守多久守多久。我甚至事无巨细地交代，来了电话怎么说，朋友上门来怎么说。其实好办得很，我的朋友与同事是相互隔绝的。所供职的机构没法瞒，一旦不吃不喝，养老的钱不能领。朋友们不管我的吃喝，不定期给我钱，瞒他们没有道德制约。我希望朋友们以为我还在吃在喝，只是去了一个僻静的地方隐居，某一天会回来与他们烟酒清谈。至于不开追悼会，不搞遗体告别仪式，把骨灰撒向江河、大海、高山这些，已经缺乏新意。我又搞不出更新颖的高风亮节的名堂，所以不会有交代。身后如何安排全由别人调摆，想象不出实际是个什么样子。我只能想象一般不可变易的环节。不过我会要求不要用白布覆盖，这是我不喜欢的场面。虽不能有醉卧沙场的壮美，总可以让我毫无遮盖地躺着。不至于太阴森，寒气逼人。最后，我殷勤嘱托，去乡间访购一粗陶陈年酒坛子。把我装在酒坛子里，省钱又风流。上面是躺在病床上一定会这样想的几件事。第一件重要些，那是做完人后可以做鬼的理论基础；其他不过个性化选择，无道理可讲。

　　还会想些什么呢？最希望的是医生向我宣布康复出院。虚惊一场。但医生每天查房的诡秘神情，并不高明的好听的话，知道已临近尾声了。如果我坚信有来生，不怀疑身后可以做鬼，应当轻松愉快。我又没有轻松的感觉。责任与义务不再纠缠我，本应是轻松的。但我没有轻松的感觉。虽然一切都无能为力了，还是放不下。留恋人间的美好，也留恋人间的不美好。这说明我是质疑做鬼的可能的。担忧演绎出来的理论的基本假定，不及欧几里得几何的点线面的牢靠。这样的时候，我的面容困倦而忧郁。或许会想些轰轰烈烈的事。会并非遗憾地细察碌碌无为的今生。这个少年时代梦想马革裹尸的人，身上没有刀痕，没有枪伤地即将冷却。莫非我跟自己开了一辈子玩笑。便十足阿Q地用崇拜慰疗自己。这就追忆许多值得崇拜的死。在我临终之际，一定会想起这些人。近120年中，有许多伟大的死，他们都比之前史籍上的死更辉煌。他们所属时代有别，却都在为同样的困难作斗争。有死得壮烈的，有死得高贵的。还有死得娴雅、诗意的。都是不通权变的骨鲠文人的死法。政治家不会有这样的死。有的在刑场歌吟，有的在刑场吸烟、饮酒、谈笑自若。有的在临刑前平静得山崩地裂。知道第二天要死了，不是睡不着，而是熟睡。熟睡后无噩梦可做，竟然做着美梦。起床后一切如常，吸烟、喝茶、读书、吟诗、写字。在他们那里，与世长辞不过是一件无穷生命中的寻常事。这样优雅的死，比壮烈更为壮烈。应该有大块文章歌颂他们。那将不是歌颂他们，是歌颂我们。是把我们的好说出来。我要死了，做不成这件事；就算做得成鬼，也做不成这件事。从文献看，鬼只能哼几句诗，做不得大块文章。我忽又相信我是做得成鬼了。那么，我能不能在美梦中逝去？一辈子窝囊，可不可以把自己的临终处理得干脆些？我这样想着，不知不觉睡着了。睡着了还在想这些人。人在弥留之际，沉睡与清醒的边际模糊，有时看上去大睁着眼睛其实正在做梦。我看见大刀向他们砍去，子弹向他们射去。他们撞碎时代樊笼，山岳震动。我被惊醒。醒来才知道，我已经死了。白布覆盖我，这是相当气恼的。护士和医生不在。他们履行完了他们的职责。

我没有立刻离开。几十年在一起，不能说走就走。我在白布下抚摸僵硬的躯体。低唱《阳关三叠》。我有些同情这疲惫的身躯了。惜别的歌声，闻讯赶来的几个人听不到。他们在商量如何料理后面的麻烦事。我从白布下飘出来，和他们一一道别。他们什么反应都没有。我高兴没有人哭。这是我一贯主张的。生前对某人真心真意，死后不必哭。生前虚与委蛇，死后潸然泪下，不过是表演，直让人作呕。

最终我被处理成一坛子粉末。这意味着我已把谬误百出的今生，彻底抛向另一边。但并非意味我处于孤独的尽头。恰恰相反，我可以随意亲近江河大地日月星辰了。这回我真正地感觉到轻松。离别之前，我钻进密封严实的酒坛子，翻寻我的舍利。也许舍利里面收藏有我生前的一点点好。翻来翻去，只见一深黑小颗粒。状如豆，微苦，色泽晶莹。我捧在手中把玩。它忽然放出光芒。酒坛子内壁照耀得通明透亮。我在酒坛子里光华四射，我高兴极了，笑出声来。陪护我的人见我睡着了笑，也笑。医生正好进来，通知我可以出院了。

老娘娘和她的后人

长沙东边乡里永嘉冲、荷叶湖两处陈姓的开山祖是一位山东妇人。这是光绪手里的事。她带着幼小的二儿子、三儿子和两岁的女儿，从浙江上虞迁来长沙。她的丈夫和大儿子怎么回事无人说得清楚。她的三儿子是我祖父，名经庸字庆楼。女儿叫陈亢。陈经庸的产业在永嘉冲。我是永嘉冲这边的。永嘉冲的后人不知她二儿子名号，连我的父辈也不清楚，只称陈二老爷。陈二老爷死得早，晚辈关于他的记忆很少。

她似乎总在漂泊，很小年纪就远走他乡，从山东嫁到上虞陈家才15岁。娘家是读书人，从小能吟诗作画；她的丈夫文墨如何，没有任何资料。她的身世被时间模糊了，具体事件很少。她何故从山东嫁到上虞，又何故从上虞迁来长沙，一点消息也没有。连姓氏都没有留下来。初到长沙住三兴街。子女成人后，二儿子在东乡荷叶湖安家，三儿子到当铺当学徒。三儿子忠厚文弱。二儿子烈霸些。她伴三儿子过。她三儿子的师傅也就是当铺的老板见这后生老实，邀他做了股东。好景不长，当铺倒闭了，又做咸鱼生意。应该一度富有过，后来衰落了。
我二伯伯陈为鸾说过，要用钱的时候，从枕头底下摸出一两件
玉器去当，可供家用几个月。这句话点画了陈经庸由盛而衰
的情形。她的女儿是个精明能干的人，跟陈二老爷一样受过很
好的教育。后来她三儿子把余钱交胞妹代为购置产业（那时叫
"把钱埋到地下"），陈亢就在永嘉冲帮陈经庸买了一栋屋和
三十几石水田。离荷叶湖不远。永嘉冲从此成了她三儿子一家
老小的栖身之所。就这两家来说，荷叶湖殷实，永嘉冲清寒。
她的后人，像一群荒原上的迷途者，有的朝左走，有的朝右
走。这个家族不茫然就不会延续。

　　她的第一个孙子出世后不久，为起名字的事开了一个会。
陈姓是外来户，没有祠堂。她在荷叶湖大屋的堂屋里摆上祖宗
牌位，宣布她的旨意。这一系陈家的派名是"孝友传家经，为
善定必昌"。她的儿子是经字辈。她对两个儿子说，派名是祖
宗定的，你们两兄弟的名字不由我做主。今天我要为你们的儿
子和你们的孙子的名字做主。今后，为字辈的男丁一律从鸟，
善字辈的男丁一律从土。男子汉不要窝在家里，出去闯。在皇
天之下后土之上飞。她的孙子中只有最小的陈为鸲不遵祖训，
守着永嘉冲的老屋游手好闲。其他的人先后离开了永嘉冲、荷
叶湖，无一人回老屋长住。

她的这个长孙，取名为鸷。是为字辈第一人。是她迁居长沙后添得的第一人。这个为字辈第一人，1901年得了一个儿子，是善字辈第一人。取名善基；乳名曰"泰"。陈善基与他的两个叔叔同一年出世。一个是荷叶湖的嫡亲叔叔陈为鹂，一个是永嘉冲的堂叔陈为鸾。

陈为鸷入长沙时务学堂，与同学蔡锷善，随蔡锷辗转。1915年秋陈为鸷家书称，"不日将举义帜"。她于接信后第二天动身去了云南。到云南后，她驾一辆马车拖一副棺材，随护国军进退。后随军入川，在纳溪收得陈为鸷尸骨。她水陆兼程把棺木运回长沙，葬于岳麓山禹王碑右下林中。"孙儿终不负我，以一死报国。""吾孙身被七创，怒目圆睁。""不日将与孙儿同归故里。"是她从纳溪寄回的信中的话。情感上，这位从上虞迁来的山东妇人，已视长沙为故乡了。

她是这系陈家的一个谜。不为别的事，就为她长寿。没有人说过她的死。她要活到地老天荒。就是今天，家里人说起她，总是这号口气："应该不在了吧？"哪个都没有十足的把握。她永远在世上某处。六年前，我的92岁的堂兄陈鼎在电话里说，"前不久老娘娘来过"（沿袭上虞民俗称曾祖母为"老娘娘"，称祖母为"娘娘"，这"娘"字读如"酿"）。

1949年之前，她的后人，谁死她都到过场或据传到过场。1949年后，鬼也好，神也好，全无立锥之地。山川人物在光天化日之下。神秘没有了。她也就没有确实出现过。说"没有确实出现过",是有那么一两回又有说见过她的。都是海市云烟。不过是人熬到高龄或疾病缠绵脑萎缩后的梦影。有两位与她只隔一代的人活到1949年之后。一位是她的女儿,我的姑祖母,我叫姑婆的陈亢,活到1959年。一位是她的媳妇,我的第四位祖母,我叫娭毑的张氏,活到1968年。如果真的每有后人去世她必到场,这两位的死没理由不来。没有听说,也没有人打听。我们早已开始了新的生活,忘记了老娘娘的存在或不存在。

解放后,陈亢住长沙市一中。陈亢的儿子沈君逸在长沙一中教书。我家住荷花池荷池新村七号。一排烂木板屋中的一间。离一中不远。我叫沈君逸"表伯伯"。我常去表伯伯家。陈亢虽是女的,体魄却可用魁伟来说。她已不大动得。坐在椅子上有如石像。看得出高大。直到临死前三年,体形才转瘦弱。陈亢说自己的性格和长相像娘。比两个哥哥像娘。我这就想起关于老娘娘的一则传闻。老娘娘从上虞来长沙的路上,有一次躲雨歇在破庙里。闯进来三个山贼,说这是他们的地盘。意欲索取钱物。四个轿夫躲到菩萨后面去了。老娘娘手上正拿着一件衣服。她对那三个人说:"你们等等,我把这件衣服找个地方放好再说。"她右手反手抱住一根撑庙顶的木柱,把木

柱提起。左手把衣服塞进木柱与石墩之间。庙顶嘎嘎作响。狸
鼬奔窜。她徐徐放下木柱。压住衣服。说道："哪个上来拿
钱？"四个轿夫见状，从菩萨背后钻出来助威。山贼遂打拱
退去。

陈亢当新娘气派。一身凤冠霞帔。有丫鬟仆妇伺候。过门
之前，她的丈夫有两房姨太太。大姨太向义，未育，是《红
楼梦》中平儿式的人物。处处维护主母。二姨太生有子女各
一人，生性谦卑，称陈亢"太太"，称陈亢的子女"少爷、小
姐"；自己亲生的子女也只认陈亢为母亲；她称自己的子女也
是"少爷、小姐"。

陈亢的丈夫是衙门里做官的，叫沈师爷，早死。

陈亢是个打得开局面的人，带着一群儿女和丈夫的两个姨
太太过日子。

陈亢头胎产一死婴。家人怕她受刺激，抱邻家新生女婴冒
充。此女两三岁即看出是个哈宝。陈亢亦知道不是自己血脉
了。此女成人后，陈亢视如己出，不愿轻易许人。她说服陈经
庸，让陈经庸长子陈为鹏娶了这个哈宝女儿。

沈师爷有个叫熊希龄的朋友，一直照顾他们。1920年熊希
龄在北京办了香山慈幼院，召陈亢去做分院院长。沈君逸因此
有条件在北京完成高等教育。西安事变时，沈君逸是张学良的

电台台长。西安被围得水泄不通，唯无线电波围不住。蒋介石
恼火，事后通令抓他，派了一位师长负责搜捕。这位师长与沈
君逸有旧，他躲在这位师长的专列上，满城搜他不得。

沈师爷有一个侄儿还有一个侄女，年纪与沈师爷差不多。
都聪颖俊秀。沈师爷是江苏青浦人。我怀疑这两兄妹祖上也是
从江苏青浦迁来长沙的。他们住长沙东乡棉花屋场。

老娘娘喜欢这两兄妹。她托人说媒，让陈为鸷迎娶了沈师
爷的侄女。这是十九世纪末的事情。他们结婚后，育有一子一
女。女儿叫善蓉，儿子是上面提到的陈善基。

三位姓沈的，只有沈师爷的侄儿也就是陈善基的舅舅留下
了名姓，这人叫沈荩。沈荩与谭嗣同、唐才常过从密切。

谭嗣同、唐才常经常出入陈、沈两家。姑婆说过，谭嗣同
激烈，寒冬腊月额头上覆有汗珠。

谭嗣同、唐才常、沈荩都是三十多一点死的。都是震动川
岳的死。沈荩为报道"中俄密约"，于一九〇三年被慈禧下旨
杖毙。审讯时他痛骂慈禧"丧权辱国"。清廷刑律中的枭首、
凌迟、戮尸都是用的刀。刑部不熟悉用木杖致人死命的技术，
八条大汉用木杖打了几个钟头。肉已成酱，骨已成粉。章太炎
正在牢里，闻沈生死写了几首哭他的诗。老娘娘也有一首五
律，其中一联说"因言论获罪，知暴政将亡。"沈家将老娘娘

手迹一直保存到"文化大革命"。

她写这首诗的时候陈为鸾、陈善基两岁。

老娘娘是有些钱的，不富而够用。不穿绫罗绸缎。信佛不佞佛。持咒不持戒。荤腥不避。能饮而不嗜酒。有她喜欢的青年来，不拘长幼，豪饮移时。住三兴街那阵子，经常应邀与谭嗣同、唐才常、沈荩几个人登岳麓山呼啸。她身处有清而天足。这是她父母的功德了。从这件事看，她的父母是不附潮流的通达人物。因她是天足，上两辈陈家的女人，不论是自家女儿还是娶进来的别家女儿，除我叫"娭毑"的张氏外，都是大脚板。

沈荩去世后十三年，陈为鸾阵亡。办完后事老娘娘离家了。她说去上虞看看。到底去了哪些地方搞不清楚。家里不把她当寻常女人，走了以后音信渺无没有人惊讶。后人接受她"志在天下"的教训。永嘉冲、荷叶湖两处大屋里，常年只有女人和未成年小孩居住。男子成年后都出去了。一去少回是惯例。荷叶湖的陈为鸾，永嘉冲的陈为鹏都是一去不回的。陈为鸾出门后，十年回一次，他的二子一女年龄次第相隔10岁。

陈经庸先后四娶。原配康氏。继配黄氏、李氏都是匆匆病故，未及生育。后来陈经庸经一个商业上的朋友保媒，娶了比他小20岁的张氏。张氏过门的时候，见一屋子儿女孙辈，心知保媒的人隐瞒了诸多实情，私下哭求送亲的舅母带她回去。送亲的人虽是同情，亦无可奈何。婚后不久，她看到康氏的儿女对她恭敬，才逐渐安下心来。永嘉冲这边善字辈兄弟，称康氏"娘娘"，称张氏"娭毑"。因为陈经庸娶张氏的时候，在长沙生活几十年了。后来由陈经庸包办，把张氏的姨侄女李定仪许给次子陈为鸾。他们结婚后，于1919年生了个胖儿子，取名善坦。善坦还没出世，陈为鸾与陈为鹕和从南京回来的陈善基三人结伴离家。这次走出家门，陈为鹕改称陈为韩。陈善基在长沙长郡中学读书的时候就叫陈公培了。陈为韩、陈公培叔侄北上。陈为韩进保定陆军军官学校，陈公培去了北京。陈为鸾在长沙谋事，与伍仲豪、柳直荀等交往，不过十几岁人。

陈为鸾守节操甚谨。宁为兰摧玉折，不作萧敷艾荣。他诗词秀崛，人多叹服。然为人谦和，锋芒不露。伍仲豪亦好吟。两人酬唱，寒暑不辍。

陈公培想进北京大学读书，没进得了。他和其他进不了北大的青年住在一个叫五老胡同的地方。在北京大学的南面。那时北京大学校址叫四公主府。在马神庙。北京大学图书馆最初用的是四公主的梳妆楼。一群激进青年聚在一起，主张不要家庭、不要姓、不要名。这在当时是风气。天津的"觉悟社"成员，也是要割断历史，废除姓氏的。人人抓阄定代号。做出许多纸坨坨，放在盘子里，用筷子夹。邓颖超夹了一号。周恩来夹了五号。一号用"逸豪"做笔名。五号以"伍豪"当代号。陈公培名"无名"，就是从这个胡同里开始的。还有施存统，他不要姓，叫存统。后来跟赵世炎结婚的夏之栩也在这里。成立中国共产党的发起人，五老胡同里占了两位。

1920年初，陈亢应熊希龄之召到北京，和陈公培见过一面。1955年陈亢跟我说，"我们自然会说到你老娘娘。你泰哥（善字辈兄弟叫陈公培"泰哥"）说他的一个朋友在杭州见过她。她与李叔同、夏丏尊、陈望道来往。还说她参与过李叔同'打七'。她是一个喜欢跟青年往来的人"。

我猜想陈公培说的那位朋友，作兴是施存统。要是80年代想起写这样的东西，我会跑到天津去找施光南。他或许保存有他父亲的回忆录这类文件。那里面如果能发现哪怕一点点老娘娘的踪迹，写起来要翔实许多。何况我喜欢施光南。他的歌由关牧村沉厚珠润的女中音表现，深情感人。

这时陈公培想去法国，正准备离开北京去上海。他请陈亢写信到长沙，邀他的堂叔陈为鸾同赴法国。陈公培到上海后，参加了筹备成立中国共产党的活动。由中国革命博物馆党史研究室李彦、罗征敬记录整理的施复亮（存统）的回忆文章里说："一九二〇年六月底，陈独秀、陈公培（现在是国务院的参事）、俞秀松、李汉俊（李书城的弟弟）和我五个人，在上海建立了革命组织，拟出十余条纲领，定名为'共产党'。"陈公培是这样说的："在陈独秀家里又座谈过一次，共有十几个人参加。除陈独秀外，有沈玄庐、刘大白（后来反动）、戴季陶、沈仲九、李汉俊、施存统、俞秀松，还有一个女的和我。戴季陶最投机，两边挂着哭哭啼啼。（李达当时还在日本，陈望道在杭州，都未参加）。这次会是1920年夏举行的，作为组织共产党的准备，搞了五、六条章程，很简单。"1956年12月，由王来棣访问整理，经施复亮本人审阅、修改的《中国共产党成立时期的几个问题》一文中，施复亮这样回忆："六月间，陈独秀、李汉俊等筹备成立中国共产党，无政府主义者沈仲九、刘大白等也参加了。当时，第三国际代表维经斯基在上海，主张成立共产党。由陈独秀、李汉俊、俞秀松、施存统、陈公培（无名）五人，起草纲领十余条。陈公培抄了一份到法国，我抄了一份到日本。后来，陈望道、邵力子、沈雁冰等都参加了小组。"

这年的秋天，陈公培和陈为鸾一起，带着手抄的中国共产党纲领和陈独秀的介绍信去了法国。上岸时，正巧华法教育会派陈延年到码头来，迎接这一批勤工俭学学生。陈公培把陈独秀的信交给陈延年。陈延年见信后说："独秀那个人，你别理他！"

陈延年、陈乔年兄弟当时是无政府主义者，不满父亲组织中国共产党。在巴黎的无政府主义者有陈延年、陈乔年、徐悲鸿、刘无为、刘抱蜀、独无等人。刘无为、刘抱蜀两个是刘师复的妹妹。不久，陈延年、陈乔年兄弟在赵世炎、陈公培影响下，接受了马克思主义。赵世炎首先发现了陈氏两兄弟的倾向变化，写信给陈公培。赵世炎要陈公培"速即写信"给陈延年。赵世炎信中说，有一部分无政府主义者"倾向颇变"，而陈延年的变化"极为可爱"。

1921年10月，陈公培与李立三、蔡和森、陈毅等108人回国。到上海后，陈公培回忆："我负责介绍李立三、蔡和森二同志于党组织。陈独秀当时在上海，留蔡和森在中央，李立三去湖南，我去海南岛。陈毅同志后来到北京去，不久也在北京入党。"

陈公培到海南岛以后，以教书为掩护，发展了海南岛的第一批中国共产党党员。新中国成立后，他还记得的有鲁易（湖南常德人，琼山六师教员）、罗汉（后来是托派）、和海南岛本地人徐成章、徐天炳、王大鹏、严凤仪、王文明、王乃器。他说："接触面很狭，做不了多少工作。以后因当地反动势力的压迫，仍回大陆，直至1925年，国民革命军到海南岛，党的势力在海南岛才扎下了根。"

回大陆后他加入了国民党，进黄埔军校第二期。北伐战争中，他任国民革命军第四军政治部副主任。1927年参加八一南昌起义。此后，与党组织失去了联系。

陈公培是如何与党失去联系的，有一种说法是他参加南昌起义随部队转战到潮汕受挫，队伍被打散，找不到党组织了。如果这是真的，那他与陈为鸾的情形差不多，都是在白色恐怖笼罩下没办法找到党的组织。但我听他说的不是这么回事。

1967年，我去北京看望过他。地址不记得了，是国务院参事室的房子。依稀一条冷清马路的南面。不宽的胡同。走进胡同，西边好长的灰色围墙。围墙有一不气派的门。陈公培的房子离这门最近。还有几栋格局相同的房子，没问住的谁。要问，一定都是知名人士。

院子里寂静，不见有人走动。空坪里没有草木，猫狗也没有。他在木沙发上，身体向右倾斜，半边屁股坐着。他说痔疮痛，很严重。我坐的木椅，和他面对面，隔一张矩形茶几。我记得最深刻的是他说我幸福。这是开头的话题。他问我在哪里工作。我说在乡下种田。"在江永县，就是解放前的永明。"我解释了一下。他用近乎惊叹的语气说："你们太幸福了。真是太幸福了。"

当年的志士，为实现共产主义理想出生入死的一代，已完全不了解老百姓的忧虑。他们显然以为为之奋斗的目标已经达到了。他是真诚的。建党之初的知识分子，有一些人始终没有从一个热血青年蜕变为政治家。洞穿旧中国黑暗的眼光，在新中国变得幼稚。年轻时候提着头颅在人群中穿梭，现在靠《人民日报》和给党外人士看的内部文件了解天下。他不过是清客，我想不是清客的人，也未必清楚普天之下是什么样子。他们从下级那里得到的汇报材料，使他们的憧憬越来越美好。我问他为什么脱党，他说："我跟王明搞不来，他只听共产国际的。什么第三国际、共产国际啊。斯大林只顾苏联的利益。一切为了苏联。"有红卫兵冲进来，我担心是来抓他的。那会破坏我们的谈话。幸好红卫兵冲向另外一家。他说早几天已被抓出去批斗过了。

1965年，李宗仁回国他去了机场，在报纸上看到的。这是解放后陈公培唯一一次见报。我问那天招待李宗仁吃的什么菜？他回答说："萝卜。满桌菜全是萝卜。"怎么会问出一个这样失格的问题？现在想起来，可能与我到那时为止，吃饭艰难有关系。

我只想多了解一点事。读历史，和听一个从历史走过来的人说，感觉不同。他说难得讲，给你一些材料吧，回去看。看得出他没有被抄家。几房子的书籍齐整。他去一个书柜前翻，拿了几页纸给我。这几张纸是夹在一大开本英文版的维柯的《新科学》里面的。有手抄的，有油印的。是许多年前他和其他人应党史研究部门之请写的回忆。1985年，我在株洲市科技情报研究所偶然发现，这些文字收在1980年人民出版社出版的《一大前后》。上面千多字就是抄的书。

说到老娘娘了。心里好想他肯定我从小听说的故事。如善墉、善墀在第一次长沙会战中阵亡，是老娘娘把他们从死尸堆里拖出来的。陈公培说："迷信。人就是在，也没那力气了呀。不过，老娘娘是个怪人，子孙没她剽悍。"善墉、善墀还有一个善圻是荷叶湖那边的。我不知道他们是哪个的儿子。陈为鸳与陈为韩之间，一定还有人，那便是他们的父亲。

我说了我父亲陈为鸳去世时的一件事。父亲逝世于1944年，我5岁。那时我家住长沙杜家山。美国救济总署选这个地方盖了一批慈善房，门上方的窗棂用细木做成"慈善"两个字。单家独户的平房，一般人并住不进。姑妈陈为灿的男人狄毅人在美国救济总署当科长，大概是这层关系，我们住进了杜家山。光秃秃的山，白骨狼藉，多是军人遗骨，只有腰间的军用皮带没有腐烂。我和近邻的玩伴常在这些敞开的棺材和白骨之中捉迷藏。父亲久病，肺结核。妈妈把陪嫁的蚊帐都典当了。父亲去世当日，娭毑的侄女我叫印姑妈的来帮忙。黄昏时候，妈妈在后院做事，只有印姑妈守着父亲。父亲去世没有给我留下阴影。我不懂得父亲去世意味着什么。我和妹妹善清在户外玩。我进屋的时候，听得印姑妈对我妈妈说，刚才来了一个老婆婆，在三哥床边站了一阵。说了些什么听不清。我正想喊你，她就走了。我妈妈大声说："老娘娘，是老娘娘！往哪里走的？"妈妈赶到户外瞭望，只有秋凉的风。

父亲葬在岳麓山赫石坡。办完丧事，妈妈和印姑妈好几天议论这件事。她们这样天天说，我就记起那天和善清在外头玩泥巴，是有一个老婆婆立在身旁。过了几天她们还在说，老娘娘老娘娘地叹息，空气中到处是老娘娘。我就觉得那天蹲在地上玩的时候，老婆婆摸过我的头。等我站起身，有秋凉的风拂过。

告别泰哥后第二天，我坐火车去乌鲁木齐找堂兄陈善增。"文革"开头两年坐火车不要钱，只要挤得上。尿急了上厕所，攀着行李架，踩在座椅的靠背上，从人头上跨过去。

善增毕业于乌鲁木齐八一农学院，农业机械化专业。在奎屯农7师第2拖拉机厂工作。他来乌鲁木齐跟我住了几天。他是陈为鸾的幼子。比陈善坦小20岁。善增（我叫琳哥）是陈为鸾从关外回来生的，现居海口。退休前是海南民革省委秘书长。

陈为鸾留法归来，一直从事共产党的地下工作。1927年，他是湖南浏阳县的中共县委书记。人手少，他把自己的哥哥陈为鹏和我的五舅狄容邨都发展成中共党员。1982年我去衡阳看他，他跟我说："神差鬼使。我在马日事变的前一天去长沙找省委汇报工作。第二天长沙在杀人，浏阳在杀人。我在路上。"

解放后才知道，省委书记都跑了，哪里还有人。1927年5月的中共湖南省委书记是夏曦。夏曦事先已知道有事变。他不向党内同志透露，不向同志们发出警告，自己携家离开了长沙。

我最小的姑妈陈为湘（我叫满姑），晚年每天默写唐诗，说是为了锻炼脑力和治疗手腕的抖颤。我建议她写下她所知道的祖上的事。几个月后，我收到表妹李大庆寄来的满姑的手稿。是写在旧挂历的背面的。表妹附了一信，日期是1999年12月21日。陈为湘这样写的陈为鸾："大哥为鹏（子望）长期在外。二哥为鸾（子秩）留法勤工俭学归来，从事共产党地下工作。大哥及亲戚狄容邨同二哥在浏阳，公开身份为小学教员。二哥实际是中共浏阳县委书记。民国16年马日事变，二哥因到长沙汇报工作得以幸免。大哥及狄容邨躲到当地夺天巧照相馆，没躲得脱，被捉去砍头。从此二哥与党失去联系，改名陈銮，亡命关外。一直不参加国民党任何组织，当小职员谋生。"

狄容邨的妻子姓沈，是沈师爷弟弟的女儿。陈为湘称她二姐。陈为湘遗稿中说："二姐生子女各一人，子名狄春森。女名细纯。二姐是苦命人，丈夫被杀后，母子三人长期住孤儿院。二姐当保姆。儿女在孤儿院长大。儿子后来学石印。女儿不慎掉进开水锅里烫成残疾。"

1949年8月长沙解放，民政部门颁发了狄容邨的烈士证书。狄春森成了烈属，在长沙浏城桥底下一间粮店当主任直至退休。造孽的是陈为鹏的妻女。他妻女均弱智。其中有我叫"毛姐"的，几十岁还是大舌头。娘女五口在乡下，解放前有家族照应，解放后家族不复存在，陈为鹏又得不到烈士证书，成分自然是地主，所以这五娘女解放前吃不饱，解放后没饭吃。

陈为湘遗稿中的"大哥及狄容邨躲到当地夺天巧照相馆"这件事，是老娘娘说的。老娘娘不说没有人知道。

"马日"事变后第八天，离家11年的老娘娘突然回来了。她是坐轿子回来的。轿子抬到大门口，老娘娘双脚刚落地，陈经庸病逝了。

轿子后头拴着两个黑漆木匣。一个木匣装着陈为鹏的头。一个木匣装着狄容邨的头。

陈为鹏的妻子傻乎乎的，见到丈夫的头颅，呵呵地笑。她抱起丈夫的头放到枕头边，不许人拿走。

陈经庸、陈为鹏父子同日举殡。挽联中有"两代哭爹声"的话。这时张氏儿女尚幼，长女陈为畅8岁，子陈为鸫6岁，满女陈为湘3岁。

老娘娘与张氏相处数日后走了。这是老娘娘确切的出现。以后再有人遇见她，便有仙踪鬼迹的味道了。不用说，仍是一个强盛的生命。她在一边衰老，一边诞生。

我家原有一大箱子祖先遗像。上虞风俗，人死后要请画师来画"揭帛画"。即揭开覆盖在脸上的白布画脸。虽然祖上没有一个做官的，还是男的画上清朝官服，女的服饰像是某品夫人。揭帛画自康氏、黄氏而上，有曾祖父、高祖父母等等。李氏娘娘只有照片而无画像。不说也晓得，没有老娘娘。她永远在人间。每逢过大年，永嘉冲陈家必挂大红堂帐和祖宗画像出来。堂屋正中摆上两张拼成长方形的方桌。上摆锡烛台、干鲜水果；下烧一盆熊熊炭火。初一到十五，天天摆贡磕头。在长沙东乡，只有永嘉冲陈家如此。满姑说："别的人家未见过。"

现在永嘉冲还有当年的贫下中农，仍在使用土改时分得的陈家器物。善辉、善增1993年为把父母骨灰安葬到老家回过永嘉冲。有农民想把分得的陈家的东西当古董卖。一个雕花脸盆架开价7000元，雕花床要12000元。一位老农说，床是陈为鹏一房的，买回去吧，有纪念意义啊。善增后来说："他们要我高价买回自家器物，我想起父亲说的，伯父曾偷爷爷300银元，给我父亲做共产党的活动经费这件事。"（上虞民俗，"爷爷"的发音是"亚亚"）

1949年，陈为鸫以地主、恶霸罪名被农会抓捕。他辩称抗日战争时期，杀死过一个日本军官，有缴获的日本军刀和其他武器做证。农会遂把他放回。没过多久，又再次抓去，被翻了身的农民乱棍扑死。这天，兴奋的贫下中农把永嘉冲陈家老屋里的揭帛画扔到田里烧。刚燃着垫在画像下面引火的稻草，即见一老妇跪在画像前磕头。她满身是泥。额头上也是泥。她磕九个头后，起一阵臼窝子风，昏天黑地，画像卷到天上去了。这是永嘉冲贫协主席罗菊全1964年对陈为湘说的。1926年至1928年，罗菊全十几岁，在我们家里做过长工。他见过老娘娘。他对满姑说："一起风人都散了。我边走边想，觉得这个婆婆眼熟。一下想起来，是你娭毑。我带人回头抓她，没抓到。要是被我抓了，跟你哥哥一样下场。"那个时代贫下中农说话，是这样有底气。

陈为鸦被打死的时候刚结婚，妻子是甘家屋场罗兰芝。罗兰芝无生育，数十年不肯再嫁。永嘉冲老屋不复存在，长期住在娘家。总盼着陈家有人回去。直等到1979年，十一届三中全会之后，才有陈为湘、陈善辉姑侄回老家。她总算见到亲人了。她说："我就相信陈家人不会死绝。"

陈为湘后来接罗兰芝到长沙同住。

满姑80岁那年，写过一篇祭张氏的文章。文中说："阶级斗争越抓越紧，儿被单位点名，勒令将剥削阶级老母清理出省政府机关宿舍。儿先是回东乡原籍，以母亲未参加土改，且无人照顾为理由，向贫下中农协会请求送老母回乡，被罗菊全等贫下中农拒绝。"

陈为湘就是这次回永嘉冲，听罗菊全说了前面那些话。

张氏被老家的贫下中农拒绝了，陈为湘只好送她去桃园陈为畅处。陈为畅的丈夫是桃源人郭子钧，旧军官。郭子钧逃港，陈为畅成了反动军官家属、四类分子。陈为湘祭文说："一九六八年农历十一月十九日。当日姐被派往远处挑塘泥，不能照顾病中老母。后听外甥说，母亲是伏在烤火的烘罩上死的。一边脸烤起了大水疱。"

张氏这样死了，陈亢早在1959年去世。都不再有老娘娘消息。还有陈为韩，解放初期在昆明被镇压，也没有听说过老娘娘到场的事。陈为韩临死不一定想到老娘娘，很可能想到陈公培。不过，陈公培救不了他。莫说陈公培不在党内，行止也无从把握。陈为韩被枪毙的时候，陈公培经潘汉年安排，刚从香港到北京。

陈为韩从保定陆军军官学校毕业出来，进了国民党军队，做过七十三军十五师师长、七十三军副军长、代军长和长沙警备区司令部司令。陈为畅的丈夫，就是十五师的参谋长。

陈为韩没有参与内战。抗日战争时期，他率十五师守武汉。当时敌台广播称"有顽敌十五师破坏力不弱"。1943年，陈为韩回家过旧历年。自制走马灯上书："恭贺新禧，抗战到底。努力杀敌，最后胜利！"当警备区司令那阵子，与陈公培常在一起喝酒聊天，两叔侄像两兄弟一样。受陈公培托付，陈为韩营救过田汉、翦伯赞等人。

我的父亲也在十五师做过事。闲差，糊口而已。我父亲之所以能葬在岳麓山赫石坡，就因为岳麓山是十五师的公山。

我父亲一世人没做过正经事。他生性简脱，有林泉牧歌之志。人是清透的。磊落逸爽。好玩、善饮、乐友。于市街闲逛，闻弦歌必觅其处。见有闲置乐器，取而抚弄，或吹或鼓，配合密致；入不言、出不辞。陈为湘遗稿这样说："三哥为鹄

（子正），聪敏过人，无师自通。"却不事家产，四壁萧骚，身后苦了我母亲。

马日事变后，陈为鸾到了武汉。到武汉不久，他患上疟疾。他是想跟伍仲豪去南昌的。伍仲豪那时是武汉国民政府警卫团的连长。一天晚上伍仲豪来看他，他说："我跟你一起走。"伍仲豪说："不行。你的身体太差，此去甚苦。"伍仲豪一走，他无依无靠，病愈后化名陈銮北上谋生。陈銮跟我说过："我的身份只有伍仲豪清楚，只有他才能证明。但他死了。"陈銮带着他不为人知的"身份"，波澜不惊地老去。

陈銮描叙伍仲豪只有几个字："伍仲豪，耒阳人。孝子。工诗、好弈。"

伍仲豪后来上了井冈山，与林彪、黄公略并称为毛泽东的三员骁将。关于伍仲豪牺牲说法参差。陈銮说的却简单："共产党杀了张辉瓒，国民党杀了伍仲豪。"到底哪种说法是历史，搞不清。上辈人的事，只有上辈人说得清。我们说不清，想不清。

1950年，陈銮去了一趟北京，见了留法的老朋友，那次见到了李富春、李维汉等人，李富春安排他去湖南省政协工作。他不去。他说我脱党几十年，没有贡献。无功不受禄。还是回衡阳做银行职员。直到20世纪80年代，才有湖南省委统战部派员到衡阳看望病中的他，称他是"为党的事业做过贡献的老同志"。

陈銮从关外回来后，在衡阳中正路中国农民银行搞事。职务是"办事"。低于经理和襄理，高于一般办事员。解放后中正路易名解放路，单位改为中国人民银行衡阳市营业部。

1949年3月，陈銮坚持长子善坦到衡阳举行婚礼。他估计到这可能是父子最后的一面。善坦黄埔军校15期毕业，后去遵义军官外国语学校攻读俄罗斯语。他读黄埔军校起，用的是"陈鼎"这个名字。遵义军官外国语学校毕业后，做针对苏联的情报工作。后来担任东南亚地区特务头子。工资每月一千美元。陈鼎做过"中华民国"驻瑞典王国见习武官。期间与一瑞典女子恋爱，上级不批，回国后与陆薇结婚。陆薇是国防部的工作人员，上海百乐门老板的女儿，去台湾后，在中华航空公司工作。陈鼎跟蒋纬国关系好。1949年，两百万人涌进台湾，生活艰苦。蒋纬国每个月固定从自己私人账户划给陈鼎100美元。那时国民党部队的薪水每月只有一银圆。

陈鼎最后做了蒋介石的情报秘书。蒋先生谢世，又做了蒋经国的情报秘书。陈鼎的任务是每天将世界各地台湾情报部门特工收集的情报，整理成16开纸上报，交总统阅读。办公室与总统同在总统府二楼。

蒋介石对陈鼎印象好，说他"才智过人，桀骜难驯"。

1955年，蒋介石送过一张自己的照片给他。右边写"陈鼎同志"，左边写"蒋中正，民国四十四年"。

陈鼎给总统写的报告没有被打回过，以前的人和级别更高的人常常被蒋先生打回重写。

十多年前，善增去台湾看望他。他有职业的谨慎。在台北街上，两兄弟用俄语交谈。

台湾的安全局局长对陈鼎说过，曾一度怀疑他通共。

他说国安局暗杀人要经总统批准。签字不是签本名，是个符号。歪歪扭扭的一个特殊符号。

他拥有特别通行证，一辆吉普车。任何时候可以见总统。即便是半夜，也畅通无阻。

他不喜欢李登辉和宋楚瑜；对小蒋的印象不如老蒋。

陈鼎写过一本有关台湾安全局的书。善增想看，他不肯，说只有系统内部的人才能看。善增憨厚，不再提。要是我，会偷出去复印，里面一定有可写的材料。

陈鼎现住台北内湖区内湖路2段173弄。

2005年10月11日，那日重阳。陈鼎昼寝，梦老娘娘赠诗。醒后记得"种落台湾枝叶茂，寻根还在永嘉冲"两句。

写这文的资料除已声明的以外，深得善增的儿子陈珉帮

助。陈珉是我所知的大陆定字辈的唯一一人。他是在新疆奎屯
农7师出生的,小名"巴朗",维语"男孩"的意思。我见过
定字辈的另一人,陈善圻的儿子,年纪跟我差不多。名字已经
忘了。1959年的事。长沙烈士公园的烈士塔还没拆脚手架。他
缘脚手架攀到塔顶,选择了每秒每秒9.8米的加速度下来。

陈善圻是旧军队的团长。长沙解放时只身去了台湾。1998
年善辉到台湾探亲,听陈鼎说,善圻原在台北,常有来往。
善圻又娶了一个妻子,那女人原是王东原亲信李饮和的情妇。
初到台湾时,李饮和奉王东原之命,筹集了黄金六斤,准备办
什么机构。后来李饮和自杀,此女即带了这六斤黄金嫁了陈善
圻。这事听起来不甚光彩。

陈为韩子女多。我记得陈为韩的大儿子陈善堪,小名桂
桂。他们应该有定字辈的人在;还有善埔、善墀,可能也有后
人。陈为韩还有两个女儿,长女名陈善芷,我叫萍姐,现居云
南楚雄。萍姐长女名李莉,在云南艺术学院电影电视学院任党
总支书记。

在台湾,定字辈有三人。都是陈鼎的儿子。大儿子和小儿
子在中华航空公司工作,二儿子做生意。这三人又有了必字
辈、昌字辈子孙。他们迟早会听到我的老娘娘的故事。老娘娘
或许还在。她的每一个子孙的命运,不过是她的尝试与探索。
我们最终会发现,她不是什么。

天无绝人之路

　　一个叫陈岭梅的人，从省里来到江永县抓我。那天早上，我在江永县长途汽车站等汽车。我到县城到得早。摸了一夜的黑路，到达县城才蒙蒙亮。我买到了首班车的车票。买到车票后，我站到一棵大树后面，要看到司机发动引擎了才上车，以躲过开车前的盘查。虽然找不出确切的理由需要躲避盘查，我还是很天才地处处谨慎。我相信到了长沙就会有饭吃。那里熟人多，无论如何找得到事做。这之前要尽可能避免横生枝节，目标就是回长沙。想到长沙就幸福温暖。就像那天早上，手里如果有一个烧饼就会有幸福和温暖一样。

　　铁了心地要离开江永也许是我的过敏，总觉得那时候的江永，至少不适合我的生存。当时的现状是被关在县看守所的人相对安全。所以在江永发生了知识青年"大逃亡"这类事。"大逃亡"是在解放军的协助下实现的。我不是知识青年，身份十分暧昧，比起他们来，多了几分风险。到底怎么回事不说了，那些事对我的这段回忆不重要。何况那些事许多人选择了回避，我也是这样选择的。

　　陈岭梅上午坐吉普车到达江永。他一到，就向县里有关部门布置了抓捕我的任务。电话毕竟快，公社武装部长立即带人到张家抓我。陈岭梅得到的反馈是，这家伙昨天夜里还在张家村，今天无影无踪了。造成这样跌宕的效果只怪我自己。我是在月亮高悬前山时动身的。在离开村子前，我故意去村干部家里这家坐坐那家坐坐，言谈举止给了他们我的一颗红心已扎根广阔天地的印象。

　　在同一天，他来我走，本来不过是巧合。这巧合令陈岭梅兴奋得不得了。他认为被他发现了一个能力非凡的阶级敌人。他指挥了一连几天夜以继日的大搜捕。全县民兵被调动起来，带着梭镖，扛着大刀，举着火把，向荒山野岭发动突然袭击。一个忘了名姓的下放井边公社的女青年对我说过，"连我们蚊帐顶上都过过细细搜"。民兵干部向知识青年宣布，上级的通知里说，这个家伙有电台，有无线电收发报机，专做三元一张的假票子。

　　家里没有人。妈妈到洛阳妹妹那里去住了。我用一根细铁丝开锁。小偷那时多，他们内行，见到这样的锁晓得不值得光顾。其实我家即便敞开门，小偷也没有兴趣进来的。

　　进屋就看出来妈妈的收拾原封未动。

到长沙后没有没到长沙时想的那样好，朋友一个都找不到；以为是朋友的看见我转弯；左邻右舍的眼睛里充满警惕。我很快觉悟到，仍然是在无垠沙漠里，不过是从沙丘的这一边翻到了那一边。每天一定是吃了东西的，现在的回忆最困难的是吃了什么，是怎样得到的那些无论如何想不起来的食物。这是一个找不到答案的问题。唯一明朗的只有一件事，那就是只要有吃，做什么都可以。于是我理解了在下放的女青年中，有农民给她一碗稀饭，她就把本该献给革命的青春先献出一点来的人。

大概过了三四十天，每天都在街上游荡。在别人眼里我是游手好闲无所事事，不知我正饥肠辘辘想入非非。饥肠辘辘的人最想入非非。我希望碰到好运气。我碰到的最好运气，是一辆板车雇我推了一整天。这也真是好运气了。一整天在一起流汗，人就熟，上街再遇见，还是雇我推。拉板车的人姓张，阔脸厚唇，膀角四围，都喊他张大汉。坐马路边抽喇叭筒说说话，原来是读书人。这样慢慢成了朋友。他住北正街，靠一辆板车养活老小六口。张大汉遇到挡住他去路的警察，必朝天大吼一声："让开！"这是他唯一可以理直气壮说话的机会。我们在马路上相逢，在马路上分手，赚他一角两角钱力资。张大汉字好文笔好，晚上帮人写家书。有送礼的，他叫"润笔"。我把他给我的力钱叫"润臂"。

那日多云转晴，黄衣白从我门前过。黄衣白是厂子铺公社荷柏棠的。下放的知识青年从江永跑回长沙，又从长沙赶回江永是常事。他劈面一句："你怎么还在家里？"我问："么子事？"他把风声鹤唳大搜捕的事告诉我。说他的帐子顶上也搜过。满山的火把，地毯式搜索。黄衣白相信我不死即伤。他还说在道县汽车站看到缉拿我的通告。我一听大喜过望，心想难怪一早喜鹊喳喳叫。我早晓得牢里是有饭吃的。饭食送到手上，只有大老爷才能享的清福。灵敏的大脑立刻意识到，眼前的难题有解了，终不负吉人天相这句话。

费了两天时间打听，我走进了对我有兴趣的那间办公室。是个什么机构不记得了，这是并不重要的。有那么一个人，一个机构，一种势力或不过是一种臆测关注着我就可以了。那个时候权力机构群众组织分不清。群众组织可以抓人，审讯，把人关起来。权力机构又有叫着一个群众社团的名字的。比方说"人民公社"。"人民"而又"公"，还"社"，听起来是民主满地可捡，人人的意见都可得到尊重的群众团体。

我像求职者那样作了自我介绍。简短的说话如果写在纸上，是一篇不错的自荐文字，也可以说是诚意十足的申请书。办公室不大不小。玻璃窗却很大。乱七八糟堆满了档案夹文件夹和纸张。忽然云开，灿烂的阳光把我照耀得原形毕露。端坐办公桌前殚精竭虑的人望着我，正是我要找的陈岭梅。我不能肯定他是不是还在找我。我只能肯定我是在找他。他十分气恼地问我躲到哪里去了。我回答说在家，我在家里。他严厉揭露我，扯谎！我马上发觉犯了错误。不应该说在家，说去了哪里都可以，就是不要说在家。陈岭梅根据各种渠道得来的检举材料，把与我可能有关的人的住处都查遍。就是不查我的家。他判断狡猾的阶级敌人，不会愚蠢到坐在自己家里束手待毙。我掷地有声地说"在家"，还当着他的同志们的面，这是对他的不恭敬。我赶紧改口说是的，白天多半不在家。

根本没有手续。一点都不啰唆。他吩咐两个人押我去他们关人的地方。我立刻松了一口气。他们有许多关人的地方。不能叫牢房。牢房是监狱里的房间。监狱要国家才有权兴办。他们看来并不是国家。不过明显得到许可。许可或放纵的那股力量是什么说不清。这两个人把我押到湖南医学院一栋教学楼的地下室，上面的上面是解剖人体的地方。地下室挤满了人。每个人可挥洒的空间和身体相等。我和戒元和尚坐靠在有一个小小的通风窗的那面墙上。通风窗的下边与外面的地面平齐。

这里关的是扒手、工人、社会闲散人员。工人是在几派（绝不止两派）斗争中失利的人。知识分子、干部和走资派没有关在这里。这里是关下等人的地方。戒元和尚要么关错了地方，要么是关知识分子、干部、走资派那边挤不进了。

　　天遂人愿，正值气候宜人的晚秋。站起来不方便，我们从早到晚坐靠着墙壁。要睡了往被子里一梭，醒了扭出来坐靠，下半截身子在被窝里。刚进来闻到闻所未闻的气色，没过多久什么气色也没有了。整天等着密实的铁门打开送饭菜来。饭菜好，有时有红烧肉。戒元和尚肠胃不适应，吃下去拉肚子，一有红烧肉他布施给我。这是外头莫想的好饭菜，不几天我发福了。就像药品，不常用药的人容易见效，所以医生不赞成滥用抗生素类药。我因为并不常用饭，饭吃下去，尽管剂量不大，对我是很见效果的，看看红润了。叫煤扒子的扒手首先发现了我的惊人变化。

　　这里有一堆扒手，满口黑话，我能听得懂。他们因此视我为弟兄。我觉得温暖。这是回长沙后第一次感到了温暖。我早晓得回长沙会有温暖的。煤扒子还有一个叫松火钩的尤其实在，每餐都匀一口饭给我吃。我就说《基度山恩仇记》给他们听。我读的这本书是一个长沙市七中的学生从学校图书馆偷出来的，解放前的版本，足足十年前的事。在我说故事的时候，他们摆出香烟和糖粒子。他们的香烟、糖粒子还有饼干络绎不绝，是晚上从通风窗丢进来的。这群人好义气，兄弟蒙难，外面的兄弟竭尽全力支援。煤扒子跟我说，我写条子出去了，他们会照顾你。你要放出去了，不愁没饭吃。看来煤扒子在他们的集团里是有头脸的人物。

　　这里一般不提审，铁门关得死死的，里面开了锅都不管。只在他们手痒的时候提个把人上去修理修理。扒手们经常享受这种待遇。有一次煤扒子被修理得脚手错位，扔进地下室半天没动弹。戒元和尚伸出两只长臂猿才有的手臂，在他身上这里按按那里捏捏。不多久，煤扒子又生龙活虎了。从此戒元和尚也被扒手们视为自己一边的。

　　煤扒子信任我，秘密也跟我说。他被抓过许多回了。扒手不怕打，他们练过什么功。他们的人如果不慎"扮得阵上（被当场抓住）"，都是坚持说"只这一回，是头一回"。怎么打也是"只有这一回"。

　　地下室里只有我叫"戒元和尚"，别人都叫他黄戒元。戒元和尚天生罗汉相，庙里塑的罗汉是什么样子他就是什么样子。他做住持的开福寺先前有五百罗汉，是清代的手工。小时候我进开福寺的罗汉堂，爱看五百罗汉。大人要我哪只脚先进罗汉堂就从哪边数起，从抬眼望见的罗汉起数，几岁数几个，数到最后的那个罗汉的功德就是我的运程。我数过好多回，记不得我的罗汉是做哪行的。戒元是学佛者，也是佛学者，于龙树菩萨的理论别有心得。晚上睡不着了，叽叽咕咕在我耳边说着他对空有的思考。每说完，长长地出一口气。一口长到吹拂人间的气。白天他坐着，两只过膝的手臂卷起来，像两根缠绕的古藤。当他的鲇鱼嘴巴下唇向下翻的时候，我晓得他有话跟我说了。一般只有两个字。白天从他口里出来超过两个字的话有两次。一次是我观察到他对我说的故事也有兴趣，我问他这样的故事你听起有味吗？他说一切诸法都是佛法。还一次是煤扒子挨打后问他，如果打你痛不痛？他说痛。煤扒子说佛菩萨不会保佑你吗？他说佛与人同，亦有生死。戒元说话秀气。然而斩钉截铁，言竟便默。

　　他只在深夜人都入睡了跟我说起话来。那才是真正的说话，滔滔不绝。他细细摸摸讲《大智度论》。白天他多说"没有"。刚进来的时候我有如愿以偿的感觉，他说"没有"。我说一天到晚不做事饭菜送到手上是福气，他说"没有"。眼睛在两边高耸的颧骨上闪烁，透出只有我看得出的微笑。后来我有了煤扒子几个朋友，生活大大改善，心满意足。我说我是遇难呈祥的命。他说没有。人心是不知足的。好日子过久了人在福中不知福。不再像初来那阵的安心。我奢望更好的条件。我认为对现状的不满是积极的。这就是追求。我开始嫌这地方拥挤肮脏。一定有嗅不出的臭气。他说"没有"。我说我们就睡在医院下水道旁边，脓、血、脏器、排泄物，还有幸亏并不活跃的密密麻麻的蚊子，怎么会没有气色！他轻轻地说"没有"。两只手古藤一样盘起来，吐出一口长长的气。他有气呼出来，不见他吸气。世间污浊不进他的身体。

晚上，他说什么我都听不进了。他见我生厌焕心，改说《十二门论》。换个口味，以为我可不至于太烦。我还是烦。我说我实实在在地烦了，你怎么没有我也有。他还是"没有"。我便不理他，转去欣赏壁上的水印。壁上的印渍生动活泼。定睛面壁，山川湖海、虫鱼禽兽、天龙神鬼活灵活现。壁上一幕幕演出天上、人间、地狱的事。到有一天我把三界历遍了，又回复到无能自拔的烦恼。戒元和尚要我静心息虑，舍去妄念。我哪里做得到，日夜起坐不宁。我痛恨他们只关不提审。如果提审的话，可以跟审问我的人玩玩文字游戏。他们是把我忘记了。陈岭梅已失去对我的兴趣。他不得不关我。要是关都没关，不好向江永县的民兵领导人交代。

还好，戒元想出个办法。他见我根器低劣，教我宝箧印陀罗尼。他把咒语写在纸上。字多数不认得。认得的字不懂发音。这反倒引起我的兴趣。我素来喜欢古怪东西。他夜晚口授，我白天默念。他说这是神力无穷利益无边的神咒。当年释迦牟尼念完这咒，就有诸佛如来从瓦砾堆里拱出来称赞"好啊好啊，释迦牟尼"。戒元说我背熟了，可得安稳快乐。戒元说得不假，我把宝箧印陀罗尼倒背如流的那天，厚实的铁门为我开了。

我盼望的好日子终于来临。下来两个戴红袖章的青年人把我叫上去，像一包邮件那样把我移交给两个年纪大些的人。

这两个人给我上了手铐。上火车后，他们要我保证不逃跑，不给他们添麻烦，就把手铐解开。我给了他们诚恳的承诺。第二天，到达江永县看守所。在周所长的办公室里办完了移交手续。这叫"遣送回原籍"。怪不得如今六七十岁的知识青年，称江永县为第二故乡。

周所长把我向号子里一推，宽敞的牢房使我激动得喊出一声"豁然开朗"。后来证实，县里的财政收入不如省里的好，饭菜是差些，但号子里的新鲜空气和干净明亮，足以补偿。

田野最终归于平静

湖南省江永县夏层铺镇下甘棠村于2011年11月11日至12日举行了两天的庙会。11日活动的主题是请神，12日的主题是砍牛。

既是庙会，少不了舞狮、拜神、聚众吃喝、唱大戏。这些内容从11日延续到12日。12日这天，四面八方来了上千人，小汽车有十多辆。

舞狮与大戏并不能招徕太多人，盛况空前是砍牛的吸引力。六头牛，这天，2011年11月12日，农历辛卯年十月十七，将被一头一头砍死。

砍牛之外，吃喝是重要内容。在一个宽大简陋的大餐厅里，几十桌摆开，一轮又一轮地大块肉大碗酒。吃完一轮后，像热带气旋扫荡过的餐厅，杯盘狼藉，餐桌上立刻摊开了为下一轮准备的刚宰的一边一边的猪肉。

砍牛的隆重仪式，在风光秀丽的石山壁陡的一面举行。西边有路上山。沿路上去是庙。一座小庙。庙里坐好十几尊11日请来的神。都是尺把高的小偶像。不知道是泥塑的，还是木雕的。有些有胡须，有些光着下巴。不生动的样子。个个寒酸而腐朽。

庙前两边瘦黑的石头上老早堆满了人。这些人放弃舞狮、腰鼓的表演，争先占一个好位置。他们要看牛在神前挨第一刀的时候，牛怎样表演、人怎样表演、神怎样表演。

天气还好。不冷不热。不远处闻名的古村上甘棠对这样的庆典没有热情。它在露水洗净的晨光中安然自处，不屑这里的人声鼎沸。下甘棠不一样了，石山下的水泥路边的地摊子上，摆着香烛、鞭炮、纸钱。满怀节日兴奋的人群，男女老少地来了。

四个人扮成的两头狮子，撩开黏稠的序幕。它们由一个人领着，依次在祠堂前磕头，戏台前磕头；在一个莫名其妙的地方磕头。锣鼓、鞭炮、叫喊，把平日和平的乡村搞得神经质。文明早期的欢快深处，有难以察觉的悲剧气息。

昨日很中心，现在冷清了的戏台前，并不整齐地站着今日的牺牲。这是六头漂亮的水牛。它们的体形处处引人注目，没有哪一部分微不足道。它们头顶戴着大红花。化学纤维扎的大红花是极刑的确认。

戏台前的空坪，蜿蜒至此的水泥路，年代久远的上山的石板路，被昨日和今日燃放过的鞭炮覆盖。粉碎的世界。不寒而栗的颜色。

唯有六头牛，六头驯良的动物，是聚集在这个场面的上千生灵中最美的生灵。它们的脸任何时候都真实厚道没有秘密。眼睛像圣徒光照明亮。润泽的毛皮，和谐的线条，它们天赐的优雅，与生俱来的尊贵气质，使即将发生的事件，无异于把一件自然的伟大作品敲碎。温暖与尊严，即将敲碎。

围观的人越来越多地麇集在田埂上和收获了一半的干涸水田上。

忍辱、勤劳的生灵，面对没有收割的另一半田野。眼里流露出并非关于自身的巨大焦虑。

饱满的谷穗垂着头。

成熟的田野记得春天，记得它们劳动与奉献的爱好。正是它们，使田野有金黄的收获。它们本在做着明年的梦。

今天，在梦没有做完的时候，它们的生命过程将要停止。

一群穿着迷彩服的人，是十几个人，其中一个人手持大刀，围住他们选中的一头牛。十几个人这样重复地做。他们强迫牛上山，在神前下跪。牛站在神前的时候，有人十足小人地偷偷摸摸用绳索套住毫无防备的牛的后脚。

它们自愿昂起头来，让大刀在颈子上拖出一道血口。拥挤的观众没有被超凡的镇定感动。他们用摄影机、数码相机、智能手机，记录第一注血飚出的瞬间。

神没有出现，真正的神跑得远远的了。庙里坐着的如果是神，那是邪神，直瞪瞪盯住一排贡品，连望都没望一眼牛。

鞭炮、锣鼓参与进来。血打湿了庙前的石阶和路边的岩石。人把牛拖下山。在没有节奏的兴高采烈中，厚厚的鞭炮残骸掩盖了一路的血。牛默默地严肃地走向最后时刻。牛被拖到戏台右边的空坪，几个人把早就套在四条腿上的绳索用力一锁，庞大的身躯倒下。赶到这里来的人最要看的一幕开始了。有一阵小小的骚动，不赞叹也不哀悯的声音此起彼伏。十几个人扑向牛，按住它的头和脚。牛没有鹅鸭那样的叫喊。它们知道叫喊无济于事。既然叫喊无用，不如死得尊严。

看到的就是这样，没有呐喊，没有发泄。

它们是有力量把屠杀它们的人踏成齑粉的。但自幼接受的教育，使它们弃用暴力。有一种教育，紧紧捆绑高大的灵魂接受死亡。这是一代接一代的相同的教育。为了驯养而实施的教育。牺牲是它们的理想。它们生下来就为今天做好了准备。

牛动弹不得了。拿刀的人又蠢又笨地用飞快的刀在颈子上来回割。牛头剩下颈背的皮肉与躯体相连。四个人用绳把头向后拉，它的四条腿被更多的人用绳扯住。伤口被撕开。一个中年人拿着保温杯过来接血，一仰而尽。

五头牛都是这样死的。

第六头牛因为年轻，场面多一些伤感。它在神前不肯跪下，执拗地维护它的高贵。挂在两只角中间的大红花被甩下来。它不承认今天的判决。它在庙前上上下下转了五六圈，把要迫使它下跪的人累得气喘吁吁。它太小了，还不懂事。它好像要提醒人们注意它的优美，期望麻木不仁的人不要摧毁它。不过它在喉管差点被割断的时候放弃了幻想。有泪的眼睛望向岩石上的一个小孩子像是诀别。

它的生涯和那个小孩子一样，刚刚开始，或者说还没有开始。它原本可以把整个山头变成层层梯田。它可以协助人把荒芜改变成果实累累的绿荫。它的梦想，在朦胧中扼杀。

可能是它的朋友的小孩，是这个场面中仅存的温润。他手里抓着一把青草紧追下山，始终做不到把青草送到它嘴里。

年轻的牛最终被拖到五条牛的血泊中。颈部的伤口被无情地撕开了。血像火山喷射，它内心的火焰高高燃烧。相当于人的右手的那条腿，痉挛着，直指苍穹。这是它的生命最诗意的片段。

锣鼓、鞭炮和腰鼓一齐响起来。

原野停下了最后一次抽搐，场面逐渐平静。人们清楚最好看的戏演完了，稀稀拉拉散去。他们时不时回望戏台这边，远远看见六张硕大的牛皮有如六面残旗偃卧。正好是最年轻的那头牛的俊秀的头颅倒栽着，英武的角深深插进田里。

没有悬念的游戏结束了。

但它们，还没有冷却。强有力的心脏把带着泡沫的血断断续续泵出来，一股一股灌进裂开的土地。

好贼余三

2011年我回过一次长沙，那天是8月26日。在与等在烈士公园的朋友匆匆聚首后，我谎称要当天赶回广州。不这样说，不好意思还没尽兴就离开那样热烈的场面。我心里挂牵另外一位朋友。都到了"阎王不请自家去"的年龄，错过和一位小时候的朋友的见面机会，说不定就是永诀。在烈士公园东门上了一辆出租车，朋友们以为我是去坐高铁。

几经周折才找到余三的住所。他还是住在北门城外的湘江边上。这地方叫新河。从前的新河是淡青的；凌乱，冷清，空旷。一阵带着水汽的河风，把几十年前的风光吹上心头。我在河边坐下，打算抽一支烟再进屋。

美人名将老病之状尤为可怜，进余三的门之先，我想到陈眉公这句话。虽然我只存着余三犷悍斩截的样子，心里还是晓得，我是什么样子了他就是什么样子了。尽管他年轻时候壮勇过人，几十年冰霜摧折，说不定比我还不像人。

长沙历来有一种人被称作"叫脑壳"。"叫脑壳"不同于流氓、地痞。纯粹的叫脑壳不过是开口起高腔，动不动喊打。并不偷抢，不调戏妇女，不耍赖，不骚扰邻里；还讲义气、重然诺。

"叫脑壳"在解放前，多为争码头抢地盘打群架。有打死人的。解放后也打群架，也头破血流，没听说死过人。多半晓得，解放前犯了法有跑，解放后犯了法没得跑。解放前打架用刀斧铁棍，解放后虽也砖头石块扁担兑现，一般是用拳头。小刀子拿在手上，不过做做样子。

余三就是这号人。余三是新河的头号"叫脑壳"。但余三并不"开口起高腔，动不动喊打"。他懂道理，知礼节。

同乡中，余三独尊保护过孙中山先生的杜心五前辈。心五先生也住北门。在余三起心找门路拜师的时候，先生去世了。这是1953年的事。他钻进灵堂行礼，记住了抄挂灵堂的徐悲鸿的唁电："心五先生卓艺绝伦，令德昭著。"他记住了"令德昭著"。就因"令德"崇拜杜心五。后来在他妈妈捡的破烂里，翻到一本《隋唐嘉话》。他读到"英公尝言'我年十二三为无赖贼，逢人则杀；十四五为难当贼，有所不快者，无不杀之；十七八为好贼，上阵乃杀人；年二十，便为天下大将，用兵以救人死。'"他掩卷想了好久，思量学李勣，做好贼。

说起他妈妈，我在认识余三之前早见过。住在北门的人，大都见过她。那时我小，好奇，跟踪过。她拖一块木板做的小车。因为是四只旧轴承做的轮子，所以在马路上轻巧。她把拾到的废品放进小车上的麻布袋里。袋子装得满满的了，送到废品收购站去卖掉。她是看也不看地把扔过来的钱塞进腰间的口袋里的。她留意书，捡了一屋子。1966年后，她捡到的书，还有字和画，要再搭一间茅屋子才放得下。

余三因此有书读，还学会了作诗。有回他念过这样四句给我听："饮一两杯酒，读三四页书。心中无鸟事，窗外日徐徐。"并不怎样的好，并不怎样的不好。但"叫脑壳"作成这样，算是很好的了。对他我还是直说不怎么好。他问我，如何不好？我说"心中无鸟事，窗外日徐徐"不是你过的日子。吃饭尚且艰难，哪来的优哉游哉呢？还落入一个抄"窗外日迟迟"的话柄。他心服。不久他去名山寻师访友回来，有两句说"绝顶不知还有寺，暮钟云外一声敲"就不得不说好得很了。

少有人晓得他好读书，都晓得他好打架。他读书通宵不寐；打架跟看戏观灯一样。他个子小，身手利索，彪形大汉不在话下。以湘江为界，铁佛东街、开福寺到捞刀河圈定的范围里，他可以定乾坤。长沙人叫"喊得句子死"。

他读史记，见游侠列传里的人全不得好死。势力再大声望再高，最终都被朝廷剿灭。何况如今老太婆也可用冲锋枪扫倒武林高手。所以，他渐渐不看重自己打架的本事。他仰慕有德望学养的人。与人交谈，从不提拳经脚典；遇人说古今中外，唯唯诺诺执弟子礼甚恭。他只在制止斗殴的时候动拳脚。无论打得怎样难分难解，一般他到场，大吼一声"莫打了"，双方都会呼哝哐唧丢下手里的东西。有不听他的人，是不知他威名的人。这就是他现打的时候。

余三打人不现形。有回北门的"叫脑壳"跟一群不明来历的人在河边头打群架。他闻讯赶来喝止。那群人不听讲，一窝蜂喊打。他对那个为头的说，你有娘没有？对方说有。他说："那好，我不断你手脚，只让你脱臼。"那人于是扑通倒地，双臂脱臼。人人都说余三没有动过手。只看见他这样扭了一下，那样闪了一下。他打架就是这样形意迷离的。

余三的身体没有反正，不分前后。两只拳头胸前背后一样打。双脚可以前踢过肩，也可以后踢过肩。他的头、肩、肘、腕、臀、膝都有攻击力。动起来没有骨头。打架的时候，碰到他身体的任一部位都是铁。

1960年春上，余三门口站了一个讨饭的细妹子。细妹子说刘德生、刘德全是她哥哥；自己叫刘细宜。余三说，你讲的两个人是我亡友。留下吧。刘细宜和余三母子晨昏相处七年后，跟余三结婚了。他们有一个儿子，现在40多岁，用余三的话说，"算是争气的"。

刘细宜的两个哥哥是余三打恶架打出来的朋友。一架打完，两兄弟要拜他为师。余三没有收他们做徒弟。余三只说"玩"，不说收徒弟。他只是一个小孩子。对他心服口服的无羁年少，都比他大几岁。刘德生比他大6岁，刘德全比他大3岁。

刘氏兄弟来到湘江边，跟余三一起搞搬运、起河沙；闲时练拳脚。他们爬竹竿、玩石锁、翻筋斗、走危墙、射弹弓，接受余三无门无派的招式。这样相处并不是很久，余三动员刘氏兄弟参加了中国人民志愿军。他自己也想去，年纪太小，军中不收。湘西匪首青帕苗王龙云飞被打死了，股匪投降后，有收编进志愿军的。刘氏兄弟所在的那个排，有几个龙云飞手下，都是弄刀弄棒的山里汉子。闲时拳脚来去，个个服刘氏兄弟的周。兄弟两个都当上了班长。不久两兄弟在朝鲜牺牲。一张用钢笔写的潦草的阵亡通知书，称他们为国际主义战士。

余三的这些事我一直晓得，就是不晓得为什么他会跟刘细宜的哥哥打恶架。这天余三跟我说了这件早年的事。他说话声音低，句句结实。比我还大几岁的老人家，他的神气不是我还没见他的时候所以为的。不但不荒颓失落，竟然英气逼人。他说这辈子幸亏打过那一架。再晚一点，有打也打不出来了。他说，你看，一解放，哪个还有打？比起有很的人，我算什么？
他意欲大肆发挥。我要他莫扯远了。他才讲起他认为幸亏打过
的那一架。

久旱，湘江快见底了。余三应他表哥之请，在长沙东边乡
里杨泗庙，帮他表哥的村子争水，打过一次声势浩大的群架。
在像烧红的烙铁一样的太阳下，双方锄头、扁担、柴刀、板凳
交锋了一个时辰。这次斗殴，淋漓尽致地展现了他的亡命精神
和打架天才，使小小年纪的余三声名远播。此后几个月里，长
沙城里的酒楼茶馆，乘凉的公公婆婆，都以这次斗殴为一持续
话题。他表哥这边，靠着余三带去的一帮兄弟参与，虽说也有
脱手脱脚血流满面的，却是完胜。对方为首的刘德生、刘德全
兄弟，当场拜余三为师。不共戴天的斗殴在荒谬中结束。

刘氏兄弟宣称认输的时候，天空无声无息聚集了厚厚的乌
云。接着是一场排山倒海的风雨。这场风雨，与无天道的旱情
以及这次斗殴的规模和激烈程度，同为长沙县史上罕见。他
们只顾拼杀，一点没留意暴风雨的酝酿过程。带着雨和电的云
层来得唐突。哗哗的，一阵一阵的横掀的雨，有力地敲在树叶
上、土地上、屋顶上。闭着眼睛的风雨的思潮，猛烈地席卷、
冲刷、扫荡。农田充满了。沟壑横流。水像瀑布从田塍的这边
翻到那边。弹指间龟裂的小河，变得波涛滚滚。刘德生两兄弟
是泅水过来拜师的。

　　余三叫他表哥照应自己的村庄，他带领五劳七伤的弟兄去对方的村子抢险。茅屋揭顶了。墙被推倒。老人叫小孩哭。他们在雷霆风雨的肆虐中，把老人小孩转移到祠堂去，转移到富人家坚固的大屋去。这群年轻人一直忙到断黑。余三倒在土地公公脚边睡着了。

　　晚饭后，我步出户外，遥望上游河对面的岳麓山。余三在我背后说："看什么？寒日无言西下！"

　　我们坐在河边，相距丈许，静听湘江纯正的长沙口音，一路抑扬顿挫直下洞庭。

梅花盛开

很久以前，长沙蔡锷北路一条小巷子里，有一家街道办的华光印刷厂。这样小的印刷厂靠账本、信纸、信封以及各式各样的三联单、四联单为生。教科书，领袖文集，少见的科学、文学著作和后来的粮票、布票，是国营的新华印刷厂的任务。国营企业没有"业务"这个词。利润不是企业领导人的主要考虑，一切与政治挂钩。

早先唐申在国营大厂工作过，做过民兵排长。民兵比武的步枪射击、投手榴弹、格斗他都在前三名。有过几年光荣的感觉。1955年的肃反运动他没有过得了，一封检举信揭发了他参加过旧军队的一次战斗。还好，工厂领导对他做了该抓不抓、该关不关、该杀不杀的宽大处理。他被清理出革命队伍，也就是清理出国营单位。他到了街道上。进了华光印刷厂当勤杂工。打扫车间，倒痰盂，清理纸筋，上班前给大厂早已淘汰的圆盘机加油，是他一天的工作。不知从哪天起，政治学习任务越来越重，他兼任了读报员和读书员。

读报员和读书员，是与意识形态有关的职位。政治上讲，唐申不够资格担任这样敏感的工作。若从经济上考虑，他是最合适人选。政治上衡量，他有历史问题。经济上斟酌，这样可为工厂省一份报纸钱。一份报纸，钱不多；不得不认真对待的是，天天要一份。有句话说"不怕数额小，就怕勤发生"。为解决社会闲散劳动力就业的街办小厂，没有气魄如国营工厂，不在乎这样小的开支。谢厂长综合考虑后，报请街道办事处批准，对唐申采用了严格监视下的有限度使用政策。

办事处派员来厂里进行了断续几天的审查。他们在上班前带着当天的报纸到工厂来，听唐申背社论。唐申面向全厂二十几个职工背社论。他明白自己的身份，背社论像作检讨，没有使人看了不顺眼的志满意得的神气。

他过关了，所背的当天长篇社论或重要文章一个字没错过。工厂成功节约了一笔开支。唐申成了这家工厂必不可少的人物。

为了工厂的政治学习，唐申每天一清早要去街上的报纸栏看报纸。没隔多久，政治学习任务加重，要背的文章多。除了每天的社论、重要文章要背，还有厚厚几本书，指到哪一篇就要背哪一篇。谢厂长允许他下午提前半小时下班。前提是原有的事情一件不可少做。

华光印刷厂所在巷子的马路正对面，是长沙市教师进修学院。院长是陈静山先生。陈院长有所闻了。他说熊希龄之后没见过记性这样好的人。陈院长要姓雷的教导主任开了介绍信，随便拿了一本《马克思恩格斯选集》跑到工厂来了。陈静山院长翻开选集，信手一指，是马克思的《危机和反革命》。唐申读罢，把选集交还，从"科伦九月十三日柏林的危机更加深了一步"，到"谁有更大的勇气和更多的毅力谁就能取得胜利"，滔滔不绝。

　　好景不长，转眼到了他和谢厂长同时站在马路边搭的台子上挨批斗的岁月。谢厂长剃半边头；胸前挂的牌子上写的是"包庇反革命的走资派"。唐申胸前的牌子上写的是"历史反革命分子"。谢厂长陪斗，主要斗争对象天天是唐申。唐申把罪行说了几十遍。革命群众人人可以背出来了，还是要他天天站在台上交代罪行。他的罪行，集中在1942年1月某天的几个小时内。

　　第三次长沙会战那时候，唐申14岁。那天他爬到南门冬瓜山战壕里，从一个找不到下半截身子的人手里借了一支枪。那人是同意的，因为那人微笑了。他从那人嘴唇的颤动感到了微笑。战壕里加上唐申六个人。他们在尸体之间移动。尸体上的子弹和手榴弹被他们掏得精光。他们在这边打几枪，又跑到那边打几枪。他的第一枪打死了一个日军少佐。身边的人说这小鬼运气好。欣赏他的人教他扔手榴弹。那时候的冬天比现在冷。横飞的血肉有效地驱走了寒气。土地被炮火枪弹打热。没有人说冷。真枪打日本鬼子比游戏过瘾得多。他期待回家得到大人的夸奖。他们在高处，手榴弹容易射得远。他一个手榴弹炸翻了两个日本兵。左边的大个子夸奖他，话没说完，左耳朵不见了。他对大个子说，你小心些，莫再失东西了。他去说他运气好的人身上摸子弹。这人的头被迫击炮弹架在梅花树的树杈间。大睁着眼，大张着嘴，正是在喊："杀！"

梅花盛开。

他忘记回家吃中饭了。回去太晚会挨骂。心里有些急，打死一个日本兵口里说一句"再打一个日本鬼子就回来。今天要背的书我已经背熟了"。

日本兵越来越近，他觉得越来越好打。一枪一个，没得跑。他们打退了日本兵。

他要回家了，要跟左右的人说一声。无论是左边还是右边，都没有找到一个活人。他觉得这样走了不好，只好一个人守在阵地上。他没有守得住。日本兵冲上来，他躲进一个隐秘的土洞里去了。

他蜷缩在土洞里，土洞里暖和。昏昏沉沉睡着了。后来被枪声吵醒。他尖起耳朵听，是我们哪个军的第三师的兵攻上来了。他从后背开枪打伤一个日本兵。

把阵地夺回来的部队长官喜欢他，派两个兵送他回家了。

人们看到的唐申最后的一次挨斗那天是一个大晴天。他说到"战壕里的人都阵亡了"。台底下有人斥责他："不是阵亡，是灭亡。唐申顽固坚持反革命立场。打倒历史反革命分子唐申。"

一贯循规蹈矩的唐申把挂在胸前的牌子甩到台上，跟那人对骂。

那人当场带几个人上台，把唐申扭送到一个叫"造反有理司令部"的地方。唐申从此失踪。

知情者说唐申没有死。唐申从那个组织出来后像做了易容手术，站在你面前也认不出来。

只要是1966年后的几年里懂事了的长沙人，至今记得那时候的长沙，出了三个名满全城的活宝。一个"钻胯宝"，一个"槟榔宝"，还有一个叫"语录宝"。

钻胯宝下作，冷不防从人胯下钻过。他享受人（尤其是女人）的惊慌与鄙夷。槟榔宝以捡槟榔渣吃得名。像狗，吃形形色色不洁物无碍。传闻湖南医学院对这个胃有兴趣。医学院跟槟榔宝家里人商量过，要槟榔宝家人到时候把这个胃献给国家。至于语录宝，那是三个活宝中唯一受人尊敬的了。他手持一块纸板做的牌子，上面有当天的报纸和他手抄的语录。总是有一些人围着他，听他背语录或当天社论。他是一个伟大思想的宣传者，任一派立场的组织都不敢动他。

有人说"语录宝"是唐申。要真是他，那么这回他用自己的智慧，躲避了可能随时袭来的横祸。

有些年了，中国的良心记起了抗日老兵。

2012年9月3日。在湖南省委统战部的会议室举行了一个隆重的"捐助湖南抗战老兵"的仪式。与会者有统战部长李薇薇等。抗战老兵常德古德禅院的来空法师也参加了仪式。

有人想起了唐申。

唐申要在世上，该是八十五六岁。算年轻。不过，他得不到慰问，因为他不是那支军队的兵。

澪湄村咏叹

仅仅为了会一位想念的朋友，邂逅了南沙榄核镇澪湄村。我毫无准备地从嘈杂的灰尘蔽日的世界，走进了庄园的清净。安静的村子，在珠江三角洲肥沃的冲积平原上并不少见。他们都有富足的安静。澪湄村的安静甜甜的。冬日的阳光导引我们走向果蔗和香大蕉的田野。

待收获的果蔗有大气势。榄核中学校门前，视野应该是开阔的，一眼望去，却矗立一堵两米多高的整齐的方阵。你会惊讶如此坚定的不可摧毁的甜蜜的向往。这使人以为澪湄村的泥土石块和流水，都有果蔗的味道。

在珠江三角洲四通八达的水网地带，村子里有水渠，有高大的古榕和幽深的小径是常见。但澪湄村的一条小径迷人。毫不张扬的僻静。不涉红尘地修竹旁生，槿蓠护路。这是澪湄的泰然自若。从我们漫步的方向说，右边是河，左边是凤眼莲覆盖的池塘。漫步在这条小径上，大概也因甜甜阳光的参与，我们有被关怀被礼遇的感觉。长长的逶迤小径并不通幽，它轻盈游向的前方是高速公路。到此左转再左转，模糊是涩湄村中心的去处。

巍峨一株大树，我被这树吸引。那一刻，只有这树。以致没留意周围的环境。讲不清这棵树究竟在村子的哪里。这树立在大地与天际之间。殿堂穹顶般的树冠，不可一世地屹立的主干，其高大不在丈尺之内。举目望去，能与比高的只有飞鸟与云彩。横斜交错的枝干中，一枝不凡的树干，酷似指挥家手里的指挥棒。

这树纪念碑一样记录了涩湄的悲喜。也许这是永恒守护涩湄村的精魂。它不可摇撼地竚立，永无休止地思考。思考风，思考雨，思考土地，思考惊蛰或者春分，思考水渠里的小鱼小虾小螃蟹，还有池塘里的鹅鸭；思考苦难，思考瞬间的激动或郁闷；必然也思考着正在这块土地上劳动的人和远走他乡的游子。一片分离出的绿叶随风飘远，越飞越高，越高越远。最后看不见了。这片树叶会落在某处。说不定，也遥远。

在一家农户午餐。有地下室的两层小筑是我这辈子莫想的宅第。第一层做客厅，足够宽敞。精心布置的楼梯通上二层的餐厅。地下室出人意料地明亮。从客厅门口顺着楼梯望下去，地下室有自动麻将机，还有漂亮的厕所。这栋乡间小筑的后头，想必有沟渠比它的地下室更低。

吃饭时我的朋友偏爱餐桌上的红薯和苞谷，也欣赏水鱼。

她说从没吃过这样肥厚的裙边。主人说，荤素都是自家地里和池塘里的产出。他要我们饭后品尝果蔗。他说果蔗不是用来榨糖的。

饭后我的朋友和同行的人，在二楼阳台上晒太阳。我下到庭院看几个人包装果蔗。庭院里男女五六人，个个低调扎实。协调而默契的劳动把果蔗砍成43厘米一根装进包装盒里。这就把汗水变成了商品。他们都是可尊敬的。都有令人起敬的姿态。这里充满日复一日永远存在的激情。

一位健旺的老大娘和我搭话，她热情又敏捷。多半是今日主人的母亲。方言听起来吃力。还是勉强能懂。她说到了冼星海。我有点诧异。一般会不以为然的村妇，居然说起这位人民音乐家。不能全懂的方言的意思，我猜是告诉我冼星海是他们村的人。冼星海三个字，从她嘴里出来，如同从涩湄泥土里蹦出来。我立刻听到了《黄河大合唱》。愤怒的战斗的充满信心的排山倒海的乐音响彻九州。这部庞大的悲怆有力的警醒山河的作品，展现出一个崇尚自尊与献身的时代。我深信这样的时代不会一去不复返。因为这样，我有了兴趣多想一下深刻理解黄河崇拜黄河的，具有与黄河一样澎湃的精神的青年音乐家。

这是很久以前的事，一百年有多。在一个不可确定的早晨，疍民冼喜泰带着妻子黄苏英，驾着他家的小船离开了涩湄村。对于疍民来说，船就是家，船就是土地。这条船，漂到天涯海角，终是涩湄浮动的领土。今天在涩湄，无论是在集市还是在所有道路的分岔或田野间曲折的阡陌，都有这条渔船的身影。那位仿佛从那株大树上分离出去的叶片一样的，后来在异乡历尽艰险的单纯的伟人，如今生活在故乡每一户人家里。

任何时候，土地和人民，是第一位的。这块土地上的著名人物是第二位的。有强势人物把自己凌驾于土地与人民之上，那只能生硬地造成朝生暮死的非常短暂的辉煌假象。冼星海不是这样的伟人。他生前甚至没有意识到自己已成就为伟人。恰好是这种不动声色的以民族荣誉为最高荣誉的人，有了民众对他恒久不衰的怀念。我在涩湄的勾留里，在好几个场合听到人们心怀敬意地提到冼星海。涩湄村纪念着冼星海。榄核镇的头脑在想冼星海精神如何发扬光大。在一次随意的交谈中，还碰到做冼星海文化的盘算。现在的问题不是如何纪念冼星海，而是要努力让涩湄村以及榄核镇配得上冼星海。当然，召回自信自尊最为重要。榄核镇、涩湄村准备贡献自己的力量。如果做冼星海文化还有别的用心也未尝不可，那样的话，或许应无所住而生其心。

酒　德

　　晋刘伶写《酒德颂》，"惟酒是务，焉知其余"。那是以"饮"为德的。"德"字的意思和"能"字接近。倘以能饮为德，自然谁的酒量大谁就有胜一筹的酒德。这样酒德导引下，伤身毁性不奇怪。阮籍就因暴饮而大量吐血，使得这位容貌瑰杰、志气宏放的奇男子54岁便丢了性命。刘伶更不要命，喝酒喝得悠悠忽忽土木形骸。他出门时在鹿车上带着酒，叫人背把锄头跟在后头。吩咐随从我醉死在哪里就把我埋在哪里。如今人们说到酒德，多半指其人酒后的言谈举止。合度者有德，失态者无德。这是比之以能饮为德要妥帖的。

　　我赞成杜甫在《饮中八仙歌》中阐扬的酒德。老杜的酒德观和高级精神产品联系在一起。"李白一斗诗百篇"。百篇诗和一斗酒，加起来是这位号称醉圣的诗人的酒德。"张旭三杯草圣传"。这位酒仙饮酒辄草书，挥笔大叫，变化无穷，若有神助。这是著名的醉墨的创作过程。张旭所书《酒德颂》，被视为殆类鬼神雷电，不可测度的珍品。还有贺知章，他醉后属辞，动成卷轴。八仙中没有一个是于文武之道未尝留意的酒囊饭袋。他们都因酒而诱发出奇丽的想象和强大的创造力。稀里糊涂吐出些秽物便鼾声如雷的酗酒之徒，不可言"德"。

北方有朋友来，说他们成立了酒会，入会者善饮不消说，还要是政治、军事、外交、文艺、科技诸界有所成就的人。算是暗合老杜的标准了。但朋友又说："我能饮五十度白酒八两，不过酒魔而已。"原来设有职称。排座次为酒圣、酒仙、酒魔、醉龙、醉虎、酒鬼、酒徒、醉汉。"高级职称"两档，"中、初级职称"各三档。我就职称的名目提了意见，建议将正高职称"酒圣"改为"醉圣"。《三国志·魏徐邈传》载有"酒清者为圣人浊者为贤人"的话，可见"酒圣"乃酒之清者，如茅台、五粮液之类。是指酒，而非指人。读书人玩风雅，有个出处的好。再是因有"高阳酒徒"这个典故在，宜将"酒徒"的称号放到"酒鬼"前头。"酒鬼"毕竟无文献稽考，不像其他名号有出处。如古有蔡邕称醉龙，谢玄称醉虎。

接着我说了下面的意思，以酒量为准不妥。齐威王问淳于髡："先生能饮几何而醉？"淳于髡说："臣饮一斗亦醉一石亦醉。"齐威王说道，你饮一斗就醉了，怎么饮得一石呢？淳于髡于是说出他在不同的场合不同的氛围心境下的不同的酒量。足见以酒量为酒德的标准也好，还是作为上述职称的标准也好都靠不住。

醉圣、酒仙的标准有李白、张旭的典范在，依照这样的原则，考虑酒魔三档酒徒三档。樊哙的德行就可以作为中级职称的参考。

鸿门宴中，范增谋欲杀刘邦。樊哙在营外听得事情紧急，乃持铁盾撞入，昂首立于帐下。项羽为其豪气所动，赐以卮酒彘肩，"哙既饮酒，拔剑切肉食，尽之"。项羽问："能复饮乎？"樊哙说："臣死且不辞，岂特卮酒乎！"接着他说出了一番令"项羽默然"的话，终致救了刘邦一命。像樊哙这样以"饮"巧运于政治、军事和外交斗争场合，从而解决国家大事的人，其酒德是上品的了。评醉龙醉虎够格。

或者，能独具旨趣。如欧阳修的寄情山水之间，陶渊明的悠然东篱之下。

中国文人的饮酒旨趣，境界玄远且情致各异，确实已构成可观的文化侧面。它的色彩是热烈、多情、真诚而又充满幻想的。空灵、淡泊、超远这些，只是基本色调中的高级层次。

从前我在都庞岭下的江永县务农，乡间有一茅店叫"荷锄饮"。近处农夫晨起披衣，去店里沽二两白干下地，这一天就倍觉"雄"。他们腰悬一壶，能挑百斤公粮送至百里外的道县，不愧是饮之善者。他们嫁女时唱道："一杯那支酒，酒也酒是清。"老人说，这是"一辈那子久，久也久是亲。"他们高举樽罍，寄托美好的追求，都是酒趣之正道，酒德是人格的了。

江永《知青岁月》纪念碑碑文

1964年，长沙市六千青少年，在前后差不多的时间里，分三批下放到湖南江永县务农。年龄大多在15岁到17岁之间；大于17岁小于15岁的也有，那是不多的少数。这是被一个特定的词汇"知识青年"界定的群体。今天，我们树一座《知青岁月》纪念碑纪念共同的经历。因这经历的存在，我们怀抱昔日风雨，相互间有着特别的牵挂与包容。

下放江永的时候，我们正站在人生的起点上，对未来怀有各种各样切实际或不切实际的渴望。但后来的遭遇，却不是我们心中的未来。当时的现实毫无恻隐地脱离了与人性的关联。那是一个颠覆一切价值的奇怪的年代。我们在不堪负重的年龄，与今天十分费解的种种困难斡旋。假若有人企图美化那段消逝不远的历史，不论用怎样迷人的口才叙说，恐怕也做不到。把发生过的真实隐瞒、埋葬，装作若无其事，不是社会进步认可的姿态。

江永的知青总体出身不好。从软环境上说，江永是被放逐者的荒芜贫瘠的流放地。发生于1967年的江永知识青年大逃亡，是惊悚、恐怖导致的事件。然而江永的土地，江永的山水和江永的人民，丰饶妩媚而又有情有义。他们在逻辑混乱的岁月里，帮助过一群远离父母的青少年。我们不会忘记，关怀过我们的江永的父老兄弟，那时候他们也在困苦中挣扎。

今天，离下乡的当年整整50年了。迎着冰霜雨雪熬过来了的数千青少年已经进入老境。当我们把曙光渗入记忆动荡的深处，发现那是一段丰富得不可捉摸的时光。虽然我们拒绝那样的丰富，但并不纠缠磨难。有时候，我们会认为，正是磨难造就了我们。

站在这碑前的人，也许不会想到，面对的是六千个人生的美丽阶段；是六千个善于学习、富含激情、深具创造力的年华；是六千个能爱、可爱、需要爱的青春。

作为生命个体，我们各有各的精彩；各有各的发展与冲突。从大面上观察，甚至可以把"知识青年"这概念当成一个人。个体的奋斗，仅归属于某个人的蹉跌或成功，合起来赋予这个群体斑斓壮美的色彩。知识青年的遭遇，我们的生命历程，正是一个时代的滋味。事实上，我们就是一个时代。

转　点

　　我们的当代史上有过叫知识青年上山下乡的运动，就是把城里人主要是15岁以上的青少年下放到农村劳动的运动（这句话对没有听过上山下乡这回事的人说）。据说城市的青少年不要当学生而去当农民是大有作为的。上山下乡运动规模大，遍及所有城市，涉及大部分城市家庭。各级政府都有"知青办"这类机构。1963—1965年，地处湘南边陲的江永县是政府拟定的长沙青少年下放的地方。浩浩汤汤六千人，分成几批下去了。

　　下放后不久，各地知识青年钻山打洞把户口迁到离家近一点的农村劳动，这叫转点（也是对没听说过转点的人说）。下放江永县的知识青年不少人通过亲友关系转到了浏阳、宁乡、长沙县等地。

　　我也想转点。我要转点谁都认为不可能。成功转点的人一般与临近长沙的农村有关系，我没有。知青转点只身一人，身强力壮，除了不根正苗红，多数人的履历不好做文章。我一家两口，难得有人要。郑玲是改正右派。改正不是平反。改正右派还是右派。"改正"和"不改正"或"未改正"一个意思。接收右派分子的贫下中农哪里找？尤其伤脑筋的是我从牢里放出来不到一年。江永县看守所给我看的文件上写着"无罪释放"，不给我看的档案里写着（1984年才看到）"交广大贫下中农千万注意监督劳动"（估计是江永县看守所周所长手笔，与道县所见的"贫下中农就是最高法院"一样妙不可言）。"广大"可广大到全国，我走到哪里，都是要被监督的。既要请"贫下中农千万注意监督"，当然是提醒广大贫下中农，这个人稍不留神就会兴风作浪。难得找如此不厌其烦的贫下中农。

我还是铁了心到长沙碰运气。平日皈佛皈法接受贫下中农监督劳动，肚子里怀鬼胎好久了。孕育中的鬼胎连郑玲也没说。她素来安贫乐道。要是把一听就荒谬的想法告诉她，她一定说我异想天开。

江永到长沙千把里路，汽车火车加起来八块钱。先要筹措路费。我素患臆想症。常望有人每月寄我两块钱。那我就好过得不得了了。就可以有钱买盐买火柴和煤油了。一月两块钱既不得到手，一下拿八块钱哪里来？

1969年农历三月十五，我在县城和一位刚从长沙回江永的人站在路边说了好久的话。就是这次平常谈话，决定了我后来生存格局的改变。那人高高的，长得很好。已不知姓甚名谁。他说钉子俏。长沙那边许多街道企业和乡镇企业都在做钉子。一部钉子机150块钱。一个月回得本。我把这个人说的全中国没有钉子买的话向生产队汇报了。当然是建议。又更是煽动。我向生产队长说，向贫下中农协会主席说，向几个德高望重的前辈老农说。

起心不算太坏，给生产队生财，给自己解决路费。

我的建议得到迅速的一致的响应。大厅屋里开全体社员大会通过购买钉子机的那夜，在昏暗的马灯照耀下，生产队长盐成永远瞌睡的眼睛亮起来了。生产队给我200块钱去长沙采办钉子机。200元是巨款。民兵排长九斤护送我到长途汽车站，等我上了车他才走。

汽车开动了。俨然走向未来。丝毫不以为可能失败。我当时要是对这件事认真审视，应该是恐惧的。但我根本不晓得怕。有一种力量驱赶我做不计后果的事情。莫说那时候我不晓得钉子怎么做，就是现在我也不晓得钉子怎么做出来的。我只能抽象的说那时是手动，现在大概自动化甚或智能化了。也没有知识去想生产的全过程。没去想原材料的供应及市场空间等等。更没有行动的风险评估。想都没想用生产队的钱买进了设备做不出产品，可能今生只好绑在江永县厂子铺张家村度日如年。按当时的政治空气，给生产队造成重大经济损失，其实会有更为可怕的后果。过细想起来，我从小到老都这样行事。每一次重大决策都是这个样子。一辈子不懂得稳重、深思熟虑、从容淡定。但给人的印象相反，似乎我老成持重。凡所有相皆是虚妄。如果给我的思维方式，取个学院一点的，像个术语一样的名字，可以叫作"狗急跳墙式思维"。

不可能有计划，一切即兴。事情又好像早被安排好只要应机照办就是。到长沙后出火车站，在人堆里碰到井边公社井边大队周正初。周正初年纪跟我差不多。人极好。善良而仁慈。他有轻微大舌头。喜欢弹秦琴。他叫秦琴"穷穷"。他晓得钉子机的事。他说150元一台不假，但要三台钉子机才做得成。一台冲头，两台冲尾。事前我没有任何调查研究，见了风就是雨，身上只有够买一台的钱。听他这话，已知如此这般凶多吉少了。又说到转点，周正初更不以为然。他举出好几个人在长沙活动两三年没有下文的例子。他对我说，你在江永张家落户是组织出面，是一个运动。像你这种情况，还是回江永老实种田的好。周正初是个热心人，不过直话直说实事求是清醒我头脑。我哼起"北风那个吹雪花那个飘"的经典旋律。

周正初知我无落脚处，介绍我住蔡锷北路下放桃源的知青张镇家。张镇憨善，天生恬淡。我来往的几个丛林中朋友，没一个有他的清净。丛林中朋友的清净靠修，从闻思修入三摩地。张镇从范姨肚子里跌得脚盆里，就是清净的。这辈子，只有张镇帮我的忙，没有我帮他的忙的。我怎么想帮也帮不到。后来我在浏阳社队企业做事，好多人伴我赚钱。张镇就是赚不到。人事权在贫下中农手上。张镇戴眼镜，爱音乐，一头小泽征尔长发。贫下中农一见就不喜欢，说不是做事的样子。

　　我把来长沙要做的事告诉张镇。张镇给我介绍了好几个朋友，都是户口放在口袋里的桃源知青。他们在长沙做黑人好几年了。这些二十边子的年轻人，一个个被伟大时代培养得一场狼藉四顾茫然。有两个人我不会忘记。一个叫杨戬，一个叫李焱灿。杨戬奇貌魁梧；眼如金刚，嘴似鲇鱼。有异秉。读遍中外名著。如今怕也70岁了。早已无家。睡在桥底下。白天衣着整齐。或在杜甫江阁观棋，或去书店阅读。他可以一天站着读几万字。当年我为转点和钉子机的事所接触的人中，只有杨戬对我那次长沙之行持乐观态度。他说："你的事会办得好。"我问："哪件事？"他说："诸事如意。"我问："你如何晓得？"他不答白。

　　钉子机的事帮了忙的是李焱灿。李焱灿后来很长时间和我在一起。李焱灿知道望麓园联合机修厂正在生产钉子机。是他给我介绍了这个厂的青年钳工邝师傅。邝师傅双腿不等粗，亦不等长，都叫他一个不甚尊重的外号。邝师傅干练机敏，没抽到十支烟，我们达成了150元买三台钉子机的口头协议。五天内交货。那时候革命是第一重要的，哪个工厂都谈不上管理。邝师傅有把握，只要发扬一点点并不英勇的精神，就可以到手三台钉子机。他说这几天有事做了，要连续几晚把零件盘出工厂。到第六天，我去找邝师傅，推开门即见墙角的三台钉子机。说实在些，是一堆死铁。邝师傅精雕细刻一块肥皂。他正在最后修饰肥皂质公章中间的五角星。肥皂上已经刻好"望麓园联合机修厂革命委员会"这些字。我问他做这公章做什么。他说："做事要对得起朋友，这一大笔钱，必得要发票。"邝师傅心细，我就没想到。和这些比我少八九岁的朋友比起来，最为幼稚可笑的是我。这天我心情好，皆因在此前五天中，办妥了转点的事。邝师傅听说，大为诧异。临别，约好第二天提货。他交给我刚创作的发票，上面写了钉子机三台，人民币450元。20多年后，邝师傅做煤气灶有成，当了长沙市政协委员。

初见邝师傅那天，也就是跟他谈生意那天，达成协议后我即去五一路邮电局给郑玲发电报。坐在邮电局进门右边的板凳上等。左手边两个人，一老一少，他们是等长途电话叫号。我听他们说接到什么业务，找不到会做的人。没有听清要做什么。不晓得是什么业务。仿佛神示我这样说"你们这事我会做"。这两位毫不怀疑，十分肯定地相信我。不光这两位相信我，第二天他们接我到浏阳丰裕公社丰裕大队，这个大队的所有领导干部都相信我。可见我的面相，也有看上去像个好人的时候。他们的效率与张家生产队一样高，甚至更高。不要开什么社员大会，几个人喝几杯芝麻茴香豆子茶就定下了。志在必得。他们用两天的时间，开足了从县政府到公社的各种证明，派出一名大队支部副书记、一名贫协主席，与我同赴江永。我在丰裕大队玩了三天。是休息，又是等待。因为邝师傅交货不到时候。

这回再到长沙，住两夜去江永了。这两夜我还是住张镇家。从这次起，每到长沙我习惯在张镇家落脚。张镇一家人都好。他的父亲张福爹是个诚实、快乐的篾匠。喜欢讲古。从姜子牙到解缙，如数家珍。我在株洲做砖瓦那几年，来来去去，多住他家。我们这号人那个时候，人家看了都怕；只有福爹一屋人不怕祸喜，从不嫌弃我们。

动身去火车站的路上，在营盘街口，碰到厂子铺荷柏棠的黄衣白。他听说我要去江永迁户口，和全世界一样，认为我走狗屎运。我说天有好生之德，给走投无路人一线生机。黄衣白问我去浏阳丰裕做什么事。我说做"行车"。他又问你会做吗，我说不会做。他又问你见过吗，我说没见过。黄衣白十足美男子，风度翩翩地说，你见都没见过，何事敢接？我悠悠答道，假设他们接的业务是做原子弹，我也会接。这在当时的长沙，流行的说法叫"接冒碗"。是为了吃一碗饭，冒失接下自己做不成的事情的意思。当然，还是做成了。我组织了一个以江永知青为主的班子。一听就知道，全是外行。得力的是敏智天纵、勤学踏实的桃园知青李焱灿。李焱灿下乡前做过钳工，比我们里手。买了几本书，从焊接到车钳刨铣，聪明的江永知青，几天就动得手。身处绝境的人万能。这道理只要想想不会水的人落水，常常把水性好的救他的壮汉拖死就明白。我们几个外行一个半月完成了那台5吨行车。给丰裕大队赚了两万元。这事有影响，上级都听说了。丰裕公社书记王学涛说，这是个可以控制使用的好坏人。

丰裕大队所在地叫邵家凼，姓邵的多。与我同行的大队支部副书记和贫协主席都姓邵。他们礼遇我，叫我"陈师傅"。我以礼还礼，叫他们邵书记、邵主席。一路全靠他两个。邝师傅处提货、长沙火车站托运、冷水滩火车站提货、冷水滩汽车站托运，都不要我插手。我一路空手两脚，他们还说"您老子吃了累"。这是在江永没有享受过的待遇。

在江永汽车站没有提货。几百斤东西搬到几十里山路外的张家，不是三个没有箩筐扁担的人做得到的。我们商量好，先去公社迁户口，然后让张家派人提货。于是住城关镇一夜。食宿由邵书记全包。讲实话，从五一路邮电局遇到那两位起，我就没花过一分钱。

　　我们在厂子铺公社找到公社首书记，首书记人蛮好。他从抽屉里拿出刚刚收到的检举信，信里说我在长沙投机倒把。邵书记、邵主席一听，比我急，赶紧慷慨陈词。两个贫下中农说我一到长沙就跟他们日夜相处，谈论的都是建设社会主义新农村的事。面对两位不容置疑的阶级兄弟，首书记表态放人，但要征求生产队意见。离开首书记办公室时，我把那封告密信连信封一起拿走了。首书记有权不睬两个外人，扣下我来批斗的。有告密信理由已经足够。菩萨保佑，那天他心生善念。

　　从厂子铺公社去张家村的路上，我忽然沉重了。一面翻山一面沉重。怎么这时候才沉重呢？早应该沉重的。我非常清楚那堆死铁做不出钉子。邝师傅没给我模具。江永找不到工具钢，也没有设备可以加工出一套模具。就算有模具，必等试车看见钉子才放人。不可指望张家村白丢200元不眨眼。丰裕大队所接业务，进场日期在九天之后。那时物资匮乏，买原材料的时间都不够。浏阳的贫下中农，不会有等上几个月的耐心。也就是说，提出钉子机后，我这辈子就被困在张家村了。我后悔为了八元路费，使出如此馊主意。这回死就死在钉子机上。

　　第二天天不亮，张家派出三个人挑着三担箩筐一路兴高采烈。是我向汽车站出示的提货单。大约隔了半小时才有人出来说，没有什么钉子机。这就口角。汽车站站长向我提出一长串问题。他怀疑我没有托运钉子机，或是我把钉子机偷走了。这位站长认定我莫测高深。他有遭遇超自然能力的感觉。争吵了几个小时。我陡然发现事态一步步演变到我应该痛饮三杯的局面。本来无法逾越的，我自己制造的障碍冰销。事态的深入最终把我变成局外人。站长慢慢理解了，不甚礼貌地推我出门外，要我莫管闲事。我退出纠缠，一个人坐汽车站外大树下，由他们去吵。我尝到如释重负的味道，念出两声"苍天苍天"。

三台可以害死我的钉子机，再智慧也不能预见会变得与我毫无关系。这是浏阳两位贫下中农与江永汽车站的纠纷。一路托运我没经手，提货单上写的是邵主席的名字，托运费是邵书记交的。直到日头偏西，在两个有打土豪、斗地主光荣传统的贫下中农的强烈要求下，站长理屈词穷，答应赔钱。我拿出450元的假发票。张家村十天内投资翻番。

我户口迁到浏阳丰裕公社半年后，周正初告诉我，钉子机浮出水面了。事情是这样的，提钉子机那天，我们还在半路上，江永酒厂派两个学徒工去汽车站提货。汽车站发错了货。钉子机入库后摆了百日，要用了才发现不是酒厂的东西。算起来，是在我们一行到达汽车站前大约一个半小时，害得我死的那堆死铁被人提走了。

生　日

2006年的农历闰七月，在第二个农历的七月（也就是闰七月）里，我的农历生日和兰兰的公历生日同一天。从不曾郑重做生日的我，头一回有了一个很热闹的生日。这是兰兰的奶奶的主意。她舍得多花些钱，为我和兰兰做个像样的生日。兰兰的妈妈提前订做了生日蛋糕，两层。两个人一起做生日的意思。蛋糕正中有心形巧克力片，上面写着"爷爷和兰兰生日快乐"。

兰兰和我上座。全家人的中心，奶奶，也退居其次了。大家恭维着一老一小两个寿星。做奶奶的高兴极了。

服务员说，上菜了吧？奶奶说，不，先吃蛋糕。兰兰也要先吃蛋糕。奶奶和兰兰一样禁不住精美的生日蛋糕的诱惑。

大家唱起《生日歌》。起初我认为不如中式的撩撇，对小孩说一声"长命百岁"，对老人说一声"寿比南山"就可以了。旋又以为西式也好。歌既轻松，也清新。我因那简单的旋律感到愉快。而兰兰，似乎很懂那旋律的含义。她在大家唱着的时候有神秘的微笑。好像看见了只有她才能看得见的，正等待着她的光明。一切都新鲜明亮。晚风时不时拨弄窗帘，让它做一个优美的轻举。

吹蜡烛之先兰兰要许愿。她眯着眼睛想了好久。她的愿望，一定是我们内心一直有的向往。脱口而出的是"我要奶奶身体健康"。其余是秘密。我也许了愿。忘记了。多半是祝愿全家人快乐。

兰兰深吸一口气，准备好吹熄代表她的成长历程的七枝蜡烛。这些蜡烛也象征了我的生命旅程。一想到长长的平庸的旅程，心里有隐蔽的愧疚。我想到未来。明知我的未来必定比我的过去短许多，还是害怕照旧的平庸。

吹蜡烛时兰兰斜眼看着我，并用她的右手拉着我的手。像是对我说，爷爷，别怕，跟我来。我变成一片小小的雪花，落在她的额头上，又化为一滴晶莹的水珠了。我跟随她走进黎明。她指引我看见一抹淡彩。那是晨曦，也就越来越夺目。

我和兰兰一起切蛋糕。在天使的小手的引导下行动，我一点不敢自作主张。分蛋糕的时候，她要求吃两颗红色的小樱桃。我就把最圆最红最大的两颗挑给她。她奖励了我。她说，爷爷，你真棒！接着她低声告诉我，"我会送一个大蛋糕给你的"。她的动作、声音和表情，是真心的艺术，带来许许多多美好。那是任何着意的表演望尘莫及的。

　　我的确想从头活一次，只要有兰兰和兰兰的奶奶以及我们的女儿。当然，还是这些朋友。

　　这天有几个朋友来了，他们是专为这天来的。朋友和亲人其实分不开，这看你怎样理解朋友了。

　　这些情感，这么多情感，跟朝风暮雨连在一起的情感，如果真的从头活过一次，会重来吗？我一边谈笑，一边想着这问题。兰兰走开了。从她的包里找出来彩色笔和一张纸。她一直在画，好久才回到座位上来。

　　当服务员送上一盘水果的时候，兰兰向我侧过身来，双手奉上她画的一个大蛋糕。那上面写了"爷爷生日快乐"，有许多艳丽的樱桃。她还久久地亲我。

桃花灼灼

——纪念我的乳母万嫂

杨梅洲有些旧事，几十年了，许多事情朦胧幻化，搞不清是曾经有过的还是旧梦之残痕。

杨梅洲杨梅满野桃花满野，到处翠竹丛生庄园星布，疏疏落落于青山白水间。

随岸曲折一条极长的街。有些房屋半在岸上半在水上。麻石早存在寸许深车辙，坑坑洼洼的不及沙滩好走。

各式店铺无精打采，漫不经心做点生意。

都熟。宛如一家人。任去一家坐下来可聊到更深夜半。都喜欢围着一个四四方方的地灶聊天。那上面吊着鼎锅，随时可沏一杯热茶的。

这样一个小镇，能够预测未来的瞎子有好几家。他们各有师承各不相干地预言某人某户乃至整个杨梅洲的命运。自信没有不灵验的。他们满脸晦气又讳莫如深。他们的共同点是不喜欢心如死灰的人。那样的人不关心未来。

有一个人把什么事都当歌唱。就是那个打莲花闹的古陶。他一头青发乱草蓬松。并不真正唱歌，只是把要说的事编成莲花闹。

真正唱歌的是另一个人，一个地地道道的老人。老人而至于说地地道道，是因为杨梅洲不管年岁多大辈分多高的老人都承认他更老，遂老得有点祖宗味了。他坐临河的巨石上唱歌。像桃花仿佛没有谢过一样，他仿佛没有离开过那块大石头。歌的内容不像古陶的莲花闹日异一日。人们要十年或许更久才听得出他在唱一支新歌。他的歌，无时无刻不在缭绕。

人们更关注古陶。每逢赶场，他敲起竹板随行就市各投其好，一落溜道出叫人听了高兴的吉利话俏皮话。没有不甘心奉上一把山货，一杯浊酒的。伙铺老板有时邀他醉个尽兴。这时他晕头转向出语怪诞，叫人听了心旷神怡。

忽又不见了。昨天还在热热闹闹的古陶不见了。杨梅洲便寂寞。所有人牵挂他。小孩子要晓得古陶什么时候回来才肯扒饭。赶场的东张西望，因缺了他的谐谑少去许多笑脸。他们习惯了竹板敲出来的轻快的声音。

杨梅洲人失去了一样流行的东西时髦的东西，只有背负老人沉重的歌声了。

突然就回了。远远一个不法天不法地的云游四方的人一路快快活活。孩子们涌向沙滩。竹板敲得更精神。围着地灶的人笑起来，"我就晓得他要回了"。

因为古陶回来，人们相信杨梅洲比世上哪块地方都更好。

杨梅洲有个年轻寡妇，她叫万嫂。万嫂头前男人姓万，是个纤夫。万嫂有一条船。她是杨梅洲唯一靠捕鱼为生的女人。她每天送鲜鱼来街上，径直丢进人家水缸里。人家不过称，她报多少认多少。她不大笑。笑起来勉强。有人发现她家箱子里有许多鞋底。厚厚的男人穿着出远门的鞋底。她在街上出现的时候，跟古陶在街上出现的情形迥异。古陶的出现，人们觉得轻松，她的出现沉重。

万嫂每夜睡得深沉。睡到深处，翻身起来，不需灯，猫一样什么都能看见。在杨梅洲的夜里她是孤独的。万嫂梦里望着空濛濛远方。对岸平川上，水漫开一片沼泽。沼泽中便是汀州。那里鸥鹭为盟花横草野。劳顿的渔人偶尔夜泊芦苇疏影，于月明星稀中烂醉如泥。梦里的夜不比夜里的梦逊色。奇幻而有弹性。虚无、强烈而又朦胧。它不确定，却充满光明。希望开放着。河面升起只有她才看见的蜃楼。梦之夜与夜之梦割不开彼此。执着追求与梦幻景象诱发奇异的力量。她熟练地跳上船，跟在阳光下一样准确。持篙轻轻一点，飘摇离岸直向汀州划去。她下意识揣摩流速，在恰到好处的地方横舟过河，正好就到对面汀州。一群野鸭子惊飞了。鹭鸶犹疑地走来走去。汀州只有发腥的淤泥和一窝窝鸟蛋。带着利齿的蒿草被风吹得摇摆，割到脸上很痛。

只有综合理解一个人，才能接近于理解她的梦。杨梅洲没有这样的头脑。唱歌的老人和打莲花闹的古陶，或许有些懂得她。不过老人如同不存在，他太超然了。老人固执对杨梅洲的冷静，然后像历史那样叙述出来。

万嫂有闲的时候打鞋底，或许与她的梦有关。她什么时候开始梦无从知晓。想必在梦里见过许多沙滩上的大脚板印。为此经常糊衬壳。傍晚，她背回门板取下衬壳细细摸摸剪鞋样。套上铜色针顶子针针线线做厚底鞋。油灯幽暗，窗外虫鸣寥落。只有蛙鸣在山坳里躁动着夜空。她一针一线编织她的幻梦。她觉得有个人坐在大门口烧烟，看河上碧沉沉夜色。跟她一起听老人唱关于杨梅洲的歌子。她不敢去看那人。去看，就会如烟如雾。她很满足这样的感觉，专心灯下打鞋底。她晓得有个人跟她一起听歌。歌是从盘古唱起的。杨梅洲的大事一件件唱，正唱着一个纤夫惨死的事。她听着听着，流下些眼泪睡着了。门口那人进来过，不敢给她温存飘然离去。桐油渐渐烧干，灯草一亮之后熄成灰烬。有什么惊动她。不知什么因素使她从这种状态进入那种状态。她翻身起来，星光灿烂。在她的梦天下没有黑暗。

她在梦里不知道夜。走到街上她被惊呆了。杨梅洲好比瘟疫后的死城，一个人也没有，一点生气也没有。她吓得一脸惨白。天暗下来，一切都虚幻不可捕捉。刚才世界还充满光明，刹那间不在了。街上静悄悄空荡荡，关门闭户阒无人迹。卖糖菩萨的，炸油粑粑的，卖桃、卖李、卖姜汁砣的，一个个不见了。留着两绺八字胡须的瞎子先生，也像世上没事再可预言销声匿迹。她撑持起来挨家挨户辨认，不相信被热血温暖的镇子一下子会消亡。她以为走错了地方，到了一个陌生的集镇。但是刻有"湖湘桃源"的大石碑告诉她，这里确实是杨梅洲。每一块店铺的招牌，每一个墙角的碑记，无情证实她的故乡是空空荡荡的了。找不到染坊里壮实的伙计，找不到米铺里滚圆的老板。抬头看天，太阳不知去向。满街飞舞的蝴蝶变成了鞭炮残骸。所有人都离开了。或是一场灾变死绝了。只是一座纸扎的小镇，就等狂风来卷走它。面对杨梅洲的毁灭她无心独善。悬崖就在东边，从那里跳下可以死得干脆。不能跳进水里，跳进水里那是怎么也死不了的。她朝东边走。

这时候有一条狗，它从黑暗中走来。轻盈的步伐不像见识过灾难。狗走近她，扔下一件东西走开去。她捡起那东西看，是一只旧布鞋。想必那里是有一具尸首了。她提鞋满街找，找到屋檐下歪歪斜斜的古陶。终于看见一个人了，一个熟悉的家乡人。她去他心口上摸。确定了不是一个死人。她俯下身去接触他的呼吸，小心抚摩他软和的皮肤。她想，只要有他，有这么一个哪怕是幻象的存在，有这么一点温热一点搏动，杨梅洲就没有彻底沉沦。她守候着，警觉地看着酣睡的人。那狗又来叼鞋，她拿过鞋来垫到屁股底下。狗被她摸得舒服地蹲下来。对面窗棂上皮纸在风中啪啪响，一只蟾蜍在阳沟边爬得艰难。面对这般荒凉景象，在梦中她萌发出一个念头，她要跟这个男人生一千个娃儿。

幸亏她在梦中做了这个梦，不然她会死在那个梦中。她在梦中梦见生下了一个娃，白白胖胖。这娃儿见风长，转眼成大人。又生下一个，一个接一个，一下子有了一大群子孙。古陶教他们捕鱼耕田，教他们各式各样手艺。很快有了农夫、渔夫、纤夫、轿夫、石匠、篾匠、木匠和生意人了。杨梅洲又热气腾腾。她欣赏她的故乡。繁荣的杨梅洲呀！我的大儿子一百岁了，他的胡须白得跟蚕丝一样。她偏着头安详地笑，拖着疲惫的身子回家。粉红色的白色的花朵出落于溪头陌上，送来贴心的香气一路伴随她。

黎明时分，脆哑一声鸡叫，接着有鸡远处应和。一声刚落，一声又起，远远近近叫起来。一声又一声的充满生机，劲奋踏实，头脑被啼唤得清醒了。推窗望去，杨梅洲浴在乳汁一样的晨光中。瓦屋浮上微微摇曳的炊烟，笼罩远峰的山岚悄悄消隐。她有些憔悴。仿佛做过一场劳神的梦。仿佛遭逢过非常之变易。又仿佛，做了一件只有女娲娘娘才能做得的事情。吹来一口风，乌黑头发随风扬起。她的眼睛明亮得如花瓣上欲滴的晨露。码头那边上岸一船人。一个个背篓里驮着山货。他们一步一步很沉很实地踏上石阶。有个大包头老汉肩两根长竹竿，上面挂一串上好大鸡笼。都是赶过远远的路的了。他们是在雾没散的时候动的身。三五个人站岸边打闲讲，议着一天的事。店铺正开板子，亲热地向稀稀拉拉来街上的第一批山民点头致意。杨梅洲光芒四射，硬是蜕下一层灰暗变得五彩斑斓。她深深呼吸，挑一担水桶去河边。

不期遇见古陶，古陶靠一块石头看人收拾渔网，以至没看到挑水的万嫂。他专心欣赏河山。这时的古陶不像流浪汉。仪容举止闪耀着与山河契合的虚融。他随时葆有默默的宽宏的优越。他从来认为杨梅洲最好，往往恰到好处泊一叶扁舟起两行归雁。汀州的苇草摆起来，远远看去像柔软的羽毛。

万嫂见他时一愣，认出这个很是久远的人。曾在哪个梦中相逢，又在哪个梦中失散。这个人是跟某种牢固的牵系联结着的。这是一个与她的大追求有关的人。她觉得古陶云雾般弥漫开，包围她覆盖她。迷离恍惚似梦非梦。她找不到根据，却有暖流渗透全身。她挑满一担水，晃晃地溅湿裤脚。渔夫看得笑。

渔夫邀古陶喝酒。渔夫说，今夜去河那边喝酒哎？古陶兴致好，说要鳜鱼下酒，纵身跳到船上去。渔夫从容解缆，微笑着驶向烟波。万嫂回头看去，古陶不吝啬给人快乐的嘴唇令她着迷。不论他是坐着、躺着，都是一副随时准备行走的姿态，这令她不但着迷还令她崇拜。古陶岸然立定船头，更是高大极了。

酒滚下喉咙，辣辣地渗进梦的成分。古陶一只脚压在渔夫肚子上，面向莽莽苍穹。天在摆动。无数不解之谜闪烁。他想唱歌，想大声唱。但夜空太廓大，会连回声都没有。他若有所失爬到火锅边啃鳜鱼头。渔夫哎哟哎哟翻身。古陶问还有几多酒。渔夫说，我看见风，风了。芦苇不是在摆摆摆么？扑扑起一群野鸭，骚动得呼呼的静谧。瞌睡的鹭鸶收起一只脚来。一阵风，又一阵风。乌篷船随即摆了摆。他问渔夫，你见过水妖么？渔夫糊笼咕噜后鼻息如雷。他觉得百无聊赖，扣舷哼起小调。又觉不过瘾。在这寥廓江天，合该大吼三声。他便扯开嗓子站在船头打哦嗬。万嫂因而来了。

她听见了呼喊，相信是对她的呼唤。她撑过来。见到一条船。船头站着一个人。怎么也看不清面目。她犹豫接近这个人。古陶准备着回答。他料她有什么事情要问他。她没问。原想问。原有一件什么事情要问人。一下子怔住了。忘了。记不得是什么事情了。好像什么事也没有。好像是有一件记不起的不该记不起的事。刚才还记得，正欲启齿就忘了。忘得这样干净。一点脉都摸不到了。她盘桓。不敢贸然离去。撑着船绕那满溢酒香的船转了一遭。她希望有什么东西，能点醒她所遗忘的。终究没有想起来。她带着微微怅惘走开了。古陶看得痴。见她风一样清虚，慌忙举篙追上。他向她的船头踉跄一跳，把醉去的渔夫留在沧浪里。小船几乎翻了。万嫂用力插篙定住，待古陶坐稳才穿进芦苇丛里。到水深的地方她收拾竹篙荡两叶轻轻桨，低低荡出哗啦哗啦水声。河面浮悬着团团泡沫，在月光下跟云朵一样，时而苍狗时而苍狗之外的什么。船在一条惯熟的路线上向上游划去。他们听得见的是桨声和河心几乎听不见的涛声。

古陶头枕船舷。闻见杨梅洲送来的花香。万嫂用罾捞泡沫。捞了半天什么也没有。他看得离奇，心疑莫是遇上水妖了。他站起来看她。她也看他。弄得船晃荡。她坐下来任船在波心摇，思忖这人何所从来。模糊记得有一条船，有召唤引她

去那里。她又想起，确实感知过触摸过生死攸关的东西，就是
不知是什么了。万千头绪虫子一样蠕动，意乱心烦。可能找到
的线索只有眼前这个人。这人身影好熟，梦见过千百回了。他
的再现，循着梦的原理有多种含义。就是把握不住确定不了。
她试图过去碰碰这个人，好搞清楚究竟是幻影还是实体。他背
着月光，形影千变万化。她的眼睛发胀，视觉模糊。这人的来
历她放心不下，定要看清到底是谁。莫是眼花了。这应该是一
个有常的形体。她预感此刻可能找到要找的东西。不可测度的
未来就在面前，距离不过咫尺。她记起来遭过一次强烈震撼，
就在那一击之后搞糊涂了。那次冲击怎样发生的无从追忆，反
正那之后精神转蓬一样飘摇。她记得母亲的坟。坟地上有许多
心安理得的毛糙厚钝得杵头杵脑的碑。母亲在那里休息，把没
做完的无穷尽的事移交给了她。又想起有那么一夜，原始的开
天辟地的剧痛迫使她紧紧搂住一个人。那个人是谁？想不起来
了。然而，女人崇高的经历使她充实而满足。有那么一天，她
失去了一切。又有那么一天，发现不是什么都不属于她。最关
情的仍然在她心底在她脚下。曾经痛心疾首过。不是为已经失
去的。是为唯恐失去的。是为原先没有认识，却存在于血液之
中的，在猛然一击之后恍然大悟的，现在还没有完全理性化的
东西。她要掌握住它，要搞清楚是怎样的情感。那是跟血一
样的，虽然不去理会却在不息地流动着支持生命。她紧紧盯

着他。月光下，他是一团不定的轻烟。船被桨叶荡着转了一个圈，月光照向他的脸。古陶有些明白了，顽童一样横亘船上。"这很好"，他闭上眼睛这样想。只愿如此摇到老去。他梦见水妖踏波而来，捧上一坛好酒，永远饮用不完。

直等到古陶完全睡着了她才蹲过来仔细端详，认出这就是屋檐下曾见的醉人。刻在脑际的那一次，对她来说是一部长长的历史。很久以前有过一场灾难，杨梅洲空了，人都失踪了，留在这里没有迷失的只有她跟他。他就是那个在她快要分裂的时候使她保持平衡的人。是他使她再生。她想起来很多事，川流不息绵绵不绝。她激动得大声叫起来。我们的子孙呀，千秋万代了。声音沿河面传开很远，回荡在汀州与杨梅洲的上空。她回想起来了，是他们两个，繁衍生殖了今日杨梅洲。多少年了，多少代了。

飘过来老人的歌，贴近水面就要沉下去。她静静听着，牵挂她的子孙了。

她准备回去，站起来把桨。看着睡去的古陶，居高临下地笑。好顽皮的祖先啊，一世不得老大。她扶他坐起，古陶软绵绵醉酥了骨头。

古陶醒来时船正进入汹涌急流。船被抛举，起落丈余。万嫂在波涛中高傲的蔑视狂妄到极点。这是一个被阳光浸透同时又被夜竭尽温柔地培育过的女人。古陶震惊万嫂光彩四溢的梦之奔突。大声铿镪的江河的咆哮，不知是天地的声音还是她胸中的声音。

上岸后古陶被万嫂拉着走向杨梅洲。她急于回到她的子孙中间去。古陶没有限制她，也知道不能限制。她肯定被一个永久的无从化解的渴望驱使，悖乱行为有优美旋律伴随。

踏上狭长麻石街。她经验到灾难的重复。房屋笼罩着死灭的黑幕。一堵无形的墙把她围在死寂里。上次灾变后剩一条狗，狗也不见了。她绝望。顾不上古陶。古陶跟在她后头奔跑，见她从丈多高的陡崖跳到沙滩上。山谷那边吹过来一阵风。送来从容嘶哑的歌。她为之一振，直向那尊巨石跑。她迫不及待地从没人攀缘过的临河一面，爬上那块大石头。没想会见不到老人。老人在更高处。古陶气喘吁吁赶过来，小心翼翼告诉她，万嫂啊，这是夜，不是白昼。古陶说，你看，那是月亮。看那些星子。都睡了。睡熟了。我带你去听他们打鼾。

古陶要唤醒她，把她带到山神庙里去。他要用神的玩具警醒她梦的荒唐。古陶哄小孩一样哄她走过好远的路。万嫂跟着古陶走，发现自己是有人温存有人恋，是个有撒娇的权力的女人了。她的梦跟着这个人，变得炫耀，变得更加扩散。山花跟她一样，是在梦里开放的。浓烈花香雾罩杨梅洲。她边走边打量古陶。这是一个经受过杨梅洲所有风寒的人。是一个既不酸腐也不低俗的，正好可以带她一起过日子的人。星星公开了谜底，闪得晶晶亮。

推开庙门时吱呀一响。好大的殿堂。平整的青砖地。桶粗的木柱顶住梁。有许多神。山林的神。她坐到神的脚下。这位置在燃起蜡炬之先她已看见了。她拖过来蒲团坐；再拖一个放身边。古陶没去坐。古陶要玩给她听。

古陶手脚并用，东蹦西跳。所有的神器发出悦耳的声音。这音乐激越缠绵空明刚劲。她见一个人在雾霭迷蒙中推开槿花编织的柴扉。

古陶原想把她从梦里拖出来。一路走来，反倒被她的梦魅惑，不可抗御地臣服于她。音乐使她的幻象无可救药地发展。充满同情和阳光的乐音展开无际涯的桃花树和红殷殷的杨梅果。洪钟带着血的热量裹挟她，以不可抑制的恣形意态向她冲来。古陶全然不顾沉睡中的杨梅洲，他更需要配合一个美丽深远的梦。

她抱住他。跟山花一样。她已准备好开放。在还是含苞欲放之前，花香其实已充满殿堂。古陶大汗淋漓，知道于她是无能为力的了。她的搂抱那样有力。古陶去身后握住她的手，就像酩酊醉去一样，翩翩进入她的梦天。

庙门被隆重推开。涌进诚惶诚恐的杨梅洲人。钟磬声把他们惊醒，一个个持着火把香烛从四面八方赶来礼拜。殿堂内烟雾云绕，闪烁的烛焰忽明忽暗。整个庙宇彻底被生命感动。再没有沉默、神秘和空虚。杨梅洲人看见两个裸体的神。他们头回亲眼见到了神的浪漫。

遍野火光。人络绎不绝。庙门前的山坡上跪满刚从睡梦中回来的人。一个瞎子跌跌撞撞挤到人群前头，竟也高举松膏做的火炬。

只有一个人没有来。他坐在石头上唱歌。正唱着一个流浪汉和一个梦游女人的故事。

代病中郑玲答《广州日报》记者问

问："年度诗人奖"的颁奖词说"您始终把个人的哀乐寄寓于丰厚的历史人文背景之下，用生命传递爱与温暖"。但诗歌和痛苦总是相生相连，这两者矛盾吗？

答：我首先要感谢《诗歌月刊》对我的鼓励。《诗歌月刊》主编王明韵先生及他的同事们为中国诗歌事业的发展所做的努力值得所有人敬仰，我深深为他们纯粹的诗的良心所感动。像他们这样纯粹的诗人我有幸认识许多，一群这样的人，用自己的创作实践和诗外人格，维护这片垦地的干净。是他们的心灵照亮了我。我还想借这个机会，表达我对广东省作家协会诗歌创作委员会对我的关怀的感谢；感谢温远辉副主席、《花城》主编田瑛、执行主编朱燕玲、《诗歌与人》主编黄礼孩及诗人朋友们对我的支持与鼓励。

至于"诗歌和痛苦总是相生相连"倒未见得，诗歌也与快乐相连。但诗在大悲情怀催生时确实如雷霆闪电，既光亮又震撼。可以肯定的是诗总是与美好、崇高相连，容不得尘襟俗韵。灵明透脱、一丝不挂才出好诗。授奖词的评价是高估了，我做得并不好。不过一个真实的诗人，他的情感，因而他的作品，必定会在某种深度上反映生活，尽管有些诗人会用人们不怎么习惯的手法。生活是在时间中行进的，这种行进有时候叫作历史。

问：您与诗歌结缘很早，什么时候开始有了自觉的表达？有没有一个特别的触点引导您走上了这条路？

答：无所谓结缘。诗的种子存在于任何人的心中。艺术与科学的最深处都是诗领地。没有"特别的触点"，人是文化的动物，诗歌创作是个别生命的自然选择，有如另外的人选择了数学思考或天体观察。我不太理解"自觉表达"的所指，创作是一个愉悦过程。

问：一个老话题，您如何看待情感与语言的复杂关系？

答：从一开始，我就觉得您的提问很专业，很学院。其实我没有认真想过这些事情。当我们被激情驱使，需要（我还想说是被迫或不得不）动笔时，语言会应运而生。所有文字艺术产品都离不开语言，诗歌尤甚。从诗人笔端流出的语言创造了他原要抒发的情感，我们读一首诗同时为这首诗的语言打动。真诗其实不可翻译。楚辞和唐诗宋词翻译成今天的汉语便不是诗了。我们能从翻译的文字中知道屈原在忧伤或愤怒，但这已经不是《离骚》的语言创造的感情。

问：下放农村的日子，您写诗其实是在为自己制造危险，如今想来怕是增添了很多乐趣，您如何看待当时的执着？

答：写诗是生命需要。其他不值一提。

问：近年来面对疾病的不断困扰，您对于生死有何感悟？

答：老与疾病，人生的不同阶段与不同状态而已。年轻与健康时没有特别的感悟，老与疾病时也没有特别的感悟。我只想，做好人生不同阶段与不同状态中应该做的事。把人生的不同阶段与不同状态活好。

问：尽管年过80，也有过太多的苦难，但无论是对人、对事，还是对诗歌，您都始终具有少女般的纯真情怀，对此您有什么体会？

答：绝不是"始终具有少女般的纯真情怀"，哪有这事？

问：被冤屈20年的经历对于一般人来说会异常沉重，可您总是云淡风轻，仿佛没有一点怨尤，这是为什么？是否也是另一种对于诗歌创作的给养？

答：怎么会"云淡风轻"？希望我们永远拒绝这样的"给养"。另外，不要老想着我们的磨难，要知道正因为磨难才有我们。

问：对于你们二老的爱情和相守，陈老师甚至还放弃了写作，您将如何安放？

答：这个问题老套了点，不像您的其他问题有学问。他放弃了写作？用他自己的话说是"动笔迟因心死早，为君后愧我生先"。这里说的"君"是指比他年轻的作家朋友。他还说，是没才气。

问：您如何看待严肃文学在中国社会当下的式微？

答："文学式微"？我不知道，但我知道文坛热闹。

问：您曾经也是鲁迅文学奖的被提名者，可一方面中国的文学奖项失去公信力，屡屡被质疑；另一方面也有人调侃说，就是要热闹才有吸引力，您看来呢？

答：我还健康能活动的时候，就不关心也不了解这些事。不知情，无发言权。

问：若要迎来文学上的复兴，您认为文学界还需要有什么努力？

答：这也是不该问我的问题。但我想崇高情操的培养，对壮丽与阳光的追求总是不可或缺的。我读得少，相信从事文学的优秀作家、诗人们早已做出了大成绩。"大"是要追求的。不是形制的"大"，是精神的"大"。抛弃小聪明，修养大智慧。一部几十万字上百万字的长篇可能是小作品，而一篇数千字散文可能是大作品。比如数万字的罗曼·罗兰的《贝多芬传》，我就觉得不如几千字的萧伯纳的《贝多芬百年祭》大。把一首小诗写成大作品，是我们要努力的。

问：您对青年诗人以及想要从事诗歌创作的人有什么建议？

答：这个问题任何一个人都会比我回答得好。

问：如今忙碌的生活在把每个人推向粗糙的边缘，我们要如何保持诗心与诗意？这还是一个适合作诗的世界和社会吗？

答：不用为诗担心，她死不了。纯洁、善良的心灵永存，诗永存。

问：有人说，诗歌是最贴近于内心的，因此您认为诗歌在个人、周围和世界中扮演一个什么角色？

答：一枝花，鲜艳夺目，不饱肚、不御寒。

后 语

按惯例，在这里要感谢一路来关心我的朋友；要感谢为这本书付出劳动的所有人。我不这样做。我不在这里说出他们的名字。我把他们珍藏在心里头。用几句话感谢为我付出，为我操心那么多的好朋友，太便宜了。我要用我后面的日子长久地感念。

跋

文坛之外的隐者

黄金明

　　大约是2006年秋天，诗评家熊国华约我跟他去广州芳村看望老诗人郑玲。当时去芳村还没通地铁。我先到客村，跟熊老师会合，然后坐公交车，印象中转了两次车，花了一个多小时。一路上乘客很拥挤，我们只能站着，手拉吊环。我听着熊老师介绍郑玲其人其诗，倒也不累。我向来孤陋寡闻，又不爱混圈子拜码头，还是第一次听说郑玲。作为当代杰出的女诗人，郑玲是为诗而生的人，也是那一代诗人中一直写到生命尽头的人，真如春蚕吐丝，子规啼血。很少有郑玲那样诗与人合一的人了。后来我对郑玲有所了解，不禁汗颜。当时我也是陪熊老师看望一位因诗蒙难又头戴荆冠的老诗人罢了，没太多感触。我遂见到了陈善壎先生。那时郑玲已有病在身。我觉得那个清癯的老者，目光清亮、睿智，锋芒内敛，对郑玲关怀备至，语气温婉，甚至像哄小女孩般呵护。事实上，当时我不知道他的名字，别人只跟我说他是陈老师。

后来，因为一系列诗歌活动，我又多次见到郑玲和陈善壎。郑玲参加活动，只能坐陈善壎推着的轮椅了，再到后来，她已无力出席，就是领奖，也只能由陈善壎代劳。譬如2010年11月，郑玲荣获首届广东省大沙田诗歌奖成就奖，我获得作品奖，跟陈善壎同台领奖。

在广州往返东莞的汽车上，我跟陈善壎聊天，谈起了撰写中的长篇散文《与父亲的战争》，拟探讨中国式的家庭伦理及父爱的博大与专制。我说，我祖父去世时49岁，父亲才6岁，父亲没有做儿子的经历，也就不懂如何做父亲。陈善壎认为我很真实，敢于直面家族幽暗，也认为我父亲有意思。彼时，我还不知道他偶尔写作。后来，我读到了他的散文《记忆的废墟》（刊于《花城》2012年第5期"家族记忆"栏目），我那篇《与父亲的战争》压缩版（刊于《花城》2012年第2期"家族记忆"栏目），较之真是小题大做。及至读到他的《劈面迎来的都是出人意表》（刊于《文艺报》2010年7月26日），有句云："我父亲去世时四十三岁，我五岁，于父于我都太'早'。"不禁暗呼惭愧。

2010年12月，我们一起参加珠海诗歌界主办的诗会，他去代郑玲领首届"苏曼殊诗歌奖"。别人介绍他，他说，他是诗人的家属，不是文坛的人。那次，我们有机会得以从容交流，我说得多，他只是听。我跟他和巫国明同住一套房。主办方送了个拉杆箱，他说用不上。我说那就送给开中巴车接送我们的司机吧。司机很高兴。当晚，当地一诗人愿驱车带我们趁着月色夜游城郊的某个小岛，他居然兴致勃勃。我们三人环岛走了一圈，海风吹拂，我在岛上打赵堡太极，那是我刚在鲁迅文学院跟同学林权宏学的。陈善壎说，看你上蹿下跳的，也不容易，不像平时看到的太极。回来后，三个舍友煮茶，闲聊，我跟巫国明高谈阔论，作指点江山状，偶有争执，亦是针锋相对。他认真聆听，认为我们思维敏捷，思想活跃，说他很需要年轻头脑的碰撞。我们聊至凌晨一两点，他仍精神抖擞，不见倦意。也是这一次，我知道了他的名字，恰因那个"壎"字在手机打不出，反倒记住了。

如果不是2010年夏天我意外读到他的散文《你这人兽神杂处的地方》（刊发于《上海文学》2010年第4期），那么，我对他的印象只停留于诗人的家属，他的文学世界仍不为我所知。彼时，我在北京鲁迅文学院就读，同学顾飞拿了本《上海文学》，他本想让我看另一篇的，但我一眼就被这个标题吸引了。我看后很震撼，叫顾飞看了，也说好。文中的女诗人郑玲我认识，那这个陈善壎是谁呢？在珠海对上号后，我暗暗心惊，文章大家就在身边潜伏而差点错过！

多年过去，我仍清晰记得初读《你这人兽神杂处的地方》的惊艳之感，叙述神出鬼没，想象汪洋恣肆，文辞变化多端，真是思接千载，神游万仞，其笔法兼具古典意味及现代技巧，气势磅礴而细节生动，无一处不落实，全文又是一个巨大的隐喻或象征，这近于我心仪的里尔克、卡夫卡或佩索阿式的"诗性散文"，也许，在深刻或锋锐上有不及，但在捕捉感觉上极为传神、丰盈，也因其有中国意境及本土经验而备感亲切，至少，其语言植株饱满、鲜嫩，其意蕴之果亦因日照及风霜而显现出酡红及甜美。兼有散文之"散"及纪实之"实"，扫荡小说及散文的边界，想象力宏阔，但有足够的说服力而非虚构——这可说是陈善壎散文的某些共性。他的某些篇章如《桃花灼灼——纪念我的乳母万嫂》（刊于《大家》2006年第4期），期刊也干脆当小说来发。当小说来读当然没问题，但我仍坚持这是具有独创性的散文，奇异而逼真，写得天马行空，自由出没于现实及梦幻两界，无论摹事、状物还是记人，都水到渠成般流畅精准。

陈善壎是领悟了自然奥秘及人世智慧的智者（以他自谦的天性对一切褒奖都可能有天然的不适感或无所谓，当然他也有人性的软弱或局限。譬如说他在郑玲去世后，一直沉溺于悼念

与悲伤。但也许这正是人性的柔弱及苦楚之美。爱应给人智慧
与安慰，给人勇气与放松，但理智是一回事，情感是另一回
事。也正因陈善壎对郑玲的铭心刻骨，使我对爱或爱情的一知
半解更要自省），他对爱的理解及书写也与众不同。他们的爱
情堪称传奇，我本无意挖掘，但《你这人兽神杂处的地方》为
此提供了路径。

　　人兽神杂处的地方是什么样的地方（文中说是在湖南省江
永县张家村的山野）？那只能说是天堂和人间并存的神奇之所
了（也许还有小剂量的地狱或畜界）。郑玲因划右派而安插到
此，陈老师实是陪她来受难的。文中写捡柴火的郑玲，"这个
磨难中也充满期盼的人"，追随一只在她看来是"慈悲的神"
的小黄鸟在山中步步深入——"这里有千百只鸟，都有华丽羽
毛。由鸟唱出主题的，由风、由叶、由小草还有虫和兽展开
的大协奏正在云上演出。丰富得不可揣测的音与色的缠绕，把
美解释得通天彻地。她坐在树苑上，很安静。她是一位很有修
养的听众了。她找不出来哪一场音乐会比这更好。这不可能是
现代派，太优美；不允许人哪怕一眨眼地想到挑剔。这是自然
本身的，这本身就是自然的，并非反映自然描述自然的作品出
其不意的令人愉悦的惊诧，再憔悴的心灵也不得不苏生。这必
定是山的灵感了，她知道山的灵感和人的神来之笔一样不可再
现。于是抓紧沉醉。她把什么都抛弃了，直到忽然看到一行行

诗句才站起来。"但是——"大概就在她想写的时候，大概就在她准备用捕捉到的文字做一件文字本来无能为力的事情的时候，从地下伸出一只大手来抓住了她的脚。那是从地下猛地伸出的利爪。立刻就痛，立刻就恐慌了。闪念间脑海涌现出古斯塔夫·多雷为《神曲》作的一幅幅插图。她应该喊叫过。山窝里的鸟或许就是被她的叫喊惊飞的。刚有的希望，包括音乐，包括诗，都烟消云散。怪物的利爪带着死的威胁啮入皮肉。她根本不认识那是什么东西。置身天国的感觉被绝望、被无助所取代。"

郑玲沉醉之际，却踩中了捕兽夹。幸亏来了救星头香姑娘。这样的文字穷尽了郑玲面对大自然时的迷醉及猝不及防的灾难，既美到极致，又惊险之至，真是生死转换于瞬息间。落魄诗人将灾祸当成了奇遇，而那个陌生女猎人也像从天而降的仙女——"山里没有上帝没有佛，只有满山活蹦乱跳的史前精怪"。

大自然的原始洪荒之力，山民的淳朴友善之心，使诗人被凌虐的心灵跟受伤的身体慢慢得到救治——"黑暗中的孤独，是由她内心躁动的光明组成的。她不会让自己熄灭。正是在这夜复一夜的夜里，她完成了长诗《你这人兽神杂处的地方》。……郑玲写下的诗篇都烧掉了，惟独留下了这首。郑玲是被诗统治的也被诗虐待。只要拿起笔，饥饿都销声匿迹。喝一口凉水完成一个篇章，她觉得又优越又高贵。那时她写了多少诗就烧了多少诗；朗诵过后便无可奈何地把诗稿送到煤油灯的火焰处。唯《你这人兽神杂处的地方》不忍烧。我记得诗中对生命不可毁灭的坚定信心，就是受到山中遇到的友情的启发。诗中构筑了一个至少当时并不存在的社会情感乌托邦。那首诗很长。那是尊严高傲的恐惧；是刚好能让我们保持清醒的美之棒喝。"后来，郑玲多次试图重写该诗而失败，诗的消失和神的远去，都让人痛惜。幸好，还有这篇同题散文，也同样是美之棒喝。郑陈两人的爱情美得像童话，他们和山民的相处，栖身于世外桃源般的山野，在那个惊涛骇浪的荒诞年代中犹如隐居于史前的某个荒岛。数十年之后，当陈善壎重访旧地，寻觅藏于农家墙缝的长诗而不得。临别时，日渐年迈的头香，留下一句无限惆怅的话："神霍列（神已离我们远去）！"

从珠海诗会返回后，我向陈善壎索读其他篇什，就那么八九篇，我一口气读完，篇篇精彩，觉得陈善壎实不为人知而身怀绝技的隐士。也不知他何时开始动笔，何时发表。我也懒得致电问他。估计依他淡泊的性情，这都不算什么。

每次，我或致电或当面夸他的散文之好实属罕见，他总是惶恐。我想他也不是故作谦虚或缺少自信，而是不习惯。

搞得我也不好意思，仿佛我是一个溜须拍马之徒。我很少夸人。每逢有人跟我聊起广东当代散文，我总爱先提三个人，再说陈善壎（另外三人的名单偶有变动，但陈善壎总是岿然不动）。但不论本省或外省的友人，几乎都没听说过他。我说，这很正常，就是想读他的文章也难，他没出过书。但他光凭那不足十万字的篇章，就足以支撑我对一位杰出散文家的想象。

某一年，我受命编选某版《广东散文精选》，选入他的《记忆的废墟》及《幻肢》（刊于《上海文学》2009年第1期，获得2010年第9届上海文学奖散文奖），按体例向他索要作者简介。他推辞不过，只好提供——"陈善壎；湖南长沙人；学历：初小肄业；高级工人、初级农民、中学教员、低级干部"。这寥寥数语，犹如密码隐藏着无数惊心动魄的往事及静水流深的岁月，却无从破译。顶多是据此揣摩其工科生涯。在某次聚会上，有人说起陈善壎年轻时搞自动控制和机械设计时的事迹。类似之事，我向他提及，他总说，这些你最好不要提，都是几十年前的事了。

他自称不是文坛中人，我想他没以个人名义参加过官方或民间的文学活动（以家属身份代郑玲领奖不算）。我看他也不热衷于交际，但有一些不同领域不同层次不同年龄的人，都尊敬他乃至是真的喜欢，这往往又跟文学无关了。他有人格魅力。据说，当年在湖南株洲的家里，多有慕名而来的青年才俊，后来不少人成了湖湘乃至中国文坛如雷贯耳的人物。他们迁居广州后，当地文学界的知名人士亦多来拜访。在他组织的饭局上也多是广州邻近的作家或艺术家（又以青年诗人居多），譬如刘舰平、胡的清、朱燕玲、张鸿、世宾、黄礼孩、安石榴等等，其实又每与郑玲的圈子重叠。由此，以陈善壎在芳村的寓所为圆心，无意中或紧密或松散地聚集了一群风格悬殊、各有脾性的艺术家。陈善壎不爱谈这些。

我接触到陈善壎的文章较晚，他一出手就得到了知名期刊的礼遇。陈善壎话不多，但绝无套话及虚言，更无虚情假意，一旦开口，也往往一语中的，这种坦荡、真实，我喜欢。他是从容淡定的，世事洞明，人情练达，但又质朴率真，跟圆滑世故之类的不沾边。我总感觉他也是性情中人，但有分寸，因性情阅历或人生智慧的原因，能很好地、自然地控制激情，但仍能感觉到其赤诚如火山内部滚烫通红的岩浆。

陈善壎的散文写得好，但他终究是一位诗人（在散文之外，他不写新诗而擅旧体）。也恰因为他文章中的诗性及激情，成就了他气势如雷霆、绵密如彤云、激烈如海啸、静谧如湖泊的散文。他的散文如海洋般深邃，如山溪般澄澈，如危岩般险峻，如草原般开阔，如天穹般高远，如夏夜星空般秘密地旋转着幽光和暗影。他的散文有宇宙的呼吸与世间的声息，有人生的喜乐与痛苦，也有世事的变幻与恒定，他的文章是有密度的、多维的，幽深又通透，这是一个人积累了数十年对宇宙万物及人间烟火的吐纳与结晶（也是一个人对诸种奥秘所能达到的最高了解之后，通过语言艺术以蒸馏器般的神奇作用而析出的世间的盐），通过最自然的方式（繁复或简单，厚重或轻盈，但总是自然而然的，其形式也根据内容而变化——或者内容被形式所带动——犹如雨水从天而降，浪花在河面上怒放，蓓蕾在枝头上赤裸，并不总是平静的、和缓的，但总是河水流动般天然，即使像横空出世的闪电，也是自然之力的迸发，而不见所谓的匠心及造作）。

细读之下，我越发认为，陈善壎的散文具有鲜明的异质性及巨大的独创性，难以看出师承或来历，极富形式感（往往打破时空的线性逻辑而呈现出庄严的复调结构，既独辟蹊径，又浑然天成），不同于时髦或流行的任一种散文模式，旧散文，新散文，非虚构，思想随笔，文化大散文，形散神不散之类的标签对其无能为力。他的散文，有大体验、大感悟及大境界，语言如热血般黏稠、浓烈，元气充沛，行文雄浑，不是小桥流水、清风明月，而像暴风骤雨、火山爆发、雪崩石裂，让人仿佛置身于洪荒之境，一种原始、粗粝、崭新的野性之力劈面而来，而其对感觉或感觉之物的描述又细腻微妙、丝丝入扣、纤毫毕现，颇得细节之美。

　　请看《劈面迎来的都是出人意表》："再走，暴雨，看不清路面。直劈下一条闪电，像一个裸体女妖，大幅度地扭摆明亮的躯体，径直冲向山腰一株枝节盘缠交错的大树。树激动得燃烧，同时跟着闪电旋舞它浓密的枝叶。随后一声霹雳，大地六变震动。雷声犹如部落大战擂起的鼙鼓，狂放、粗野、雄视八荒。山腰那树，燃烧得纯粹，欲慢慢释放它百年邂逅的惊喜，却被雨的嫉妒扑灭。闪电留恋那树，执着纠缠不肯离开。树不顾雨的狂暴，顽强喷发它的热烈。后来不知是一个女妖化作了一群女妖，还是一个女妖唤来了一群女妖，她们以雷、雨、风为衬景，带来天外的艺术。她们在天际、在头顶、在山巅，在旷野，在厚厚的云层中舞。我看着她们在天和地之间汪洋恣肆，同时还看到痉挛的大地，奔腾的泥沙，看到公路变成汹涌激流，看到傲慢的、平时在公路上绝尘不顾的现代工业产品的一筹莫展。风雨更加猛烈了，它们渗入雷电。风的呼啸，产生一些相互抵触的和声和怪异的不谐和音。我产生了投身它们的激情，投入雷电风雨的怀抱。在雾里我一点没有这样的感觉。假若在雾里也生出激情来，那么至多是纯沙龙的。但在风雨雷电中，觉得我正年轻。我回到了过去。茫然、彷徨。想走、想奔、想跑的渴望占领了我。我重新面对不安、恐惧和挣扎。我有些希望眼前这个壮美的、破坏的，恐怖、猖獗、玉石同糅的宇宙不要消逝。我宁愿守在雷电风雨中，哪怕被殛毙"。这是大自然的伟力、人的激情及想象的融合，这是感觉的捕捉、思维的爆发、语言的狂欢、经验的奇观，像闪电般璀璨夺目，而这又出自一位七旬老者之手，你只能叹服：这鬼斧神工般的笔墨，跟他目睹的壮美相称。

这十年来，除了参加几次聚会，我跟陈善壎谈不上深交，在珠海的那次聊天真好。我对他本人及其家世或背景一无所知，对他的内心世界更谈不上有何窥探。直至读到《记忆的废墟》，才发现他一点来龙去脉。

这是一篇写家族史的典范之作，无论内容及写法都殊为难得。"长沙东边乡里永嘉冲、荷叶湖两处陈姓的开山祖"老娘娘是一位"剽悍"的奇女子，她像地母般博大深厚，又像精灵般神出鬼没，"1949年之前，她的后人，谁死她都到过场或据传到过场；1949年后，鬼也好、神也好，都无立锥之地，山川人物全在光天化日之下，神秘没有了，她也就没有确实出现过"。她因长寿而成谜，"没有人说过她的死。她好像要活到地老天荒"。文章末尾更触及了神秘，耐人寻味："老娘娘或许还在，她的每一个子孙的命运，不过是她的尝试与探索。我们最终会发现，她不是什么"。她能饮，工诗画，浪迹四方，结交豪杰，"经常应邀与谭嗣同、唐才常、沈荩几个人登岳麓山呼啸"，"她与李叔同、夏丏尊、陈望道来往"。陈氏家族英杰辈出，出过国共两党的大人物。譬如，陈公培于1920年6月底，在上海跟陈独秀等五人"筹备成立中国共产党"，入过黄埔军校第二期，参加过北伐战争、八一南昌起义。陈为韩做过国民党七十三军代军长。陈为鸾（陈銮）从事共产党的地下工作，曾于1927年任湖南省浏阳县的县委书记。陈为鸾长子陈善坦（陈鼎）毕业于黄埔军校第十五期，终老台湾，甚受蒋介石、蒋经国器重。之前，还有随蔡锷高举护国军义帜而牺牲的陈为鸳。这一万多言，竟囊括了那么多人物及事迹，无一字多余，信息密集至极，高度浓缩。我跟陈善壎说，至少得十万字才可能写透，光是陈公培就值得写一部专著。此文选材精当、以简驭繁，语言精粹，有《史记》遗风。波澜壮阔、风云激荡的大时代在洗练、古朴的文字中有一种奇妙的效果。这不仅是一部非比寻常的家族史，也是一页蕴含着个人命运与大时代相碰撞的现代中国史。

在陈善壎的散文中，几乎都堆积着苦难（国族或时代跟个人的苦难拧成一团）。但他并不回避，不美化，更不沉溺，而是直面并超越——他精确、翔实、完整地描述苦难，并珍视那些脆弱的、不绝如缕的美。这可能正是身处绝境中的人能忍受苦难的地方。一种倏忽而逝的却又千真万确的、铺天盖地的美，总是于瞬间将苦难覆盖、穿透、占据或替代，犹如阳光驱逐乌云之哀愁、暴雨鞭挞荒漠之焦渴。这种美总是与爱或慈悲团结在一起，能化解或消融痛苦。痛苦之果核遂迸发爱与美的胚芽，犹如纸包不住火。这是对苦难的反对或否定。但作者从不以反抗者或斗士自居，也远比记录者更有热烈而柔软的心肠。这是文学跟政治的区别。苦难有多深重，这些"美之棒喝"就有多珍贵。郑玲主要是因诗而得救的。陈善壎主要是因爱而得救的。而文学是他们生命中的养料也是果实（人有灵魂犹如李子有核，而爱与诗就是根茎与花果）。这当不算妄语。

《幻肢》堪称当代散文中关于苦难叙事的杰作。蝼蚁般的卑微者在时代红轮中被辗碎的悲剧，触目惊心，革命时代的爱情纯洁而荒诞，一种恐怖的美或者源于痛苦的迷醉，让人心碎如玉而目瞪口呆。这既是痛之极致，也是美之巅峰。痛苦与美，爱与遗忘，犹如夜与昼被晨昏线缝合而最终分离。也有侠骨柔情，于生死一发间迸溅如流泉：因幻肢痛而受折磨的"他"和彭素兰的爱恋，惊天地，泣鬼神，经受了生死考验又最终因为各自的坚持而分道扬镳。并非无情，实因执念。

陈善壎俨然是了解及书写痛苦的专家，更是感受和捕捉狂喜的高手，痛苦与迷醉，惊悚与安心，恐惧与无畏，种种看似悖论实则相通的情绪或感觉胶结在一起，实乃相互依存一体多面，无法剥离。他将人心世界的幽暗、复杂与神秘的探测推到了极限："我却没想到还会有大收获，在一个半开着的抽屉里发现了他不要的手稿。我拿手稿回家，花了很大的工夫整理到能读。他清癯的审美旨趣，既非怀旧也非伤感的追溯，一开头我就被吸引住，直读到晚上还没读完。这是长篇散文，写的正是昨天说的事。在这些手稿中，痛苦与崇高并存，那境界所包含的却不是任何一种单一情感元素。有如黑色的复杂，痛苦也异彩纷呈；也譬如中国画用墨打造三千大千世界，他对生活的纯净心地，使黑暗变得光彩夺目。但那毕竟是谁也不愿去的狞厉地带，我大汗淋漓地惊骇黑暗板块下壮美的沉思"，这样的文字，是"我"对幻肢者手稿的评价，拿来评价《幻肢》乃至陈善壎的其他散文，也是合适的。

《幻肢》式的荒诞，具有卡夫卡式荒诞的惊悚。卡夫卡的荒诞是预言，加缪的荒诞是分析（可能还杂糅着略带无奈的仁慈和隐忍），叶·扎米亚京或奥威尔的荒诞是反讽，海勒的荒诞是幽默，埃梅的荒诞是喜剧，而陈善壎的荒诞是事实或现实，也就兼有上述的多重性而又逃逸——他在《歌哭于斯》（刊于《文学界·原创版》2010年第10期）中说："我想起了'荒诞'。荒诞不是无聊，更不是欺骗，荒诞不是让我们瞠目结舌就是让我们美不胜收"——在绝望中迸射的光芒，也有撕裂的美和力量，是炫目的恐怖，但也确是恶之花结蒂的美之硕果！陈善壎的这些散文，既是个人的感受，但也属于时代与历史，具有生命感、现实感和历史感，甚至指向看不见而威严残酷的命运法则。他对革命年代之荒诞的深入挖掘和犀利言说，使这些悲怆事件及悲剧人物具有文学及历史上的化石或标本意义。而这一切，尚未广为人知，就像失控之前的雷电或岩石之下淤积的地火，但必将震撼有心的读者。

我想再谈一下《桃花灼灼——纪念我的乳母万嫂》，文是奇异之文，所叙亦是奇异之事："梦里的夜不比夜里的梦逊色。奇幻而有弹性，虚无、强烈而又朦胧。它不确定，却是充满光明的。它实在，又没有限制。身处习惯世界却可以飞翔。梦的翅膀与现世锁链冲突出耀眼的火花，希望开放着。她忽而泣不成声，忽而沿河奔跑。河面上升起只有她才能看见的蜃楼。梦之夜与夜之梦割不开彼此，真挚情感与梦幻景象展开来生命奇异的潜能。她熟练地跳上船，跟在阳光下一样准确。持篙轻轻一点，飘摇离岸直向汀州划去。……她抱住他，跟山花一样，她已准备好开放。在还是含苞欲放之前，花香其实已充满殿堂了。……古陶大汗淋漓，知道于她是无能为力的了。她的搂抱那样有力；他去身后握住她的手，就像酩酊醉去一样，飘飘进入她的梦天。庙门被隆重推开，涌进诚惶诚恐的杨梅洲人。庙里神秘热烈的钟磬声把他们惊醒，一个个持着火把香烛从四面八方赶来礼拜。殿堂内烟雾云绕，闪烁的火焰忽明忽暗。整个庙宇彻底被生命感动，再没有沉默、神秘和空虚。他们看见两个裸体的神，杨梅洲人头回亲眼见到了神的浪漫。遍野火光，人络绎不绝。庙门前的山坡上跪满了刚从睡梦里回来的人。东瞎子跌跌撞撞挤到人群前头，竟也高举松膏做的火炬。只有一个人没有来，他坐石头上唱歌，正唱着一个流浪汉和一个梦游女人的故事"。这既是写实的，也是幻想的，既是现实的，也是想象的。这是一个由语言之雾弥漫而成的梦境，有梦幻的流动性、模糊性和不可捉摸，但其中超现实般的奇幻之美却是可以触及并感知的。生命（包含着损毁与修复）、预言、梦幻、性爱、命运和神性被一种象征性的笔调精细地一一呈现，让人叹为观止。我以为，诗、梦与爱的奥秘，是相通乃至同构的。爱因斯坦说，最大的秘密是宇宙的存在及它的被理解。这个"它"想来是一个整体或复数，首先就包括了人类生命的核心：梦与诗、性与爱。

那年我在珠海说，郑老师很幸福但不觉得幸福，陈老师很辛苦但不觉得辛苦。当时，陈善壎笑而不答。后来我知道这轻浅了。我就要堕落成一个爱情虚无主义者了（我对爱情盲目、无知、狂热而最终惊惧。曾如洼地幼林遭遇夏季台风那样遭遇过爱恋，那美不胜收的女人喜怒无常，仿佛同时携带着天堂和地狱），但仍不禁为陈善壎对郑玲犹如宗教般虔诚的爱情所感动。郑玲当然是幸福的，她坎坷而诗性的一生，因有陈善壎这样的爱人及知音而圆满。

郑玲是属于诗的，类似于青鸟之类的生灵，因诗而罹祸，也因诗而涅槃。她为诗而生，新诗也因她赢得了尊严。陈善壎来到人世间的使命，仿佛就是为了去爱郑玲，至少给我们的印象就是如此。郑玲辞世几乎将陈善壎击倒，但我们都希望他振作。其实，因为写作，使他有了另外的形象及生命，至少，他的散文是遗世独立、自成一家的。我总劝他多写几篇，或者通过书写减轻及缓解悲痛，但这显然是我的肤浅。前些年，我因为某些美好或难堪的遭遇而无法写一个字，才对此略懂一二。好几年了，他总是说，身体尚好，大脑一片空白，什么也做不了，也没什么好写。我对陈善壎的日常生活及内心风景不了解，譬如他的"大脑空白"，于我成了一个谜。本来我以为他可以"放下"。世宾说过，陈老师是一位有道行的人。但这是否也说明了爱情涡旋式的力量呢。

幸好，陈善壎写了这些美轮美奂的散文，于他来说，虽是生命中的雪泥鸿爪，倒也让人一叶知秋。我视若珍宝。

2016年9月底，我致电问他，有写散文吗？他说，没有，我是80岁的人了。我一时无言。其实，他内心仍潜藏着烈焰，却拒绝释放，犹如煤炭保持低温和沉默。这么好的散文鲜为人知，真是读书界的遗憾！事实上，他多年没写散文了（仅仅在最近完成了古体诗《怀郑玲三首》）。我揣测，之前他因照料郑玲而无暇他顾，如今又因郑玲离去而大脑一片空白。他说，我在文坛之外。是的，他确实是一位文坛外的隐者。

2016.9.30四稿于广州

图书在版编目（CIP）数据

痛饮流年 / 陈善壎著 . —北京：民主与建设出版
社，2017.12
（名家散文自选集）
ISBN 978-7-5139-1855-8

Ⅰ.①痛… Ⅱ.①陈… Ⅲ.①散文集—中国—当代
Ⅳ.① I267

中国版本图书馆 CIP 数据核字（2017）第 298415 号

痛饮流年
TONGYIN LIUNIAN

出 版 人　许久文
总 策 划　李继勇
著　　者　陈善壎
责任编辑　刘树民
封面设计　宋双成
出版发行　民主与建设出版社有限责任公司
电　　话　（010）59417747　59419778
社　　址　北京市海淀区西三环中路 10 号望海楼 E 座 7 层
邮　　编　100142
印　　刷　三河市腾飞印务有限公司
版　　次　2018 年 1 月第 1 版　2018 年 2 月第 2 次印刷
开　　本　787mm×960mm　1/16
印　　张　22 印张
字　　数　220 千字
书　　号　ISBN 978-7-5139-1855-8
定　　价　39.80 元

注：如有印、装质量问题，请与出版社联系。